山海經

看見

遠古的神話世界

現存最早版本

（東晉）郭璞 注釋

前言

　　《山海經》是一部奇書，在先秦古籍中獨具特色。作者無法考證，有人推測是禹、伯益，後經西漢劉向、劉歆等人編撰成書。學界公認的是，這部著作成書並非一時，作者也並非一人。

　　《山海經》保存了大量的遠古神話，比如夸父追日、女媧補天、精衛填海等。不僅如此，書中還廣泛涉及地理、動物、植物、礦物、巫術、宗教、醫藥、民族等方面，包羅萬象，多彩紛呈。它是中國古代典籍中記錄神話最多的著作，也是遠古地理知識方面的百科全書。而對礦物的記錄，更是世界上最早的。

　　全書十八篇，記載了大約四十個邦國、五百五十座山、三百條水道、一百多位歷史人物、四百餘種怪獸，按區域

記錄。對於書中談及的地理知識，歷來眾說紛紜，不少學者認為這是一次國家地理大普查之後的真實記錄，但也有不少學者持有異議。地理之外的其他知識，一般認為是荒誕不經、缺乏真實性的。不過近年來有學者堅稱，《山海經》中提過的不少奇異的物事並非空穴來風，而是實有所本。

　　《山海經》的書名，最早出現於《漢書·藝文志》。如今可以見到的最早版本，是東晉學者郭璞整理並注釋的，我們這本書採用了郭璞的版本。本書在盡可能保持原著原貌的情況下，進行了注釋和翻譯，以便一般讀者更容易親近這本來自遠古的著作。

第一章

南山經

《南山經》主要描寫了南方三大山系的地貌礦藏和怪獸怪禽，以及各山系的祭祀情況。三大山系共有大大小小四十座山脈，總長度約一萬六千三百八十里。

南方的第一列山有招搖山、堂庭山等九座山和七個水系，山上有很多可以治癒疾病的植物和動物。

南方的第二列山系有十七座山，南山經記載了這些山的位置和地貌。山中有很多的怪獸，這些怪獸大都樣貌奇特。

南方的第三列山系從天虞山到南禺山，南山經中記載了這些山上的礦產，介紹了山上的草木植物和怪獸，這些山在南山第二山系的南面。這裡還描述了傳說中的鳳凰。

狌狌

南山經之首曰鵲山❶。其首曰招搖之山❷，臨於西海之上。
多桂，多金玉❸。有草焉，其狀如韭而青華❹，其名曰祝餘，
食之不饑。有木焉，其狀如穀❺而黑理，其華四照。其名
曰迷穀，佩之不迷❻。有獸焉，其狀如禺❼而白耳，伏行
❽人走，其名曰狌狌❾，食之善走。麗麂❿之水出焉，而
西流注於海，其中多育沛⓫，佩之無瘕疾⓬。

① 鵲山：就是鵲准山，山的名稱。

② 招搖之山：這裡是山的名稱。

③ 金玉：金屬礦物和玉石。金是金屬的總稱。

④ 華（ㄏㄨㄚ）：同「花」。

⑤ 穀（ㄍㄨˇ）：構樹，屬於落葉喬木，樹皮可以用來製造桑皮和宣紙。也叫「構」、「楮」。

⑥ 迷：這裡的意思是迷路。

⑦ 禺（ㄩˊ）：傳說中的一種猴，體型比獼猴要大一些，有著紅色的眼睛，長尾巴。

⑧ 伏行：就是爬行的意思。

⑨ 狌狌（ㄒㄧㄥ）：猩猩。

⑩ 麗麂（ㄐㄧˇ）：古代傳說中的一個地名。

⑪ 育沛：古代漢族傳說中生長在麗麂之水中的生物，把它戴在身上就沒有腫脹病。它也叫江珠、血珀、紅琥珀等。

⑫ 瘕（ㄐㄧㄚˇ）疾：指寄生蟲病。瘕，因寄生蟲而產生的腫脹。

　　南方第一列山系叫鵲山山系。它的第一座山叫招搖山，位置是在西海的邊上，山上生長著很多桂樹，還有很多金屬礦物和玉石。山上還生長著一種草，這種草看起來像韭菜，開的花是青色的，它的名稱是祝餘，吃了它就不會感到饑餓。山上還有一種樹，看起來像構樹，有黑色的紋理，它的花發出的光芒照射著四周，這種樹叫迷穀，把它佩戴在身上就不會迷路。山中還有一種野獸，看起來和猿猴一樣，長著一雙白色的耳朵，不僅能爬行，也能像人一樣直立行走，名叫狌狌，吃了它的肉就可以走得很快。麗麂的水從這座山流出，一直往西流入大海，麗麂水中有很多叫育沛的植物，把它戴在身上就不會得寄生蟲病。

白猿

又東三百里，曰堂庭之山❶。多樧木❷，多白猿，多水玉❸，
多黃金。

東三百八十里，曰猨翼之山。其中多怪獸，水多怪魚。多
白玉，多蝮虫❹，多怪蛇，多怪木，不可以上❺。

又東三百七十里，曰杻陽之山❻，其陽多赤金❼，其陰多
白金❽。有獸焉，其狀如馬而白首，其文如虎而赤尾，其
音如謠❾，其名曰鹿蜀❿，佩之宜子孫。怪水出焉，而東
流注於憲翼之水。其中多玄龜，其狀如龜而鳥首虺⓫尾，
其名曰旋龜，其音如判木⓬，佩之不聾，可以為底⓭。

又東三百里，曰柢山⓮。多水，無草木。有魚焉，其狀如牛，
陵⓯居，蛇尾有翼，其羽在鮭⓰下，其音如留牛⓱，其名
曰鯥⓲，冬死⓳而復生。食之無腫疾⓴。

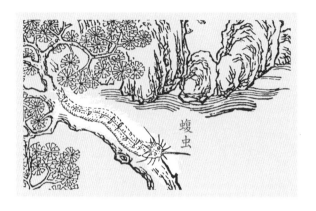

蝮虫

鹿蜀

旋龜

鯥

❶ 堂庭之山：堂庭山，在湖南和廣東的交界處，也是洞庭山。

❷ 棪（一ㄢˇ）木：古書提及的樹，果實像蘋果，紅色，可以吃。

❸ 水玉：古時候也叫水精，也是現在的水晶石。

❹ 蝮虫：（ㄈㄨˋ ㄏㄨㄟˇ）：顏色好像獸紋一樣，鼻上長著針，大的蝮虫重達一百多斤。它又叫反鼻蟲，古代漢族神話傳說中的一種毒蛇名。

❺ 上：這裡是攀登的意思。

❻ 杻（ㄋㄧㄡˇ）陽之山：山的名稱。

❼ 赤金：即上文所說的黃金，指沒有經過提煉的赤黃色沙金。

❽ 白金：白銀。

❾ 謠：古代不用樂器伴奏的清唱。

❿ 鹿蜀：是古代漢族神話傳說中的野獸，它的樣子像馬，有白色的頭，身上斑紋和虎斑差不多，還長著一條紅色的尾巴，它鳴叫的時候就像人們唱著民歌。

⓫ 虺（ㄏㄨㄟˇ）：毒蛇的意思。

⓬ 判木：劈開的木頭。判，一分為二的意思。

⓭ 為底：這裡是醫治足底的老繭的意思。底，同「胝（ㄓ）」，足底的老繭。

⓮ 柢（ㄉㄧˇ）山：山的名稱。

⓯ 陵：山坡。

⓰ 鮭（ㄑㄩ）：「胠」的同聲假借字。指腋下脅上部分。

⓱ 留牛：可能就是本書另一處所講的犁牛。據古人講，犁牛身上的紋理像老虎的斑紋。

⓲ 鯥（ㄌㄨˋ）：神話中的一種怪魚，也有觀點認為是穿山甲。

⓳ 冬死：指冬眠，也叫冬蟄。一些動物在過冬時處在昏睡不動的狀態中，就好像死了一樣。

⓴ 腫疾：毒瘡。

再往東三百里，有一座山叫堂庭山，山上生長著很多棪木，有很多白色的猿猴，還有許多水晶石，蘊藏著大量黃金。

再往東三百八十里是猨翼山，山上有許多怪異的野獸，山上的水中有許多的怪異的魚。還有很多的白玉，很多的蝮蟲，很多奇怪的蛇，很多怪異的樹木，這座山人是不能上去的。

再往東三百七十里是杻陽山。山的南邊有很多黃金，山的北邊有大量白銀。山裡有一種奇怪的野獸，它的樣子像馬，頭是白色的，身上有像老虎一樣的斑紋，尾巴是紅色的，叫聲宛如人在唱歌，名叫鹿蜀，穿上牠的皮毛就能子孫滿堂。有一條怪河發源於這座山，它向東流入憲翼水。水裡有許多暗紅色的龜，它的樣子跟普通的烏龜一樣，但是長著和鳥一樣的頭，尾巴像毒蛇，名叫旋龜，叫聲像劈開木頭時的聲響，戴上它的龜甲耳朵就不會聾，還能治癒足底的老繭。

再往東三百里是柢山，山間多流水，沒有花草樹木。水裡生長著一種魚，樣子像牛一樣，棲息在山上，尾巴像蛇，長有翅膀，翅膀長在脅骨上，叫聲和犁牛的聲音一樣，這種魚叫鯥，冬天蟄伏，夏天甦醒，吃了牠的肉就不會生毒瘡。

類

九尾狐

猼訑

又東四百里，曰亶爰之山❶。多水，無草木，不可以上。
有獸焉，其狀如狸而有髦❷，其名曰類❸，自為牝牡❹，
食者不妒。

又東三百里，曰基山。其陽多玉，其陰多怪木。有獸焉，
其狀如羊，九尾四耳，其目在背，其名曰猼訑❺，佩之不
畏❻。有鳥焉，其狀如雞而三首六目、六足三翼，其名曰
鵸𩿧❼，食之無臥❽。

鵸𩿧

灌灌

赤鱬

又東三百里，曰青丘之山。其陽多玉，其陰多青臒 ❾。有
獸焉，其狀如狐而九尾，其音如嬰兒，能食人，食者不蠱 ❿。
有鳥焉，其狀如鳩，其音如呵 ⓫，名曰灌灌 ⓬，佩之不惑。
英水出焉，南流注於即翼之澤。其中多赤鱬 ⓭，其狀如魚
而人面，其音如鴛鴦，食之不疥 ⓮。

又東三百五十里，曰箕尾之山 ⓯，其尾踆於東海 ⓰，多沙石。
汸水 ⓱ 出焉，而南流注於淯 ⓲，其中多白玉。

凡䧿山之首，自招搖之山，以至箕尾之山，凡十山，
二千九百五十里，其神
狀皆鳥身而龍首。其祠
之禮：毛用一璋玉瘞 ⓳；
糈用稌米 ⓴，一璧，稻
米、白菅為席。

鳥身龍首神

① 亶爰（ㄔㄢˊ ㄩㄢˊ）之山：傳說中的山的名稱。郭璞注：「亶音蟬。」

② 髦（ㄇㄠˊ）：馬脖子上又長又硬的毛。這裡說的是頭髮。

③ 類：傳說中的大靈貓。

④ 牝（ㄆㄧㄣˋ）：雌性。
　牡（ㄇㄨˋ）：雄性。

⑤ 猼訑（ㄅㄛˊ ㄒㄧ）：一種怪獸的名稱。

⑥ 畏：害怕。

⑦ 鵸鵌（ㄔㄤˊ ㄈㄨ）：一種鳥的名字。

⑧ 無臥：不想睡覺的意思。

⑨ 青雘（ㄏㄨㄛˋ）：一種用於塗飾的顏料。

⑩ 蠱：傷害人的惡氣。

⑪ 呵：呵斥的意思。

⑫ 灌灌（ㄍㄨㄢˋ）：鳥名。

⑬ 赤鱬（ㄖㄨˊ）：一種方頭魚，牠頭很高，是長方形。一般分佈在中國沿海。

⑭ 疥（ㄐㄧㄝˋ）：疥瘡。

⑮ 箕尾之山：箕尾山，今黃山和目山的合稱。

⑯ 踆（ㄅㄨㄣ）於東海：臨著東海。踆，就是蹲的意思。

⑰ 汸（ㄈㄤ）水：河的名字，今江西北面的昌江。

⑱ 淯（ㄩˋ）：今白河、漢江的一條支流。也有說法認為是潘陽湖。

⑲ 瘞（ㄧˋ）：埋。

⑳ 稌（ㄊㄨˊ）米：粳米。

再往東四百里，是亶爰山，山間多流水，但不生長花草樹木，人是不能攀登上去的。山上有一種奇特的野獸，長得像狸貓，頭生長髮，名為類，這種野獸雌雄同體，吃了牠的肉就不會產生忌妒心。

再往東三百里，是基山，山的南邊有很多玉石，山的北邊有許多的怪異樹木。山裡有一種野獸，長得和羊差不多，有九條尾巴和四隻耳朵，眼睛長在背上，名叫猼訑，穿上牠的毛皮就不會感到恐懼。山裡有一種禽鳥，牠的樣子像雞，但是長著三個腦袋、六隻眼睛、六隻腳、三隻翅膀，名叫鶹鵂，吃了牠的肉就不會感到疲勞。

再往東三百里，是青丘山，山的南面有很多玉石，山的北面有很多青雘。山裡有一種野獸，長得跟狐狸一樣，有九條尾巴，叫聲像嬰兒的哭聲，會吃人，吃了它的肉就不會被妖邪毒氣侵害。山裡有一種禽鳥，相貌跟斑鳩差不多，叫聲像人在相互謾罵，名叫灌灌，把它的羽毛插在身上就不會被迷惑。英水發源於這座山，它向南方流入翼澤。澤裡有很多赤鱬，形似魚卻有人臉，叫聲像鴛鴦啼叫，吃了牠的肉就不會生疥瘡。

再往東三百五十里，是箕尾山，山的尾部在東海的岸邊，有很多的沙石。是汸水的發源地，它向南流入淯水，水裡有大量的白色玉石。鵲山山系的首尾，從招搖山到箕尾山，一共是十座山，里程一共有二千九百五十里。那些山的山神，模樣都是鳥身龍首。祭祀山神的儀式：將畜禽和璋一起埋到地下，祀神用稻米和一塊璧玉，並用白茅草作為神的坐席。

狸力

鴸

《南次二經》之首，曰櫃山，西臨流黃❶，北望諸毗❷，東望長右❸。英水出焉，西南流注於赤水❹。其中多白玉，多丹粟❺。有獸焉，其狀如豚❻，有距❼，其音如狗吠，其名曰狸力，見則其縣多土功❽。有鳥焉，其狀如鴟❾而人手，其音如痺❿，其名曰鴸，其名自號也，見則其縣多放士⓫。

東南四百五十里，曰長右之山。無草木，多水。有獸焉，其狀如禺而四耳，其名長右，其音如吟，見⓬則其郡縣大水。

又東三百四十里，曰堯光之山。其陽多玉，其陰多金。有獸焉，其狀如人而彘鬣⓭，穴居而冬蟄，其名曰猾裹⓮，其音如斲木⓯，見則縣有大繇⓰。

長右

猾褢

名詞注釋

❶ 流黃：古代國家的名稱。

❷ 諸毗（ㄆㄧˊ）：是山的名稱也是水名。

❸ 長右：山的名稱。

❹ 赤水：水的名稱。它的位置是在閭江的上游。

❺ 丹粟（ㄙㄨˋ）：像粟粒一樣的紅色沙礫。

❻ 豚：小豬的意思。

❼ 距：這裡指狸力的腳像雞爪。

❽ 土功：築城、治水等水土工程。

❾ 鴟（ㄔ）：鷂鷹，會捕食小鳥。

❿ 痺（ㄅㄟˋ）：雌鵪鶉。

⓫ 放士：是指被流放的人才。

⓬ 見（ㄒㄧㄢˋ）：同「現」。大水：意思是發大水。

⓭ 彘鬣（ㄓˋ・ㄌㄧㄝˋ）：是指豬身上長的又長又硬的毛。彘，豬。鬣，一些獸類頸上的長毛。

⓮ 猾褢（ㄏㄨㄞˊ）：一種長得像人一樣的怪獸。褢，古代的「懷」字。

⓯ 斲（ㄓㄨㄛˊ）木：砍伐樹木。斲，是砍的意思。

⓰ 繇（ㄧㄠˊ）：通「徭」，徭役的意思。

　　南方的第二列山系，首座山是櫃山，西邊鄰近流黃國，在山上向北望去可以看到諸毗山，向東可以看到長右山。是英水的發源地，流向西南方入赤水，水裡有很多白色玉石，還有很多跟粟粒一樣大小的丹沙。山裡有一種野獸，長得很像普通的小豬，卻有一雙雞爪，叫聲如狗吠，名叫狸力，有狸力的地方就會有很多的土木工程。山裡還有一種鳥，長得像鷂鷹，爪子像人手，啼叫聲像痺鳴，名叫鴸，叫聲就是自己名稱的讀音，有它的地方就會有眾多文士被流放。

　　從櫃山向東南四百五十里，是長右山，山上不生長任何的花草樹木，有很多水流。山裡有一種野獸，長得像猿猴，有四隻耳朵，名叫長右，叫聲像人在呻吟，長右出現的地方就會有水災發生。

　　再往東三百四十里，便是堯光山，山的南面有很多玉石，山的北面有許多金子。山裡有一種野獸，長得像人，卻有豬的鬣毛，冬天蟄伏在洞穴中，名叫猾褱，叫聲像砍木頭的聲音，猾褱出現的地方就代表那裡被徵收了繁重的徭役。

又東三百五十里，曰羽山。其下多
水，其上多雨，無草木，多蝮虫。

又東三百七十里，曰瞿父之山。無
草木，多金玉。

又東四百里，曰句餘之山 ❶。無草
木，多金玉。

又東五百里，曰浮玉之山 ❷。北望具區 ❸，東望諸毗。有
獸焉，其狀如虎而牛尾，其音如吠犬，其名曰彘，是食人。
苕水 ❹ 出於其陰，北流注於具區，其中多鮆魚 ❺。

又東五百里，曰成山。四方而三壇 ❻，其上多金玉，其下
多青雘，閭水 ❼ 出焉，而南流注於虖勺 ❽，其中多黃金。

又東五百里，曰會稽之山 ❾，四方，其上多金玉，其下多

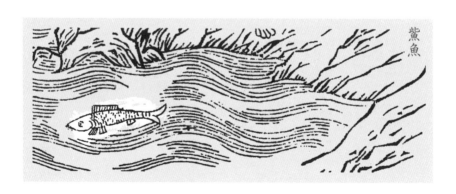

砆石 ❿。勺水出焉，而南流注於湨 ⓫。

又東五百里曰夷山。無草木，多沙石，湨水出焉，而南流注於列塗。

又東五百里，曰僕勾之山，其上多金玉，其下多草木。無鳥獸，無水。

又東五百里，曰咸陰之山，無草木，無水。

❶ 句（ㄍㄡ）餘之山：句餘山，在現在的浙江省內。
❷ 浮玉之山：浮玉山，也就是今天浙江省內的天目山。
❸ 具區：是一個縣名。
❹ 苕（ㄊㄧㄠˊ）水：苕溪，在今天的浙江省內。它有兩個源頭，一個是在天目山的北面，叫西苕，一個是在天目山的南面，叫東苕。溪水兩岸生長著很多苕，因此稱為苕溪。
❺ 鮆（ㄐㄧˋ）魚：就是刀魚。
❻ 四方：山是四方形的，有四面坡。三壇：山上的三個土壇。
❼ 闡（ㄓㄨㄛ）水：水流的名稱。
❽ 庰勺（ㄏㄨ ㄕㄨㄛˋ）：水流的名稱，古代的人認為是南庰沱水。
❾ 會稽之山：是指會稽山。
❿ 砆（ㄈㄨ）石：就是碔砆，一種似玉的美石。
⓫ 湨（ㄐㄩㄝˊ）：水流的名稱，據專家考證可能是今天的甌江。

再往東三百五十里，是羽山，山下有許多流水，山上雨量豐沛，沒有花草樹木，有很多蝮虫。

再往東三百七十里，是瞿父山，沒有花草樹木，但有很多金屬礦物和玉石。

再往東四百里，是句餘山，山上沒有花草樹木，但有很多的金屬礦物和玉石。

再往東五百里，是浮玉山，從山上向北看去就能看到具區澤，向東看就能看到諸毗水，山上有一種野獸，長得像老虎，卻有牛的尾巴，發出的聲音像狗吠，名叫彘，會吃人。苕水的發源地是這座山的北麓，它向北流入具區澤，苕水裡有許多鮆魚。

再往東五百里，是成山，它的樣子是四方形的，看上去像三層土壇，山上有很多的金屬礦物和玉石，山下有許多的青腜，閔水發源於此山，它向南流入虖勺水，水中含有很多黃金。

再往東五百里，是會稽山，它是四方形的，山上有很多的金屬礦物和玉石，山下有許多砆石。勺水發源於這座山，向南入湨水。

再往東五百里是夷山，山裡沒有花草樹木，有很多細沙石子。是湨水的發源地，向南入列塗水。

再往東五百里，是僕勾山，山裡有很多金屬礦物和玉石，山下有很多花草樹木，但是沒有禽鳥野獸，也沒有水。

再往東五百里，是咸陰山，沒有花草樹木，也沒有水。

又東四百里，曰洵山。其陽多金，其陰多玉，有獸焉，其狀如羊而無口，不可殺❶也，其名曰羬❷。洵水出焉，而南流注於閼❸之澤，其中多茈蠃❹。

又東四百里，曰虖勺之山。其上多梓楠❺，其下多荊杞❻。滂❼水出焉，而東流注於海。

又東五百里，曰區吳之山。無草木，多沙石。鹿水❽出焉，而南流注於滂水。

又東五百里，曰鹿吳之山。上無草木，多金石。澤更之水出焉，而南流注於滂水。水有獸焉，名曰蠱雕❾，其狀如雕而有角，其音如嬰兒之音，是食人。

東五百里，曰漆吳之山。無草木，多博石❿，無玉。處於東海，望丘山⓫，其光載出載入⓬，是惟日次⓭。

龍身而鳥首

凡《南次二經》之首，自櫃山至於漆吳之山，凡十七山，七千二百里。其神狀皆龍身而鳥首。其祠：毛用一璧瘞 ⑭，糈用稌。

名詞注釋

❶ 不可殺：這裡殺是死的意思。不可殺就是不能死，意思是這種獸就是不吃東西也不會死去。

❷ 羱（ㄏㄨㄢˋ）：長得跟羊一樣的怪獸。

❸ 闋（ㄜˋ）：湖泊的名字。

❹ 茈蠃（ㄗˇㄌㄨㄛˊ）：茈通「紫」。蠃通「螺」。茈蠃就是紫顏色的螺。

❺ 梓楠（ㄋㄢˊ）：梓，梓樹，屬於落葉喬木，生長很快。木材很輕軟，不容易腐朽，能用它製造房子以及傢俱、樂器等。楠，就是楠木樹，屬於常綠喬木，木材散發著香氣，是建築和製造器具的上等材料。

❻ 荊杞：牡荊和枸杞。

❼ 滂（ㄆㄤ）：水流的名稱。

❽ 鹿水：就是麗水。

❾ 蠱雕：一種兇惡的鳥，也就是鷹。

❿ 博石：石頭的名稱。可以用它作棋子。

⓫ 丘山：丘陵。這裡說的是遠處的島嶼和礁石。

⓬ 載（ㄗㄞˋ）出載入：時隱時現的意思。

⓭ 日次：太陽休息。次，停留，休息的意思。

⓮ 瘞（一ˋ）：埋的意思。

再往東四百里，是洵山，山的南邊有很多金屬礦物，山的北面有大量玉石。山裡有一種長得像羊的野獸，但是沒有嘴巴，不吃東西也能活，名叫䍺。洵水發源於這座山，向南入閼澤，水裡有許多的紫色螺。

再往東四百里，是虖勺山，山上生長著許多梓樹和楠木樹，山下則到處是牡荆樹和枸杞樹。這座山是滂水的發源地，向東流進大海。

再往東五百里，有一座山叫區吳山，山上沒有花草樹木，但有許多砂石。是鹿水的發源地，向南入滂水。

再往東五百里，是鹿吳山，山中草木不生，但盛產金屬礦物和玉石。是澤更水的發源地，向南入滂水，水裡有一種叫蠱雕的野獸，長得像雕鷹，但是頭上長有角，叫聲像嬰兒的啼哭聲，會吃人。

再往東五百里，是漆吳山，山中沒有花草樹木，但盛產可以製作棋子的博石，不產玉石。這座山在東海之濱，在山上向遠處望去可以看到一片丘陵，而那光影忽明忽暗之處，是太陽停歇的地方。

南方第二列山系的首尾，從櫃山到漆吳山，一共有十七座山，里程一共是七千二百里。各山山神的形貌都是龍身鳥首。祭祀山神的儀式是將禽和玉璧一起埋在地下，祀神的米則是稻米。

兕

犀

《南次三經》之首，曰天虞之山。其下多水，不可以上。
東五百里，曰禱過之山，其上多金玉，其下多犀❶、兕❷、
多象，有鳥焉，其狀如鵁❸，而白首、三足、人面，其名
曰瞿如❹，其鳴自號也。泿水❺出焉，而南流注於海。其
中有虎蛟，其狀魚身而蛇尾，其音如鴛鴦，食者不腫，可
以已痔❻。

又東五百里，曰丹穴之山。其上多金玉。丹水出焉，而南
流注於渤海❼。有鳥焉，其狀如雞，五采而文，名曰鳳皇❽，
首文❾曰德，翼❿文曰義，背文曰禮，膺⓫文曰仁，腹文
曰信。是鳥也，飲食自然，自歌自舞，見則天下安寧。

又東五百里，曰發爽之山⓬。無草木，多水，多白猿。汎
水⓭出焉，而南流注於渤海。

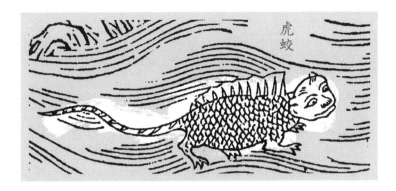

虎蛟

名詞注釋

① 犀：犀牛。

② 兕（ㄙˋ）：據古人說，兕的身子像水牛，青色皮毛，生有一隻角，身體很重，大的有三千斤。

③ 鷄（ㄐㄧㄠ）：傳說中的一種鳥，它長得像野鴨子，但是要比野鴨子小一些，腳長在接近尾巴的部位。

④ 瞿（ㄑㄩˊ）如：古時候鳥的名稱。

⑤ 浪（ㄧㄥˊ）水：古代水的名稱。它的上游是今天廣西東北部的洛清河，中下游是柳江、黔江、西江。

⑥ 已痔：治癒痔瘡。已，是治癒的意思。

⑦ 渤海：海岸是曲折崎嶇的海。

⑧ 鳳皇：同「鳳凰」，是古代傳說中的鳥王。雄的叫「鳳」，雌的叫「凰」。傳說中牠的樣子是雞頭蛇頸，燕子的下巴，龜背魚尾，五彩顏色，高六尺左右。

⑨ 文：同「紋」，花紋，紋理的意思。

⑩ 翼：翅膀的意思。

⑪ 膺（ㄧㄥ）：胸。

⑫ 發（ㄈㄚ）爽之山：也是發喪之山。

⑬ 汎（ㄈㄢˋ）水：古時候流入渤海的一條水流的名稱。

第一章｜南山經　　027

南方第三列山系的首座山是天虞山，山下到處是水，人無法上去。

從天虞山向東五百里，是禱過山，山中盛產金屬礦物和玉石，山下有許多犀、兕和大象。山裡有一種禽鳥，長得像鶏，腦袋是白色的，有三隻腳和人臉，名叫瞿如，牠的鳴叫聲就是它自己的名字。浪水的發源地是這座山，向南入大海。水中有一種虎蛟，長得像魚，但有蛇尾，叫聲像鴛鴦，吃了牠的肉就不會生毒瘡，還能治癒痔瘡。

再往東五百里，是丹穴山，山中盛產金屬礦物和玉石。是丹水的發源地，向南入渤海。山裡有一種長得像雞的鳥，全身上下都是五彩的羽毛，名叫鳳凰，頭上的花紋像「德」字，翅膀上的花紋像「義」字，背部的花紋像「禮」字，胸部的花紋像「仁」字，腹部的花紋像「信」字。這種鳥吃喝都很自然縱容，經常邊唱歌邊跳舞，牠的出現代表天下太平。

再往東五百里，是發爽山，這裡草木不生，有許多流水，很多的白色猿猴。是汎水的發源地，向南流入渤海。

鱄魚

又東四百里，至於旄山❶之尾，其南有谷，曰育遺，多怪鳥，凱風❷自是出。

又東四百里，至於非山之首。其上多金玉，無水，其下多蝮虫。

又東五百里，曰陽夾之山。無草木，多水。

又東五百里，曰灌湘之山。上多木，無草，多怪鳥，無獸。

又東五百里，曰雞山。其上多金，其下多丹雘❸。黑水出焉，而南流注於海。其中有鱄魚❹，其狀如鮒而彘毛❺，其音如豚❻，見則天下大旱。

又東四百里，曰令丘之山。無草木，多火❼。其南有谷焉，曰中谷，條風❽自是出。有鳥焉，其狀如梟❾，人面四目而有耳，其名曰顒❿，其鳴自號也，見則天下大旱。

顒

又東三百七十里，曰侖者之山。其上多金玉，其下多青艧。有木焉，其狀如穀而赤理⑪，其汗如漆⑫，其味如飴⑬，食者不饑，可以釋勞，其名曰白蓉⑭，可以血玉⑮。

❶ 旄（ㄇㄠˊ）山：山的名稱。

❷ 凱風：南風的意思。也指柔和的風。

❸ 丹艧（ㄏㄨㄛˋ）：一種紅色的礦物顏料。

❹ 鱄（ㄊㄨㄢˊ）魚：古時候傳說的一種怪魚。

❺ 鮒（ㄈㄨˋ）：就是現在的鯽魚。彘（ㄓˋ）：豬。

❻ 豚（ㄊㄨㄣˊ）：小豬的意思。也泛指豬。

❼ 多火：容易發生火災。

❽ 條風：也叫調風、融風，就是春天的東北風。

❾ 梟（ㄒㄧㄠ）：通「鴞」，俗稱貓頭鷹，一般是在夜間活動。

❿ 顒（ㄩˊ）：古時候的一種怪鳥。

⑪ 穀（ㄍㄨˇ）：這裡說的是構樹。赤理，紅色的紋理。

⑫ 汗：汁。

⑬ 飴（ㄧˊ）：用麥芽做成的糖漿。

⑭ 白蓉（ㄍㄠ）：指的是一種樹。

⑮ 血玉：這裡說的是染玉。血，這裡用作動詞，染的意思，就是染器物飾品使之發出光彩。

再往東四百里，就是旄山的尾端。南邊有一個峽谷叫育遺，這裡有許多奇怪的鳥，南風從這裡吹出來。

再往東四百里，是非山的頂部。山中盛產金屬礦物和玉石，沒有水，山下都是蝮虫。

再往東五百里，是陽夾山，不生花草樹木，有許多流水。

再往東五百里，是灌湘山，山上有許多樹，但不生花草；山中有許多奇怪的禽鳥，卻沒有野獸。

再往東五百里，是雞山，山上有豐富的金屬礦物，山下有許多丹雘，是黑水的發源地，向南流入大海。水中有一種鱄魚，長得像鯽魚，卻長著豬毛，聲音像小豬在叫，牠一出現就會天下大旱。

再往東四百里，是令丘山，沒有花草樹木，到處都是野火。山的南邊有一個叫中谷的峽谷，東北風從這裡吹出來。山中有一種長得像貓頭鷹的禽鳥，卻有人臉、四隻眼睛及耳朵，名叫顒，叫聲就是自己的名字，只要牠出現，天下就會大旱。

再往東三百七十里，是侖者山，山裡盛產金屬礦物和玉石，山下有很多青雘。山裡有一種像構樹的樹，有紅色的紋理，枝幹的汁液像漆，味道是甜的，吃了它就不會感到饑餓，還可以消除疲勞，名叫白咎，可以把玉石染成鮮紅的顏色。

又東五百八十里，曰禺槀之山 。多怪獸，多大蛇。

又東五百八十里，曰南禺之山。其上多金玉，其下多水。有穴焉，水出 ❷ 輒入，夏乃出，冬則閉。佐水出焉，而東南流注於海，有鳳皇、鵷雛 ❸。

凡《南次三經》之首，自天虞之山以至南禺之山，凡一十四山，六千五百三十里。其神皆龍身而人面。其祠皆一白狗祈 ❹，糈用稌。

右南經之山志 ❺，大小凡四十山，萬六千三百八十里。

名詞注釋

❶ 禺槀（ㄩˊㄍㄠˇ）之山：山的名稱。

❷ 出：這應該是錯誤的，應該是「春」字。

❸ 鵷（ㄩㄢ）雛：傳說中的一種鳥，和鳳凰、鸞鳳是同一類。

❹ 祈：向神祈禱的意思。

❺ 右：相當於現在的「以上」。志：記載的文字的意思。

再往東五百八十里，是禺槀山，山中有很多奇怪的野獸，還有許多的大蛇。

再往東五百八十里，是南禺山，盛產金屬礦物和玉石，山下有許多的流水。山裡有一個洞穴，水在春天時流入洞穴，在夏天就從洞穴流出，在冬天則閉塞不通。是佐水的發源地，它向東南入大海，佐水流經的地方有鳳凰和鵷雛棲息。

南方第三列山系的首尾，從天虞山到南禺山，一共有十四座山，總共六千五百三十里。這些山的山神都是龍身人面。祭祀山神的儀式是用一隻白狗作為貢品祈禱，祀神用的米是稻米。

以上是南方各座山的記錄。大大小小的山一共是四十座，總共一萬六千三百八十里。

第二章
西山經

《西山經》描述了四大系列山系，其中既包括現實中的山，也包括神話傳說中的山，同時描述了相關的神話人物和故事。

西方第一列山系總共有十九座山，西山經描述了這些山的地理位置和風貌。這裡介紹了很多稀奇古怪的動物和植物，十分罕見。

西方第二列山系共有十七座山。西山二經的內容較為簡單，只介紹了山中的金屬礦物和草木，以及祭祀山神的方法。

西方第三列山系，西山三經自述有二十三座山，實際上只介紹了二十二座。並介紹了這些山上的花草樹木的情況和野獸以及金屬礦物，還有一些祭祀山神的情況。

西方第四列山系共有十九座山，西山經中介紹了這些山的地理位置和地貌，還有山上的相關產物和祭祀山神的方法。在這一山系中，幾乎每座山上都有河流，因此物產也比較豐富。

羬羊

鸓渠

《西山經》華山 ❶ 之首，曰錢來之山，其上多松，其下多洗石 ❷。有獸焉，其狀如羊而馬尾，名曰羬羊 ❸，其脂可以已臘 ❹。

西四十五里，曰松果之山。濩水 ❺ 出焉，北流注於渭 ❻，其中多銅。有鳥焉，其名曰鸓渠 ❼，其狀如山雞，黑身赤足，可以已 ❽ 㿉。

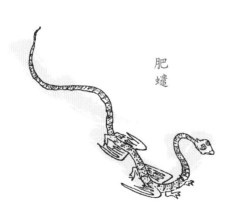

肥 蟥

又西六十里，曰太華之山，削成 ❾ 而四方，其高五千仞 ❿，其廣十里，鳥獸莫居。有蛇焉，名曰肥蟥 ⓫，六足四翼，見則天下大旱。

又西八十里，曰小華之

山，其木多荊杞，其獸多牛牴❶，其陰多磬石❶，其陽多㻬

琈❶之玉。鳥多赤鷩❶，可以禦火。其草有萆荔❶，狀如

烏韭❶，而生於石上，赤緣木而生，食之已❶心痛。

又西八十里，曰符禺之山，其陽多銅，其陰多鐵。其上有

木焉，名曰文莖❶，其實如棗，

可以已聾。其草多條❷，其狀

如葵，而赤華黃實，如嬰兒

舌，食之使人不惑。符禺之水

出焉，而北流注於渭。其獸多

蔥聾❷，其狀如羊而赤鬣❷。

蔥聾

其鳥多鴖❷，其狀如翠而赤喙❷，可以禦火。

又西六十里，曰石脆之山，其木多棕❷楠，其草多條，其

狀如韭，而白華黑實，食

之已疥❷。其陽多㻬琈之

玉，其陰多銅。灌水出焉，

而北流注於禺水。其中有

流赭❷，以塗牛馬無病。

鴖

名詞注釋

❶ 華山：在今天的陝西華陰市的南邊，五嶽中的西嶽。

❷ 洗石：一種含有鹼的石頭，古時人們洗澡時用來擦去身上的污垢。

❸ 羬（ㄑㄧㄢˊ）羊：大羊之意。

❹ 臘（ㄒㄧ）：原意是風乾的臘肉，這裡的意思是皮膚皺皴。

❺ 濩（ㄏㄨㄛˋ）水：郝懿（ㄧˋ）行云：「《水經注》作灌水。」灌水就是今陝西省西安市臨潼區境內之潼河。

❻ 渭：就是渭河。是黃河的最大支流。發源於今甘肅省定西市渭源縣鳥鼠山，主要流經今甘肅天水、陝西省關中平原的寶雞、咸陽、西安、渭南等地，一直到渭南市潼關縣匯入黃河。

❼ 鴣（ㄊㄨㄥˊ）渠：一種水鳥，體型很大。

❽ 膔（ㄅㄠˊ）：皮膚因嚴重皺皴（ㄘㄨㄣ）裂而起皺突起。

❾ 削（ㄒㄩㄝˋ）成：用刀斧劈削而成。

❿ 仞（ㄖㄣˋ）：古時八尺為一仞。

⓫ 肥蠟（ㄨㄟˋ）：蠟應該是遺。

⓬ 㸲（ㄗㄨㄛˊ）牛：據古人講，在小華山生長著許多山牛，體重都在一千斤左右，這就是㸲牛。

⓭ 磬（ㄆㄢˊ）石：是一種可以製造樂器的石頭。古人用它製成的打擊樂器叫做磬，一般都是掛在架子上進行演奏。

⓮ 璊琈（ㄊㄨˊㄈㄨˊ）：古時傳說中的一種玉。

⓯ 赤鷩（ㄅㄧˋ）：屬於野雞一類的禽鳥，黃色的頭，綠色的尾巴，有紅色的胸部和腹部，金黃色的冠子，間雜著紅色羽毛，色彩鮮明。

⓰ 萆（ㄅㄧˋ）荔：古時傳說中的一種香草。可以用它製作藥物。

⓱ 鳥韭：一種苔蘚類植物，它多生長在潮濕的地方。

⑱ 已：這裡是治癒的意思。

⑲ 文莖：是一植物的名字。

⑳ 條：這裡講的條草和上文所說的條草，名稱雖相同，但樣子不同，實際上是兩種草。

㉑ 蒽聾：古人說是野山羊的一種。

㉒ 赤鷩（ㄅㄧㄝˋ）：這裡是翳翳的意思。

㉓ 鴢（ㄇㄧㄥˇ）：傳說中的一種鳥。

㉔ 翠：指翠鳥，又叫翡翠鳥，大小跟燕子差不多。

喙（ㄏㄨㄟˋ）：鳥獸的嘴。

㉕ 棕：一種常綠的喬木，莖幹是圓形的，葉子很大。

㉖ 疥：疥瘡，是一種傳染性皮膚病，以瘙癢為主。

㉗ 流赭（ㄓㄜˇ）：流就是硫黃，是一種天然的礦物質，中醫把它當作藥物，有殺蟲作用；赭就是赭黃，是一種天然生成的褐鐵礦，可以用它來製作黃色顏料。

西方第一山系華山的第一座山叫做錢來山，山裡有許多的松鼠，山下有很多的洗石。山中有一種長得像羊，卻有馬尾的野獸，名叫羬羊，羬羊的油脂可以用來治療乾裂的皮膚。

從錢來山往西四十五里，是松果山。是濩水的發源地，向北流入渭水，山上有許多的銅礦。山上有一種禽鳥名叫螐渠，長得像野雞，有黑色的身體跟紅色的爪子，用牠可以治療皮膚乾裂。

再往西六十里，是太華山，山很陡峭，像刀削一樣呈四

方形，山高五千仞，寬十里，禽鳥野獸無法棲身。山中有一種叫肥蟲的蛇，有六隻腳和四隻翅膀，只要牠出現，天下就會大旱。

再往西八十里，是小華山，山上的樹木大多是牡荊樹和枸杞樹，山上的野獸以㸿牛最多，山的北面盛產磐石，山的南面盛產璠琈玉。鳥類大多是赤鷩，飼養了牠可以預防火災。山中還有一種名叫蕙荔的草，外形像烏韭，但長在石頭上，也攀緣樹木生長，吃了它就可以治癒心痛的毛病。

再往西八十里，是符禺山，山的南面盛產銅礦，山的北面則盛產鐵礦。山上有一種叫文莖的樹，果實長得像棗子，可以用來治療耳聾。山中的草以條草為主，外形像葵菜，但卻開紅花、結黃果，果實像嬰兒的舌頭，吃了它就不會被迷惑。是符禺水的發源地，向北流入渭水。山中野獸主要以蔥聾為主，長得像羊，卻有紅鬣毛。山中禽鳥多是鴖，外形像翠鳥，但有著紅嘴巴，飼養了牠就不會怕火。

再往西六十里，是石脆山，山上的樹大多是棕樹和楠木樹，山上的草大多是條草，長得像韭菜，但開白花結黑果，人吃了這種果實就能治癒疥瘡。山的南面盛產璠琈玉，山的北面盛產銅礦。是灌水的發源地，向北流入禺水，水裡有硫黃和赭黃，把這種水塗灑在牛馬的身上，就能讓牛馬不生病。

肥遺鳥

鮮魚

又西七十里，曰英山，其上多杻檀，其陰多鐵，其陽多赤金。禺水出焉，北流注於招水❶，其中多鮮魚❷，其狀如鱉，其音如羊。其陽多箭䇠❸，獸多㸲牛、羬羊。有鳥焉，其狀如鶉❹，黃身而赤喙，其名曰肥遺，食之已癘❺，可以殺蟲。

又西五十二里，曰竹山，其上多喬木，其陰多鐵。有草焉，其名曰黃雚❻，其狀如樗❼，其葉如麻，白華而赤實，其狀如赭，浴之已疥，又可以已腑❽。竹水出焉，北流注於渭，其陽多竹箭，多蒼玉。丹水出焉，東南流注於洛水，其中多水玉，多人魚。有獸焉，其狀如豚而白毛，大如笄❾而黑端，名曰豪彘❿。

人魚

又西百二十里，曰浮山，多盼木，枳❶葉而無傷，木蟲居之。有草焉，名曰薰草，麻葉而方莖，赤華而黑實，臭如蘼蕪❷，佩之可以已癘。

又西七十里，曰羭次之山❸，漆水出焉，北流注於渭。其上多棫橿❹，其下多竹箭，其陰多赤銅，其陽多嬰垣之玉❺。有獸焉，其狀如禺而長臂，善投，其名曰囂❻。有鳥焉，其狀如梟❼，人面而一足，曰橐𪊨❽，冬見夏蟄，服❾之不畏雷。

又西百五十里，曰時山，無草木。逐水出焉，北海注於渭，其中多水玉。

又西百七十里，曰南山，上多丹粟❿。丹水出焉，北流注於渭。獸多猛豹⓫，鳥多尸鳩⓬。

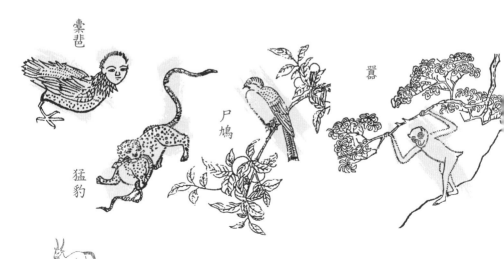

橐𪊨

尸鳩

猛豹

囂

名詞注釋

❶ 招（ㄓㄠ ˊ）水：古代的河流。

❷ 鮮（ㄅㄤ ˋ）魚：一種魚的名字。

❸ 箭鏃（ㄇㄟ ˋ）：一種節長、皮厚、根深的竹子，冬天可以從地下挖出它的筍來吃。

❹ 鶉：「鵪鶉」的簡稱，是一種鳥，體形像小雞，有黃白色的條紋，頭小尾巴短，羽毛是赤褐色的。雄性的鵪鶉很好鬥。

❺ 癘（ㄌㄧ ˋ）：痲瘋病。

❻ 萑（ㄏㄨㄢ ˊ）：荻，樣子像蘆葦，莖可以用來編制葦席。

❼ 樗（ㄕㄨ）：就是臭椿樹，長得很高大，樹皮灰色不產生裂縫，枝莖很小但很粗壯，羽毛一樣的複葉，夏季開出白綠色的花。

❽ 胕（ㄈㄨ ˊ）：這裡是浮腫的意思。

❾ 笄（ㄐㄧ）：就是簪子，是古人用來插住挽起的頭髮或連住頭髮上的冠帽的一種長針。

❿ 豪彘（ㄓ ˋ）：中國古代漢族傳說中的動物，就是豪豬，俗稱箭豬。

⓫ 枳（ㄓ ˇ）：枳樹，也叫做「枸橘」、「臭橘」，葉子上長著粗刺。複葉，小葉三片，有透明的腺點。無傷：指沒有能刺傷人的尖刺。

⓬ 臭（ㄒㄧㄡ ˋ）：氣味。蘼蕪（ㄇㄧ ˊ ㄨ ˊ）：一種香草，有蘭花的氣味。

⓭ 翰（ㄩ ˊ）次之山：是一座山的名字。

⓮ 棫（ㄩ ˋ）：棫樹，長得很小，枝條上長著刺，結的果子像耳璫，紅紫色，可以吃。橿（ㄐㄧㄤ）：一種樹，木材堅韌，可做車輪。

⓯ 嬰垣（ㄩㄢ ˊ）之玉：一種玉石，主要可用來製作掛在脖子

上的裝飾品。嬰垣的意思是脖子。

⑯ 矗：一種野獸，古人說它就是獼猴，形貌與人相似。

⑰ 梟（ㄒ一ㄠ）：就是貓頭鷹。

⑱ 橐琶（ㄊㄨㄛˊㄈㄟˊ）：傳說中的一種鳥，也就是短耳的貓頭鷹。

⑲ 服：一種說法是佩戴，還有一種說法是吃。

⑳ 丹粟：就是丹砂。

㉑ 猛豹：傳說中的一種野獸，形體和熊差不多，但是要小些，毛皮是淺色的，有光澤，它能吃蛇，還能吃銅鐵。

㉒ 尸鳩：鳥的名稱，就是布穀鳥。

再往西七十里，是英山，山上有許多的杻樹和橿樹，山的北面盛產鐵礦，山的南面盛產金礦。是禺水的發源地，向北流入招水，水中有種長得像鱉的魚，叫聲卻像羊。山的南邊有很多箭竹和𥴧竹，野獸大多是牦牛和羬羊。山中有一種禽鳥長得像鶉鶉，有黃色的身體和紅嘴巴，名叫肥遺，吃了牠的肉就可以治癒痲瘋病，還能殺死體內的寄生蟲。

再往西五十二里，是竹山，山上有許多高大的樹木，山的北面盛產鐵礦。山上有一種名叫黃雚的草，它的外形像樗樹，但葉子卻像麻葉，開白花結紅果，果實像赭石，用它洗澡就能治癒疥瘡和浮腫的症狀。是竹水的發源地，向北流入渭水，竹水的北岸上有茂密的小竹叢，及大量青色玉石。是丹水的發源地，向東南流入洛水，水中有許多的水晶石和人

魚。山裡有一種長得像小豬的野獸，但有白色的鬃毛，毛粗如簪且尖端呈黑色，名叫豪彘。

再往西一百二十里，是浮山，這裡有許多的盼木，葉子形似枳樹但沒有尖刺，樹上的蟲子寄生在這裡。山中有一種名叫薰草的草，葉子像麻葉，莖幹卻是方的，開紅花結黑果，氣味像蘼蕪，把它配戴在身上就能治療痲瘋病。

再往西七十里，是䝖次山。是漆水的發源地，向北流入渭水。山上有許多的㭽樹和橿樹，山下有很多的小竹叢，山的北面盛產赤銅，山的南面盛產嬰垣玉。山中有一種長得像猿猴的野獸，有很長的手臂，擅長投擲，名叫囂。山裡有一種長得像貓頭鷹的鳥，有一張人臉，且只有一隻腳，名叫橐𩇯，冬天活躍夏天蟄伏，把牠的羽毛配戴在身上就不會害怕打雷。

再向西一百五十里，是時山，山上寸草不生。是逐水的發源地，向北流入渭水。水裡有許多的水晶石。

再往西一百七十里，是南山，山上到處是像粟粒一樣大的丹沙。是丹水的發源地，向北流入渭水。山中的野獸，大多是猛豹，禽鳥大多是布穀鳥。

又西百八十里，曰大時之山，上多楮柞❶，下多杻橿❷，陰多銀，陽多白玉。涔水❸出焉，北流注於渭。清水出焉，南流注於漢水。

又西三百二十里，曰嶓塚之山❹，漢水出焉，而東南流注於沔❺；囂水出焉，北流注於湯水。其上多桃枝鉤端❻，獸多犀、兕❼、熊、羆❽，鳥多白翰❾、赤鷩。有草焉，其葉如蕙❿，其本如桔梗，黑華而不實，名曰蓇蓉⓫。食之使人無子。

又西三百五十里，曰天帝之山，多棕楠；下多菅⓬蕙。有獸焉，其狀如狗，名曰谿邊⓭，席其皮者不蠱⓮。有鳥焉，其狀如鶉，黑文而赤翁⓯，名曰櫟⓰，食之已痔。有草焉，其狀如葵，其臭如蘼蕪，

名曰杜衡❶，可以走馬❶，食之已走馬癭❶。

西南三百八十里，曰皋塗之山，薔水出焉❷，西流注於諸資之水；塗水出焉，南流注於集獲之水。其陽多丹粟，其陰多銀、黃金，其上多桂木。有白石焉，其名曰礐❷，可以毒鼠。有草焉，其狀如稾茇❷，其葉如葵赤背，名曰無條，可以毒鼠。有獸焉，其狀如鹿而白尾，馬足人手而四角，名曰獷如❷。有鳥焉，其狀如鴟❷而人足，名曰數斯，食之已癭。

獷如

數斯

❶ 柞（ㄗㄨㄛˋ）：古人認為是櫟樹。

❷ 杻（ㄋㄧㄡˇ）：杻樹，木材細長，可以用來造車。

❸ 湝（ㄔㄣ／）水：古時候水流的名稱。

❹ 嶓（ㄅㄛ）塚之山：山的名稱。

❺ 沔（ㄇㄧㄢˇ）：沔水。

❻ 桃枝：一種竹子，它每隔四寸為一節。鉤端：屬於桃枝竹之類的竹子。

❼ 兕：狀如牛，蒼黑，板角。每當出現盛世的時候，牠就會出現。

❽ 羆（ㄆㄧ／）：熊的一種，也叫棕熊、馬熊或人熊，古稱羆。毛棕褐色，能爬樹游水。

❾ 白翰：一種鳥，白雉，又叫白鷴，雄性白雉鳥的上體和兩翼白色，尾長，中央尾羽純白。常出現在高山竹林之間。

❿ 蕙：蕙草，是一種香草，屬於蘭草之類。

⓫ 蒡（ㄍㄨˇ）蓉：一種草的名稱。

⓬ 菅（ㄐㄧㄢ）：茅草的一種。

⓭ 谿（ㄒㄧ）邊：一種野獸的名稱。有一種說法是松鼠，又叫樹狗，形體比一般的松鼠大。

⓮ 蠱：毒熱的惡氣。

⓯ 翁：鳥脖子上的羽毛。

⓰ 櫟（ㄌㄧˋ）：傳說中的一種鳥。有一說是紅腹鷹，一種較兇猛的禽類。

⓱ 杜衡：一種香草。

⓲ 走馬：讓馬跑得快。

⓳ 癭（ㄧㄥˇ）：一種人體局部細胞增生的疾病，一般會形成囊狀性。樣子、大小不一，多肉質。這裡指長在脖子上的囊狀瘤。

⑳ 薔（ㄙㄜˋ）水：古代水流的名稱。

㉑ 礜（ㄩˋ）：就是礜石，一種礦物，有毒。蒼白二色的礜石可以入藥。如果山上有各種礜石，草木不能生長，霜雪不能積存；如果水裡有各種礜石，就會使水不結冰。

㉒ 槁茇（ㄍㄠˇㄅㄚˊ）：又名槁本，是一種雙子葉植物，藥傘形科植物。根莖可以用來製作藥物。

㉓ 貜（ㄐㄩㄝˊ）如：傳說中的獸名。

㉔ 鵰（ㄔ）：鷂鷹。

再往西一百八十里，是大時山，山上有許多樹，大多是構樹和櫟樹，山下有很多杻樹和橿樹，山的北面盛產銀礦，山的南面盛產白色玉石。是涔水和清水的發源地，涔水向北流入渭水。清水則向南流入漢水。

再往西三百二十里，是嶓塚山，是漢水和囂水的發源地，漢水向東南流入沔水；囂水則向北流入湯水。山上有許多的桃枝竹和鉤端竹，野獸以犀牛、兕、熊、羆為主。禽鳥以白雉和赤鷩最多。山上有一種叫菁蓉的草，葉子像蕙草葉，莖幹像桔梗，開的花是黑色的，但不結果，吃了它就會失去生育能力。

再往西三百五十里，是天帝山，山上有許多的棕樹和楠木樹，山下有很多的茅草和蕙草。山裡有一種叫谿邊的野獸，長得像狗，坐在谿邊的皮上就可以防止妖邪毒氣入侵。山裡有一種禽鳥，外形像鵪鶉，有黑色的花紋和紅色的頸毛，名

叫櫟，吃了它的肉就可以治癒痔瘡。山裡還有一種長得像葵菜的草，味道像蘼蕪，名叫杜衡，馬如果吃了就會跑得很快，人服用則可以治癒脖子上的贅疣。

　　向西南三百八十里，是皋塗山，是薔水的發源地，向西流入諸資水；也是塗水的發源地，向南流入集獲水。山的南面遍布著粟粒般大小的丹沙，山的北面則盛產銀礦和金礦，山上隨處可見桂樹，山裡有一種叫礜的白石，可以毒死老鼠。山裡有一種長得像槀茇的草，名叫無條，葉子和葵菜很像，但背面呈紅色，可以毒死老鼠。還有一種名叫獛如的野獸，外形像鹿，但長著白尾巴、馬蹄、人手和四隻角。還有一種名叫數斯的禽鳥，形似鷂鷹，卻長著人腳，吃了牠的肉能治癒脖子上的贅疣。

又西百八十里，曰黃山，無草木，多竹箭。盼水出焉，西流注於赤水，其中多玉。有獸焉，其狀如牛，而蒼黑大目，其名曰𡎸❶。有鳥焉，其狀如鴞❷，青羽赤喙，人舌能言，名曰鸚鵑❸。

又西二百里，曰翠山，其上多棕楠，其下多竹箭，其陽多黃金、玉，其陰多旄牛❹、麢❺、麝❻。其鳥多鸓❼，其狀如鵲，赤黑而兩首、四足，可以禦火。

鴞

又西二百五十里，曰騩山❽，是錞❾於西海，無草木，多玉。淒水出焉，西流注於海，其中多采石❿、黃金，多丹粟。

凡《西經》之首，自錢來之山至於騩山，凡十九山，二千九百五十七里。華山塚⓫也，其祠之禮：太牢⓬。羭山神也，祠之用燭，齋百日以百犧⓭，瘞用百瑜⓮，湯⓯其酒百樽，嬰以百珪百璧⓰。其餘十七山之屬，皆毛牷⓱用一羊祠之。燭者，百草之未灰，白席采⓲等純之。

❶ 揫（ㄇㄧㄣˇ）：傳說中的一種野獸，形似牛。

❷ 鴞（ㄒㄧㄠ）：貓頭鷹一類的猛禽。

❸ 鸚鵡：就是鸚鵡。

❹ 旄（ㄇㄠˊ）牛：就是犛牛。牛的一種，全身長滿毛，腿短。

❺ 麢（ㄌㄧㄥˊ）：就是羚羊，形似羊，但比羊要大，圓角，一般出現在山崖間。麢，同「羚」。

❻ 麝（ㄕㄜˋ）：一種動物，也叫香獐，蹄子小，耳朵大，無角。雄性麝的臍與生殖孔之間有麝腺，分泌的麝香可以用來製作藥物和香料用。

❼ 鷗（ㄌㄟˇ）：傳說中的一種鳥。

❽ 騩（ㄍㄨㄟ）山：山的名稱。

❾ 錞（ㄔㄨㄣˊ）：依附。

❿ 采石：彩色的石頭。

⓫ 塚：大，這裡指大的山神。

⓬ 太牢：古人進行祭祀活動時，祭品所用牛、羊、豬三牲稱為太牢。

⓭ 齋：古人在祭祀前或舉行儀式前清潔身體以示莊敬。犧：古代祭祀時用的毛色純正的牲。牲是供祭祀用的整頭完整的家畜。

⓮ 瑜：美玉的意思。

⓯ 湯：通「燙」。就是使用熱水溫酒。

⓰ 嬰：據學者研究，嬰是用玉器祭祀神的專稱。珪：同「圭」，一種玉器，長條形，上端為三角狀，是古時朝聘、祭祀、喪葬所用的禮器之一。

⓱ 毛牷（ㄑㄩㄢˊ）：指祀神所用牲畜是整頭完整的。

⓲ 采：這裡是指有彩色花紋的絲織物。

再往西一百八十里，是黃山，山裡沒有花草樹木，反而遍布著許多箭竹。是盼水的發源地，向西流入赤水，水中有豐富的玉石。山裡有一種形似牛的野獸，有蒼黑色的毛皮，眼睛很大，名叫犛。山中還有一種名叫鸚鵡的禽鳥，形似貓頭鷹，卻有青羽毛、紅嘴巴和人的舌頭，能學人類說話。

再往西二百里，是翠山，山上生長著許多棕樹和楠木樹，山下有很多箭竹，山的南面盛產黃金礦藏和玉石，山的北面有許多的犛牛、羚羊、麝。山中的禽鳥以鸓鳥為主，形似喜鵲，長著黑羽毛，還長著兩個腦袋和四隻腳，飼養這種鳥就可以避免火災。

再往西二百五十里，是騩山，坐落於西海邊上，山上沒有花草樹木，但有許多的玉石。淒水發源於這座山，向西流入大海，淒水中有許多彩色的石頭和黃金，還有粟粒般大小的丹砂。

西方第一列山系的首尾，從錢來山到騩山，一共十九座山，共有二千九百五十七里。華山是這些山的首座山，祭祀華山的山神的儀式是用豬、牛、羊齊全的三牲作祭品。羭山山神要單獨祭祀，祭祀羭山山神須以火燭，並齋戒一百天，用一百隻毛色純正的牲畜和一百塊美玉埋入地下，再澆上一百樽美酒，祀神的玉器則用一百塊玉珪和一百塊玉璧。祭祀其他十七座山的儀式，都是用一隻完整的羊做祭品。所用的燭，是用沒有燃成灰的百草製作的火把，祭神用的席子則是用有彩色花紋裝飾邊緣的白茅草席。

《西次二經》之首，曰鈐山，其上多銅，其下多玉，其木多杻橿。

西二百里，曰泰冒之山，其陽多玉，其陰多鐵。浴水出焉，東流注於河❶，其中多藻玉❷，多白蛇。

又西一百七十里，曰數曆之山，其上多黃金，其下多銀，其木多杻、橿，其鳥多鸚鵡。楚水出焉，而南流注於渭，其中多白珠。

又西百五十里，曰高山❸，其上多銀，其下多青碧❹、雄黃❺，其木多棕，其草多竹❻。涇水出焉，而東流注於渭，其中多磬石、青碧。

❶ 河：黃河。
❷ 藻玉：帶有色彩紋理的美玉。
❸ 高山：山的名稱。
❹ 青碧：青綠色的美玉。
❺ 雄黃：是四硫化四砷的俗稱，又稱作黃金石、雞冠石等，一般是橘黃色的粒狀固體或橙黃色的粉末。
❻ 竹：這裡指長得很矮但是很茂密的小竹子，所以被當作草。

西方第二列山系的首座山，是鈐山，山上盛產銅，山下盛產玉，山中的樹木大多是杻樹和橿樹。

從鈐山往西二百里，是泰冒山，山的南面盛產金礦，山的北面則產鐵礦。是浴水的發源地，向東流入黃河，水中有豐富的藻玉，還有很多的白蛇。

再向西一百七十里，是數曆山，山上盛產金，山下則盛產銀，山上生長著很多杻樹和橿樹，鳥類主要是鸚鵡，是楚水的發源地，向南流入渭水，水中有豐富的白色珍珠。

再往西北五十里，是高山，山上有豐富的銀礦，山下則蘊藏著大量青碧和雄黃，山上的樹木以棕樹為主，草大多是小竹叢。是涇水的發源地，向東流入渭水，水中有豐富的磬石、青碧。

鸞鳥　鳧徯　朱厭

西南三百里，曰女床之山，其陽多赤銅，其陰多石涅❶，
其獸多虎豹犀兕。有鳥焉，其狀如翟 ❷ 而五采文，名曰鸞
鳥❸，見則天下安寧。

又西二百里，曰龍首之山，其陽多黃金，其陰多鐵。苕水
出焉，東南流注於涇水，其中多美玉。

又西二百里，曰鹿台之山，其上多白玉，其下多銀，其獸
多㸲牛、羬羊、白豪❹。有鳥焉，其狀如雄雞而人面，名曰
鳧徯。其鳴自叫也，見則有兵。

西南二百里，曰鳥危之山，其陽多磬石，其陰多檀❺、楮，
其中多女床❻。鳥危之水出焉，西流注於赤水，其中多
丹粟。

又西四百里，曰小次之山，其上多白玉，其下多赤銅。有
獸焉，其狀如猿，而白首赤足，名曰朱厭❼，見則大兵。

❶ 石涅：據古人講，就是石墨，古代的人把它用作黑色染料，
它可以畫眉和寫字。

❷ 翟（ㄉㄧˊ）：一種有很長尾巴的野雞，但是比一般的野雞
要大些。

❸ 鸞鳥：傳說中的一種鳥，屬於鳳凰一類。

❹ 白豪：長著白毛的豪豬。

❺ 檀：檀樹，木材極香，可以用它來製作器具。楮（ㄔㄨˇ）：
構樹，長得很高大，外皮可以製作桑皮紙。

❻ 女床：據古人說是女腸草。

❼ 朱厭：傳說中的野獸。

　　從高山向西南三百里，是女床山，山的南面盛產黃銅，山的北面盛產石涅，山中的野獸以老虎、豹、犀牛和兕居多。山裡還有一種形似野雞的禽鳥，長著五彩的羽毛，名叫鸞鳥，牠出現就代表天下安寧。再向西二百里，是龍首山，山的南面有豐富的黃金，山的北面則有大量的鐵礦。是苕水的發源地，向東南流入涇水，水中有許多美玉。

　　再往西二百里是鹿臺山，山上盛產白玉，山下盛產白銀，山中的野獸主要是柞牛、羬羊、白豪。山裡還有一種名叫鳧徯的禽鳥，形似雄雞，卻有人臉，叫聲就是自己名字的讀音，只要牠出現就代表即將發生戰爭。再往西南二百里是鳥危山，山的南面盛產磬石，北面到處是檀樹和構樹，山中遍布著許多的女腸草。是鳥危水的發源地，向西流入赤水，水中有許多粟粒般大小的丹砂。再向西四百里，是小次山，山上盛產白玉，山下則盛產黃銅。山裡有一種形似猿猴的野獸，有著白頭紅腳，名叫朱厭，牠出現就代表即將有大戰發生。

又西三百里，曰大次之山，其陽多堊❶，其陰多碧，其獸多㸲牛、麢羊。

又西四百里，曰薰吳之山，無草木，多金玉。

又西四百里，曰底陽之山❷，其木多稷❸、楠、豫章❹，其獸多犀、兕、虎、犳❺、㸲牛。

又西二百五十里，曰眾獸之山，其上多㻬琈之玉，其下多檀楮，多黃金，其獸多犀、兕。

又西五百里，曰皇人之山，其上多金玉，其下多青雄黃。皇水出焉，西流注於赤水，其中多丹粟。

古文今解

　　再向西三百里，是大次山，山的南面有許多堊土，山的北面盛產碧玉，山中的野獸以牠牛、麢羊為主。

　　再向西四百里，是薰吳山，山上草木不生，但有豐富的金屬礦物和玉石。

　　再向西四百里，是底陽山，山上的樹木以水松樹、楠木樹、樟樹為主，野獸則以犀牛、兕、老虎、豹、牠牛居多。

　　再向西二百五十里，是眾獸山，山上遍布瑼琈玉，山下則有許多的檀樹和構樹，盛產金礦，野獸以犀牛、兕為主。

　　再向西五百里，是皇人山，山上有豐富的金屬礦物和玉石，山下盛產石青、雄黃。是皇水的發源地，向西流入赤水，水中有許多粟粒般大小的丹砂。

又西三百里，曰中皇之山，其上多黃金，其下多蕙、棠❶。

又西三百五十里，曰西皇之山，其陽多黃金，其陰多鐵，其獸多麋❷、鹿、祚牛。

又西三百五十里，曰萊山，其木多檀、楮，其鳥多羅羅❸，是食人。

凡《西次二經》之首，自鈐山至於萊山，凡十七山，四千一百四十里。其十神者，皆人面而馬身。其七神皆人面而牛身，四足而一臂，操杖以行，是為飛獸之神❹。其祠之，毛用少牢❺，白菅為席。其十輩神者，其祠之，毛一雄雞，鈐而不糈❻，毛采❼。

人面馬身神

人面牛身神

❶ 棠：這裡指棠梨樹，結的果實好像梨，但是比梨要小一點，可以吃，味道甜酸。

❷ 麋（ㄇㄧˊ）：就是麋鹿，因牠的角像鹿角又不像，頭像馬頭又不像，身子像驢身又不像，蹄子像牛蹄又不像，所以古人又稱作「四不像」。

❸ 羅羅：鳥的名稱。

❹ 飛獸之神：好像獸一樣奔走如飛的神。

❺ 毛：指毛物，就是祭神所用的狗、羊、豬、雞、牛等畜禽。
少牢：古代祭祀用的豬和羊。

❻ 鈐（ㄑㄧㄢˊ）而不糈（ㄒㄩˇ）：祈禱的時候不用精米；還有一種說法是用金屬犁作祭物而不用精米。

❼ 毛采：這裡指雜色的雄雞。

再向西三百里，是中皇山，山上盛產金礦，山下佈滿了蕙草、棠梨樹。

再向西三百五十里，是西皇山，山的南部盛產金礦，山的北部盛產鐵礦，山上的野獸以麋、鹿、柞牛為主。

再向西三百五十里，是萊山，山上有許多檀樹和構樹，禽鳥以羅羅鳥居多，這種鳥會吃人。

西方第二列山系的首尾，從鈐山到萊山，共有十七座山，里程共四千一百四十里。其中有十座山的山神皆為人面馬身。另外的七座山的山神則為人面牛身、四隻腳和一條臂膀，拄著拐杖行走，就是所謂的飛獸神。祭祀這七位山神的時候，以帶毛的豬、羊做祭品，把牠們放在白茅草席上。而另外的那十座山的山神，則以一隻帶毛的公雞作為祭品，祭祀的時候不須用米；公雞的毛要色彩相雜。

《西次三經》之首，曰崇吾之山，在河之南，北望冢遂，南望备之澤，西望帝之搏獸之丘，東望螞淵。有木焉，員葉而白枘❶，赤華而黑理，其實如枳，食之宜子孫。有獸焉，其狀如禺而文❷臂，豹尾而善投，名曰舉父。有鳥焉，其狀如鳧，而一翼一目，相得乃飛，名曰蠻蠻，見則天下大水。西北三百里，曰長沙之山。泚水出焉，北流注於泑水，無草木，多青雄黃。

又西北三百七十里，曰不周之山。北望諸毗之山，臨彼岳崇之山，東望泑澤，河水所潛也，其原渾渾泡泡❸。爰❹有嘉果，其實如桃，其葉如棗，黃華而赤柎，食之不勞。

舉父

① 員：通「圓」。柎（ㄈㄨ）：花萼。是由若干萼片組成，它長在花的外圍，有保護花芽的作用。

② 文：同「紋」，花紋的意思。

③ 原：「源」的本字。水源。渾渾（ㄍㄨㄣˇ）泡泡（ㄆㄠˋ）：形容水噴湧的聲音。

④ 爰（ㄩㄢˊ）：這裡、那裡的意思。

西方第三列山系的第一座山叫崇吾山，位於黃河的南岸，從山上向北望可以看到塚遂山，向南望可以看到峚澤，向西望見天帝的搏獸山，向東可以望見螞淵。山裡有一種樹，有圓圓的葉子和白色的花萼，紅色的花朵上有黑色的紋理，果實形似枳，吃了它就能夠多子多孫。山裡有一種名叫舉父的野獸，形似猿猴卻有豹尾，臂上有斑紋，擅長投擲。山裡還有一種叫蠻蠻的禽鳥，長得像鴨子，但只有一隻翅膀和一隻眼睛，兩隻合體才能飛翔，只要牠出現就代表即將發生水災。

從崇吾山往西北三百里，是長沙山。是泚水的發源地，向北流入泑水，山上沒有花草樹木，但盛產石青、雄黃。

再往北三百七十里，是不周山。在山上向北看去可以望見諸毗山，它和岳崇山相鄰，向東看去可以望見泑澤，是黃河的源頭，水源噴湧發出渾渾泡泡的響聲。山裡還有一種很珍貴的果樹，果實像桃子，葉子像棗樹葉，花朵是黃色的但花萼卻是紅的，吃了它就能一解憂愁。

又西北四百二十里，曰峚山❶，其上多丹木❷，員葉而赤莖，黃華而赤實，其味如飴❸，食之不饑。丹水出焉，西流注於稷澤❹，其中多白玉。是有玉膏❺，其原沸沸湯湯❻，黃帝是食是饗❼。是生玄玉❽。玉膏所出，以灌丹木，丹木五歲，五色乃清，五味乃馨❾。黃帝乃取峚山之玉榮❿，而投之鐘山之陽。瑾瑜之玉為良⓫，堅粟⓬精密，濁澤有而色⓭。五色發作⓮，以和柔剛。天地鬼神，是食是饗；君子服之，以禦不祥。自峚山至於鐘山，四百六十里，其間盡澤也。是多奇鳥、怪獸、奇魚，皆異物焉。

又西北四百二十里，曰鐘山。其子⓯曰鼓，其狀如人面而龍身，是與欽䲹⓰殺葆江於昆侖之陽，帝乃戮之鐘山之東曰崦崖⓱。欽䲹化為大鶚⓲，其狀如雕而墨文曰首，赤喙而虎爪，其音如晨鵠⓳，見則有大兵；鼓亦化為鵕鳥⓴，其狀如鴟，赤足而直喙，黃文而白首，其音如鵠㉑，見則其邑㉒大旱。

❶ 峚（ㄇㄧˋ）山：山的名稱。

❷ 丹木：一種樹木的名稱。

❸ 飴（ㄧˊ）：飴糖，用麥芽製成的糖。

❹ 稷澤：水名。

❺ 玉膏：玉的脂膏，據說是一種仙藥。

❻ 沸沸（ㄈㄨˋ）湯湯（ㄕㄤ）：水騰湧的樣子。

❼ 饗（ㄒㄧㄤˇ）：通「享」。享受的意思。

❽ 玄：黑色。

❾ 馨：芳香。

❿ 玉榮：玉的精華。

⓫ 瑾瑜：瑾和瑜都是美玉。

⓬ 堅粟：形如粟米且堅硬。

⓭ 有而：應該是而有。

⓮ 五色發作：散發出來的光彩相互輝映。

⓯ 其子：這裡指鐘山山神的兒子。

⓰ 欽鴀（ㄆㄧˊ）：古代神話中的神。

⓱ 峪（ㄧㄠˊ）崖：地名。

⓲ 鶚（ㄜˋ）：也叫魚鷹，頭頂和後頸的羽毛是白色的，有暗褐色的縱紋，頭後的羽毛呈矛狀。腳趾有老虎的利爪，趾底都是細齒，外趾能前後轉動，擅於捕魚。

⓳ 晨鵠（ㄏㄨˊ）：水鳥名，形似鵠，體形比鵠大，鳴聲宏亮，善於飛行，以植物、昆蟲等維生。

⓴ 鵕（ㄐㄩㄣˋ）鳥：傳說中的一種鳥。

㉑ 鵠：也叫鴻鵠。天鵝，有很長的脖頸和白羽毛，叫聲洪亮。

㉒ 邑：這裡泛指有人聚居的地方。

　　再往西北四百二十里，是崒山，山上有許多丹木，有紅色的莖幹及圓圓的葉子，開黃花結紅果，果實味道很甜，吃了它就不會感覺飢餓。是丹水的發源地，向西流入稷澤，水中有許多白色玉石。這裡有玉膏，玉膏的源水奔騰洶湧，黃帝經常服食這種玉膏。這裡還生產一種黑色玉石。用這裡的玉膏澆灌丹木，丹木再生長五年，便會開出漂亮的五色花朵，結出味道甜美的五種果實。於是黃帝便採擷崒山中玉石的精華，種在鐘山向陽的南面。後來便孕育出瑾和瑜這類的美玉，堅硬又精緻，溫潤有光澤。五種色彩相互輝映，剛柔並濟。無論是天神還是地鬼，都前來享用；君子佩戴它，就能抵禦妖邪之氣。從崒山到鐘山，里程共四百六十里，其間全部是水澤。在這裡生長著許多奇特的禽鳥、怪異的野獸、奇異的魚類，都是世上罕見的怪物。

　　再向西北四百二十里，是鐘山。鐘山山神的兒子名叫鼓，鼓是人面龍身，他曾和欽䲹神聯手在昆侖山南面殺死天神葆江，天帝因此將鼓與欽䲹處死在鐘山東面的嶧崖。欽䲹變成了一隻大鶚，形似雕鷹，卻有黑色的斑紋及紅色的嘴巴，白色的腦袋和老虎般的爪子，叫聲像晨鵠，牠出現的地方就會有大戰爭；鼓也能化為鵕鳥，外形像鵕鷹，腳是紅的，嘴是直的，身上有黃色的斑紋，頭是白色的，叫聲像鴻鵠，牠出現的地方就會有旱災。

文鰩魚

又西百八十里，曰泰器之山。觀水出焉，西流注於流沙❶。
是多文鰩魚❷，狀如鯉魚，魚身而鳥翼，蒼文而白首赤喙，
常行西海，游於東海，以夜飛。其音如鸞雞❸，其味酸甘，
食之已狂，見則天下大穰❹。

又西三百二十里，曰槐江
之山。丘時之水出焉，而
北流注於泑水。其中多蠃
母❺，其上多青雄黃，多
藏❻琅玕、黃金、玉，其
陽多丹粟。其陰多采黃金
銀。實惟帝之平圃❼，神

英招

英招司之 ❽，其狀馬身而人面，虎文而鳥翼，徇 ❾ 於四海，其音如榴。南望昆侖，其光熊熊，其氣魂魂 ❿。西望大澤 ⓫，後稷 ⓬ 所潛也。其中多玉，其陰多榣木 ⓭ 之有若。北望諸毗，槐鬼離侖居之，鷹鸇 ⓮ 之所宅也。東望恒山四成，有窮鬼居之 ⓯，各在一搏。爰有瑤水 ⓰，其清洛洛 ⓱。有天神焉，其狀如牛，而八足二首馬尾，其音如勃皇 ⓲，見則其邑有兵。

天神

❶ 流沙：古時候指的是中國西北的沙漠地區，也指今天的新疆境內的白龍堆沙漠地帶。

❷ 文鰩魚：傳說中的一種魚。還有一種說法是生活在海中的飛魚。

❸ 鷩雉：傳說中的一種鳥。

❹ 穰（ㄖㄤˊ）：莊稼豐熟。

❺ 蠃（ㄌㄨㄛˇ）母：凡軟體動物腹足類，背有旋線的硬殼都叫螺，有很多的種類。蠃，同「螺」。

❻ 藏：是隱藏、埋藏的意思。琅玕（ㄌㄤˊㄍㄢ）：像玉一樣的石頭。

❼ 平圃（ㄆㄨˇ）：傳說中神仙居住的地方。

❽ 英招（ㄕㄠˊ）：上古傳說中的神名。司：管理，掌管。

❾ 徇（ㄒㄩㄣˋ）：巡行。

❿ 魂魂：盛大的樣子。

⓫ 大澤：後稷所葬之處。傳說後稷一出生就很靈慧且能先知，他死後就化形而遁於大澤成為神。

⓬ 後稷：周人的先祖。相傳他在虞舜時任農官，對於種莊稼很有研究。

⓭ 樒（一ㄠˊ）木：特別高大的樹木。若：若木，傳說中的樹，具有神靈的特性。

⓮ 鸇（ㄓㄢ）：鷂鷹一類的鳥。

⓯ 有窮鬼：鬼名。這裡指的是某氏族的名稱。

⓰ 瑤水：瑤池。傳說中神仙居住的地方。

⓱ 洛洛：同「落落」，水清澈的樣子。

⓲ 勃皇：動物名。

　　再往西一百八十里，是泰器山，為觀水的發源地，向西流入流沙。觀水裡有許多文鰩魚，形似鯉魚卻有鳥的翅膀，身上有青色的斑紋和白色的腦袋、紅色的嘴巴，牠經常在西海裡行走，在東海遨遊，夜裡經常躍到水面飛行。叫聲像鸞雞啼叫，肉味酸中帶甜，吃了牠的肉可以治癒癲狂病，牠出現就代表天下五穀豐登。

　　再往西三百二十里，是槐江山。是丘時水的發源地，向北流入泑水。水中有許多螺母，山上盛產石青、雄黃、黃金、玉石，山的南面遍布粟粒般大小的丹沙，山的北面盛產帶紋彩的黃金和白銀。槐江山是天帝懸在半空的園圃，由天神英招管理，天神英招為馬身人面，身上有帶有虎斑及鳥的翅膀，在四海之間傳達天帝的旨意，聲音像用轆轤抽水。在山上向南看去可以望見昆侖山，那裡有熊熊火光，氣勢磅礡。從山頂向西看可以望見廣闊的沼澤，那裡是埋葬後稷的地方。沼澤中有許多玉石，沼澤的南面有許多搖木，搖木上長著奇特的若木。從山的頂端向北看去可以望見諸毗山，是神仙槐鬼離侖所居住的地方，那裡也是鷹鸇等飛禽集中棲息的地方。從山的頂端向東看去可以望見四重高的桓山，是有窮鬼居住的地方，各自聚集在山的一處。這裡有大水傾瀉，水很清澈。山裡有天神，牠的外形像牛，但有八隻腳、兩個腦袋和馬尾巴，叫聲像人在吹奏樂器時薄膜震動發出的聲音，牠出現的地方就會有戰爭。

陸吾

欽原

長乘

西南四百里，曰昆侖之丘，是實惟帝之下都❶，神陸吾❷
司之。其神狀虎身而九尾，人面而虎爪；是神也，司天之
九部及帝之囿時❸。有獸焉，其狀如羊而四角，名曰土螻，
是食人。有鳥焉，其狀如蜂，大如鴛鴦，名曰欽原，蠚❹
鳥獸則死，蠚木則枯，有鳥焉，其名曰鶉鳥❺，是司帝之
百服。有木焉，其狀如棠，黃華赤實，其味如李而無核，
名曰沙棠，可以禦水，食之使人不溺。有草焉，名曰薲草❻，
其狀如葵，其味如蔥，食之已勞。河水出焉，而南流東注
於無達。赤水出焉，而東南流注於氾天之水❼。洋水出焉，
而西南流注於丑塗之水。墨水出焉，而西流注於大杅❽。
是多怪鳥獸。

又西三百七十里，曰樂遊之山。桃水出焉，西流注於稷澤，
是多白玉，其中多𩶨魚❾，其狀如蛇而四足，是食魚。

鯈魚

西水行四百里，曰流沙，二百里至於羸母之山，神長乘司之，是天之九德❿也。其神狀如人而犳⓫尾。其上多玉，其下多青石而無水。

名詞注釋

❶ 下都：下界的都城。

❷ 陸吾：神的名稱，也就是開明獸。

❸ 九部：據古人解釋是九域的部界。囿（一ㄡˋ）：古代帝王畜養禽獸的園林。

❹ 螶（ㄏㄜ）：毒蟲類咬刺。

❺ 鶉（ㄔㄨㄣˊ）鳥：傳說中鳳凰之類的鳥，和前文所說的鶉鳥（鵪鶉）不同。

❻ 簀（ㄆㄧㄣˊ）草：一種賴草，這種草是飼養牲畜的好飼料。

❼ 氾（ㄈㄢˋ）天之水：水名。

❽ 大杅（ㄩˊ）：山名。

❾ 鮹（ㄏㄨㄚˊ）魚：魚名。

❿ 天之九德：天的九種德行。

⓫ 犳（ㄓㄨㄛˊ）：古代傳說中的野獸，身上有像豹一樣的花紋。

　　向西南四百里，為昆侖山，是天帝在人間的都城，由天神陸吾掌管。這位天神有老虎的身子、九條尾巴、人的臉和虎爪；祂掌管天上的九部和昆侖山苑圃的時節。山中有一種叫土螻的野獸，形似羊，但有四隻角，會吃人。山中還有一種名叫欽原的禽鳥，外形像蜜蜂，但大小卻和鴛鴦差不多，這種鳥的刺能殺死其他鳥獸、使樹木枯死。山中還有另一種禽鳥，名鶉鳥，負責管理天帝日常生活的各種器具和服飾。山中有一種名叫沙棠的樹木，形似棠梨樹，但開黃花結紅果，果實的味道像李子，沒有核，可以用來預防水患，吃了這種果實就能漂浮在水面。山中還有一種草，名叫薲草，形似葵菜，味道像蔥，吃了它就不會感到憂愁煩惱。是黃河水的發源地，向南流而向東轉入無達山。也是赤水的發源地，向東南流入汜天水。洋水的發源地也是這座山，向西南流入丑塗水。黑水也發源於此，向西流入大杅山。這座山棲息著許多奇怪的鳥獸。

　　再往西三百七十里，是樂遊山。為桃水的發源地，向西流入稷澤，遍布著白色的玉石，水中還有許多長得像蛇卻有四隻腳的魚，牠們以魚類為食，名叫䱹魚。

　　往西行四百里水路，就是流沙，再行二百里便到嬴母山，掌管這座山的是天神長乘，他是天的九德之氣所生。這個天神長得像人卻有豹的尾巴。山上遍布玉石，山下有很多青石而沒有水。

又西北三百五十里，曰玉山，是西王母所居也。西王母其狀如人，豹尾虎齒而善嘯，蓬髮戴勝 ❶，是司天之厲及五殘 ❷。有獸焉，其狀如犬而豹文，其角如牛，其名曰狡 ❸，其音如吠犬，見則其國大穰。有鳥焉，其狀如翟而赤，名曰胜遇 ❹，是食魚，其音如錄 ❺，見則其國大水。

又西四百八十里，曰軒轅之丘 ❻，無草木。洵水出焉，南流注於黑水，其中多丹粟，多青雄黃。

又西三百里，曰積石之山，其下有石門 ❼，河水冒以西南流 ❽，是山也，萬物無不有焉。

又西二百里，曰長留之山，其神白帝少昊居之 ❾。其獸皆文尾，其鳥皆文首。是多文玉石。實惟員神魂氏 ❿ 之宮。

是神也，主司反景⓫。

又西二百八十里，曰章莪之山⓬，無草木，多瑤碧⓭。所
為甚怪⓮。有獸焉，其狀如赤豹，五尾一角，其音如擊石，
其名曰猙⓯。有鳥焉，其狀如鶴，一足，赤文青質而白喙，
名曰畢方⓰，其鳴自叫也，見則其邑有訛火⓱。

❶ 胜：指玉胜，古時用玉製作的一種首飾。

❷ 厲：災役。還有一種說法是星名。五殘：五刑殘殺，還有一種說法是星名。

❸ 狡：傳說中的一種獸。

❹ 胜（ㄒㄧㄥ）遇：就是翡翠鳥，古代傳說中的一種鳥。

❺ 錄：清吳任臣云：「疑爲鹿之借字」。

❻ 軒轅之丘：軒轅丘，山的名稱，據說是黃帝迎娶螺祖的地方。

❼ 石門：這裡指大型的石洞。

❽ 河：指黃河。冒：這裡指往外滲透。

❾ 白帝少昊：少昊金天氏。傳說中上古帝王帝摯的稱號。

❿ 魂（ㄎㄨㄟˇ）氏：就是白帝少昊。

⓫ 反景（ㄧㄥˇ）：這裡指太陽西落的時候的景象，因為這與太陽東升的時候的光照方向相反，因此說「反景」。景通「影」。

⓬ 章莪（ㄜˊ）之山：山的名稱。

⓭ 瑤碧：美玉和青綠色的玉石。

⓮ 所為甚怪：山上的東西顯得很怪異。

⓯ 猙（ㄓㄥ）：傳說中的一種怪獸。

⓰ 畢方：傳說中的一種鳥，有青色的羽毛，只長著一隻腳，不吃五穀，吞食火焰。

⓱ 訛（ㄜˊ）火：怪火的意思，像野火那樣莫名其妙地燒起來。

再往西三百五十里，有玉山，這裡是西王母的居所。西王母的外型似人，卻有豹尾和老虎一般的牙齒，喜歡吼叫，蓬鬆的頭髮上戴著玉胜，主掌上天災屬和五刑殘殺之氣。玉山中有像狗的野獸，但有豹的斑紋，頭長牛角，名叫狡，牠的叫聲像狗的鳴叫，只要牠出現就代表此處將會五穀豐登。玉山中還有叫胜遇的禽鳥，外形像野雞，但全身都是紅的，會吃魚，叫聲像鹿，牠出現的地方就會發生水災。

往西四百八十里，是軒轅丘，這裡沒有花草樹木。是洵水的發源地，向南流入黑水，水裡有許多粟粒般大小的丹砂，還有許多的石青、雄黃。

再往西三百里，是積石山，山下有一個很大的石洞，黃河水越過石洞向西南流去。這座山萬物俱全。

再往西二百里，是長留山，是天神白帝少昊的居所。山中的野獸都有帶著花紋的尾巴，禽鳥的腦袋也都有花紋。山上遍布帶有彩色花紋的玉石。這座山是員神魂氏的宮殿。魂氏主要掌管太陽落下西山時光線射向東方的景象。

再往西二百八十里，是章莪山，山上草木不生，但有很多瑤、碧一類的美玉。章莪山裡常常出現怪異的現象。山中有一種叫猙的野獸，形似豹，但全身通紅，有五條尾巴和一隻角，叫聲像敲打石頭的聲音。山中還有一種禽鳥，形似鶴，不過只有一隻腳，青色的羽毛上帶有紅色的斑紋，嘴是白色的，名叫畢方，鳴叫聲就是自己名字的讀音，有牠出現的地方就會發生怪火。

天狗

又西三百里，曰陰山。濁浴之水出焉，而南流注於番澤，其中多文貝。有獸焉，其狀如狸而白首，名曰天狗，其音如榴榴❶，可以禦凶。

又西二百里，曰符惕之山，其上多棕楠，下多金玉。神江疑❷居之。是山也，多怪雨，風雲之所出也。

又西二百二十里，曰三危之山，三青鳥居之。是山也，廣員百里。其上有獸焉，其狀如牛，白身四角，其豪如披蓑❸，其名曰獓狠❹，是食人。有鳥焉，一首而三身，其狀如䲵❺，其名曰鴟。

又西一百九十里，曰騩山，其上多玉而無石。神耆童❻居之，其音常如鐘磬。其下多積蛇❼。

獄佷

帝江

又西三百五十里，曰天山，多金玉，有青雄黃。英水出焉，而西南流注於湯穀。有神焉，基狀如黃囊❸，赤如丹水，六足四翼，渾敦❾而無目，是識歌舞，實為帝江❿也。

名詞注釋

❶ 榴榴：這裡是貓叫的聲音。

❷ 江疑：傳說中的神的名稱。

❸ 豪：豪豬身上的刺。這裡指長而剛硬的毛。蓑：遮雨用的草衣。

❹ 獄佷（ㄠˊ一ㄝˋ）：傳說中的一種獸名。

❺ 鶏（ㄌㄨㄛˋ）：形似雕鷹，黑色斑紋，紅色脖頸。

❻ 耆（ㄑ一ˊ）童：老童，傳說是上古帝王顓頊的兒子。

❼ 積蛇：堆積在一起的蛇。

❽ 囊：口袋，皮囊。

❾ 渾敦：就是「渾沌」，沒有具體的樣子。

❿ 帝江（ㄏㄨㄥˊ）：帝鴻氏，據神話傳說所指的是黃帝。

　　再往西三百里，為陰山。是濁浴水的發源地，向南流入蕃澤，水中有許多彩色的貝殼。山中有一種叫天狗的野獸，外形像野貓，但頭是白色的，會發出「榴榴」的叫聲，飼養這種野獸可以辟凶邪之氣。

　　再往西二百里，是符惕山，山上有很多棕樹和楠木樹，山下盛產金屬礦物和玉石。山上住著名叫江疑的神。這座山常常下怪雨，風和雲從這裡興起。

　　再往西二百二十里，是三危山，有三隻青鳥棲息在這裡。三危山方圓百里，有一種野獸，外形像牛，但有白色的身體，頭長四隻角，身上的硬毛看上去像是披著蓑衣，牠的名稱是獓狠，這種野獸會吃人。山中還有一種叫鴟的禽鳥，外型似鶉鳥，長著一個腦袋、三個身體。

　　再往西一百九十里，是騩山，山上盛產美玉，沒有石頭。是耆童天神的居所，他發出的聲音像是敲鐘擊磬的聲音。山下到處是一窩一窩的蛇。

　　再往西三百五十里，是天山，山上盛產金屬礦物和玉石，也有大量石青、雄黃。是英水的發源地，向西南流入湯谷。山裡住著帝江神，長得像黃色的口袋，皮膚發出火一樣鮮紅的光彩，長著六隻腳和四隻翅膀，渾渾沌沌沒有面目，懂得唱歌跳舞。

又西二百九十里，曰泑山，神蓐收❶居之。其上多嬰脰之玉❷，其陽多瑾瑜之玉，其陰多青雄黃。是山也，西望日之所入，其氣員❸，神紅光❹之所司也。

西水行百里，至於翼望之山，無草木，多金玉。有獸焉，其狀如狸，一而三尾，名曰讙，其音如奪❺百聲，是可以禦凶，服之已癉❻。有鳥焉，其狀如烏，三首六尾而善笑，名曰鵸鵌❼，服之使人不厭❽，又可以禦凶。

凡《西次三經》之首，崇吾之山至於翼望之山，凡二十三山，六千七百四十四里。其神狀皆羊身人面。其祠之禮，用一吉玉❾瘞，糈用稷米❿。

❶ 蓐（ㄖㄨˋ）收：金神，長著人臉，但有老虎的爪子和白色的毛皮，管理著太陽的降落。

❷ 嬰脰（ㄉㄡˋ）之玉：上文瑜次山一節中所記述的嬰垣之玉。據今人考證，「垣」、「短」可能都是「脰」之誤。

❸ 氣員：指氣象渾圓。員，通「圓」。

❹ 紅光：傳說中的神的名稱。

❺ 奪：競取，爭取。這裡指超出，壓倒的意思。

❻ 癉（ㄉㄢˋ）：通「疸」，黃疸。中醫將這種病症分為酒疸、黑疸、穀疸、女勞疸、黃汗五種，認為是由濕熱造成的。

❼ 鵁鶔（ㄑㄧˊㄩˊ）：傳說中的一種鳥。

❽ 厭：通「魘」，夢到了可怕的事而呻吟、驚叫。

❾ 吉玉：帶有符彩的玉。

❿ 稷（ㄐㄧˋ）：古代主要食用作物之一的粟，俗稱高粱。

再往西二百九十里，是泑山，是天神蓐收的居所。山上有很多可用作頸飾的玉石，山的南面遍布瑾、瑜一類美玉，而山的北面則盛產石青、雄黃。站在這座山上，向西看可以望見太陽落山的情景，氣象渾圓，由天神紅光掌管。

往西行一百里水路，到達翼望山，山上沒有花草樹木，但盛產金屬礦物和玉石。山中有一種像貓的野獸，只有一隻眼睛、三條尾巴，名叫讙，叫聲能蓋過一百種動物的齊鳴，飼養牠就可以辟凶邪之氣，吃了牠的肉就能治癒黃疸。山中還有一種像烏鴉的禽鳥，有三個腦袋、六條尾巴，很喜歡笑，名叫鵸鵌，吃了牠的肉就不會做噩夢，還能辟凶邪之氣。

西方第三列山系的首尾，從崇吾山到翼望山，一共有二十三座山，里程共六千七百四十四里。這二十三座山的山神形貌都是羊身人面。祭祀山神的儀式則是把一塊吉玉埋入地下，祀神的米要是高粱。

《西次四經》之首，曰陰山，上多楮，無石，其草多茆 ❶、
蕃 ❷。陰水出焉，西流注於洛。

北百五十里，曰勞山，多茈草 ❸。弱水出焉，而西流注於洛。

西五十里，曰罷父之山，洱水出焉，而西流注於洛，其中
多茈、碧 ❹。

北百七十里，曰申山，其上多楮柞，其下多杻、橿，其陽
多金玉。區水出焉，而東流注於河。

北二百里，曰鳥山，其上多桑，其下多楮，其陰多鐵，其
陽多玉。辱水出焉，而東流注於河。

又北百二十里，曰上申之山，上無草木，而多硌石 ❺，下
多榛、楛 ❻，獸多白鹿。其鳥多當扈 ❼，其狀如雉 ❽，以
其髯 ❾ 飛，食之不眴目 ❿。湯水出焉，東流注於河。

又北百八十里，曰諸次之山，諸次之水出焉，而東流注於
河。是山也，多木無草，鳥獸莫居，是多眾蛇。

當
扈

① 茆（ㄇㄠˇ）：蓴菜，又叫鳧葵，水生草本植物，嫩葉可供食用。

② 蕃（ㄈㄢ）：蘋草，像莎草，但是比莎草大一些，生長在江湖水邊，大雁以它為食。

③ 茈（ㄗˇ）草：紫草，可以用來染色。

④ 茈：紫色。這裡是指紫色的美石。碧：青綠色。這裡指青綠色的玉石。

⑤ 硌（ㄌㄨㄛˋ）石：這裡指大石頭。

⑥ 楛（ㄏㄨˋ）：一種似荊而色紅的植物，莖可作箭桿。

⑦ 當扈：傳說中的一種鳥。

⑧ 雉：俗稱野雞。雄雉的羽毛非常華麗，頸下有明顯的白色環紋，雌雉則是褐色。

⑨ 鬚：兩頰上的鬍鬚。

⑩ 眴（ㄒㄩㄢˋ）目：瞬目，眨眼睛。

西方第四列山系的首座山，為陰山，山上有許多構樹，但沒有石頭，這裡的草以薄荷、蕃草為主。是陰水的發源地，向西流入洛水。

往北五十里，是勞山，山上有許多紫草。是弱水的發源地，向西流入洛水。

往西五十里，是罷父山，為洱水的發源地，向西流入洛水，水中有很多的紫色美石及青色玉石。

往北一百七十里，是申山，山上有許多的構樹和柞樹，山下則有大量枏樹和僵樹，山的南面盛產金屬礦物和玉石。是區水的發源地，向東流入黃河。

往北二百里，是鳥山，山上有許多桑樹，山下則以構樹為主，山的北面盛產鐵礦，而山的南面則盛產玉石。是辱水的發源地，向東流入黃河。

再往北一百二十里，是上申山，山上沒有花草樹木，但有很多大石頭，山上生長著很多榛樹和楛樹，野獸以白鹿為主。山裡最多的禽鳥是當扈鳥，外形像野雞，卻用兩頰上的鬍鬚來飛翔，吃了牠的肉就能不眨眼睛。湯水發源於這座山，向東流入黃河。

再往北一百八十里，是諸次山，是諸次水的發源地，向東流入黃河。這座山遍布樹木，卻無花草，也沒有禽鳥野獸，但有很多蛇。

又北百八十里，曰虢山，其木多漆、棕，其草多藥蘪、芎藭❶。多泠石❷。端水出焉，而東流注於河。

又北二百二十里，曰孟山，其陰多鐵，其陽多銅，其獸多白狼白虎，其鳥多白雉白翟。生水出焉，而東流注於河。

西二百五十里，曰白於之山，上多松柏，下多櫟檀❸，其獸多牸牛、羬羊，其鳥多鴞❹。洛水出於其陽，而東流注於渭；夾水出於其陰，東流注於生水。

西北三百里，曰申首之山，無草木，冬夏雪。申水出於其上。潛於其下，是多白玉。

又西五十五里，曰涇谷之山。涇水出焉，東南流注於渭，是多白金白玉。

又西百二十里，曰剛山，多柒木❺，多㻐琈之玉。剛水出焉，北流注於渭。是多神魕❻，其狀人面獸身，一足一手，其音如欽❼。

神魕

❶ 藥：白芷的別名，一種香草，根稱白芷，葉子稱藥，統稱為白芷。蘺（ㄒㄧㄠ）：一種香草。芎藭（ㄒㄩㄥ ㄑㄩㄥˊ）：一種香草，亦稱川芎。

❷ 汵（ㄍㄢˋ）石：礦石名。古時用來製作黑色染料的一種礦物。

❸ 櫟：落葉喬木，葉子可用來養蠶；莖幹可用來製作傢俱、房屋，樹皮可鞣皮或做染料。也叫「麻櫟」。「橡」；通稱「柞樹」。

❹ 鶚：古時對貓頭鷹一類鳥的統稱，現用來命名鶚形的猛禽，該類猛禽均為夜行性的鳥類。

❺ 柒木：漆樹。「柒」通「漆」。

❻ 神魂（ㄑㄧˋ）：就是魑魅一類的東西，魑魅是傳說中山澤的鬼怪。

❼ 欽：「吟」字的假借音，呻吟之意。

再往北一百八十里，是虢山，山裡的樹木大多是漆樹、棕樹，草類以白芷草、藟草、芎草為主。山中盛產汵石。是端水的發源地，向東流入黃河。

再往北二百二十里，是盂山，山的北面盛產鐵礦，山的南面盛產銅礦，山中的野獸以白狼和白虎為主，禽鳥則多是白野雞和白翠鳥。是生水的發源地，向東流入黃河。

往西二百五十里，是白於山，山上有許多松樹和柏樹，山下則盛產櫟樹和檀樹，山中的野獸以柞牛、羬羊為主，禽鳥以貓頭鷹之類為多。洛水發源於這座山的南面，向東流入渭水；而夾水發源於這座山的北面，向東流入生水。

往西北三百里，是申首山，山上草木不生，不論冬夏都有積雪。是申水的發源地，一直流到山下，水裡有許多白色玉石。

再往西五十五里，是涇谷山。是涇水的發源地，向東南流入渭水，這裡盛產白銀和白玉。

再往西一百二十里，是剛山，山上有許多漆樹，盛產瑻珛玉。為剛水的發源地，向北流入渭水。這裡有許多神魍，皆是人面獸身，只有一隻腳一隻手，叫聲像人類的呻吟。

又西二百里，至剛山之尾。洛水出焉，而北流注於河。其中多䖟䖟❶，其狀鼠身而鱉首，其音如吠犬。

又西三百五十里，曰英鞮之山，上多漆木，下多金玉，鳥獸盡白。涴水❷出焉，而北流注於陵羊之澤。是多冉遺之魚❸，魚身蛇首六足，其目如觀耳，食之使人不眯，可以禦凶。

又西三百里，曰中曲之山，其陽多玉，其陰多雄黃、白玉

山海經｜看見遠古的神話世界

駮

及金。有獸焉，其狀如馬而白身黑尾，一角，虎牙爪，音如鼓音，其名曰駮 ❹，是食虎豹，可以禦兵。有木焉，其狀如棠，而員 ❺ 葉赤實，實大如木瓜 ❻，名曰櫰木，食之多力。

又西二百六十里，曰邽山 ❼。其上有獸焉，其狀如牛，蝟毛，名曰窮奇 ❽，音如嗥 ❾ 狗，是食人。濛水出焉，南流注於洋水，其中多黃貝；嬴魚 ❿，魚身而鳥翼，音如鴛鴦，見則其邑大水。

窮奇

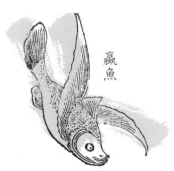

嬴魚

❶ 蠻蠻：屬水獺類的動物，與前文的蠻蠻鳥不同。

❷ 洈（ㄩㄢ）水：古時的水名。

❸ 冉遺之魚：傳說中的一種魚。

❹ 駮：傳說中的一種野獸。

❺ 員：同「圓」。

❻ 木瓜：木瓜樹所結的果實。這種果樹也叫楙（ㄇㄠˋ）樹，屬於落葉灌木或喬木，果實在秋季成熟，呈橢圓形，會散發香氣，可吃可入藥。

❼ 邽（ㄍㄨㄟ）山：山名。

❽ 窮奇：傳說中的一種野獸。

❾ 嗥（ㄏㄠˊ）：野獸吼叫。

❿ 蠃（ㄌㄨㄛˇ）魚：傳說中的一種魚。

　　再往西二百里，便到了剛山的尾端。是洛水的發源地，向北流入黃河。這裡有許多蠻蠻，有老鼠的身體跟甲魚的腦袋，叫聲像狗吠。

　　再往西三百五十里，是英鞮山，山上有許多的漆樹，山下盛產金屬礦物和玉石，禽鳥野獸皆為白色。是涴水的發源地，向北流入陵羊澤。水裡有許多冉遺魚，牠有魚身、蛇頭和六隻腳，眼睛像馬耳朵一樣長，吃了牠的肉就不會做噩夢，也能辟凶邪之氣。

　　再往西三百里，是中曲山，山的南面有許多玉石，山的北面盛產雄黃、白玉和金屬礦物。山中有一種名叫駮的野獸，外形像馬，有白色的身體、黑色的尾巴、一隻角，老虎的牙齒和爪子，鳴叫聲像擊鼓的響聲，以老虎和豹為食，飼養牠就能避免兵刀之禍。山中還有一種名叫懷木的樹，長得像棠梨，圓圓的葉子，紅色的果實大小跟木瓜差不多，吃了它的果實能增大力氣。

　　再往西二百六十里，是邽山。山裡有一種長得像牛的野獸，但全身長著刺蝟那樣的刺，名叫窮奇，鳴叫聲像狗吠，會吃人。是濛水的發源地，向南流入洋水，水中有許多的黃貝。還有一種蠃魚，長著魚的身體，卻有鳥的翅膀，叫聲像鴛鴦，只要牠出現的地方就會有水災。

又西二百二十里，曰鳥鼠同穴之山，其上多白虎、白玉。
渭水出焉，而東流注於河。其中多鰠魚❶，其狀如鱣魚❷，
動則其邑有大兵。濫水出於其西，西流注於漢水，多䰷魳❸
之魚，其狀如覆銚❹，鳥首而魚翼魚尾，音如磬石之聲，
是生珠玉。

西南三百六十里，曰崦嵫之山❺，其上多丹木，其葉如楮，
其實大如瓜，赤符❻而黑理，食之已癉，可以禦火。其陽
多龜，其陰多玉。苕水出焉，而西流注於海，其中多砥礪❼。
有獸焉，其狀馬身而鳥翼，人面蛇尾，是好舉人，名曰孰湖。
有鳥焉，其狀如鴞而人面，蜼❽身犬尾，其名自號也，見
則其邑大旱。

凡《西次四經》自陰山以下，至於崦嵫之山，凡十九山，

孰湖

人面鴞

三千六百八十里。其神祠禮，皆用一白雞祈，糈以稻米，
白菅為席。

右西經之山，凡七十七山，一萬七千五百一十七里。

再往西二百二十里，是鳥鼠同穴山，山上有許多白虎和白玉。是渭水的發源地，向東流入黃河，水中有很多的鰠魚，長得像鱣魚，牠出現的地方就代表即將發生大戰。濫水發源於鳥鼠同穴山的西面，向西流入漢水，水中有許多絮魮魚，長得像反轉過來的銚，有鳥的腦袋、魚的鰭和尾巴，叫聲像敲擊磬石發出的響聲，能吐出珠玉。

西南三百六十里，是崦嵫山，山上有許多丹樹，葉子像構木葉，結出的果實像瓜，紅色的花萼上有黑色的斑紋，吃了它就可以治癒黃疸，還能防禦火災。山的南面有許多烏龜，山的陰面則盛產玉石。是苕水的發源地，向西流入大海，水中有很多磨刀石。山中有一種長得像馬的野獸，但有鳥的翅膀、人的面孔和蛇的尾巴，很喜歡把人抱著舉起來，名叫孰湖。山中還有一種禽鳥，長得像貓頭鷹，但長著人臉、雉的身體和狗尾巴，叫聲就是自己的名字的讀音，牠出現的地方就代表即將會有大旱災。

西方第四列山系，從陰山到崦嵫山，一共十九座山，里程共三千六百八十里。祭祀這十九座山的山神的儀式，皆是以一隻白雞獻祭，祀神用的是稻米，神的座席是白茅草。

以上是西方一系列山的記錄，總共七十七座山，里程共一萬七千五百一十七里。

第三章

北山經

　　《北山經》共介紹了三系列的山系，主要記錄了北方的一系列山脈，共有八十七座山。記載了發源於這些山的河流，以及許多生長在這些山上的植物和動物，還介紹了山上的礦物和相關的神話傳說，以及掌管這些山的山神的樣貌和祭祀方法。

　　北方第一列山系共有二十五座山，其中介紹了這些山的地理位置和風貌，以及山上的相關產物。其中也提到一些可以治癒疾病的動物。

　　北方的第二列山系共有十七座山，其中介紹了山的位置和風貌，以及山上的動物和植物，其中有些動物會吃人。

　　北方第三列山系共有四十六座山，其中有很多是現實中的名山。裡面除了介紹山的位置和物產外，還提到一些相關的神話傳說，如有名的精衛填海。

《北山經》之首，曰單狐之山❶，多機木❷，其上多華草❸。
逢水❹出焉，而西流注於泑水，其中多茈石❺、文石。

又北二百五十里，曰求如之山❻，其上多銅，其下多玉，
無草木。滑水❼出焉，而西流注於諸毗之水。其中多滑魚
❽，其狀如鱔，赤背，其音如梧❾，食之已❿疣⓫。其中
多水馬⓬，其狀如馬，文臂⓭牛尾，其音如呼⓮。

又北三百里，曰帶山⓯，其上多玉，其下多青碧⓰。有獸焉，
其狀如馬，一角有錯⓱，其名曰䑏疏⓲，可以辟⓳火。有
鳥焉，其狀如烏，五采而赤文，名曰鵸鵌⓴，是自為牝牡㉑，
食之不疽㉒。彭水㉓出焉，而西流注於芘湖之水㉔，其中
多儵魚㉕，其狀如雞而赤毛，三尾、六足、四目，其音如鵲，
食之可以已憂。

䑏疏

儵魚

名詞注釋

❶ 單狐之山：單狐山，山名，一說是今寧夏、內蒙古界上賀
蘭山的一部分；另有說是在今新疆境內。

❷ 機木：樹名，檟木，屬落葉喬木，葉呈橢圓形，木質柔軟。

❸ 華草：一說是指多花之草；另一說是指草名。

❹ 漨（ㄈㄥˊ）水：流水名。

❺ 茈石：指紫色的石頭。

❻ 求如之山：求如山，神話傳說中的山。

❼ 滑水：流水名，應指滑水河，在今陝西漢中。

❽ 滑魚：傳說中的魚名。

❾ 梧：有一說指支支吾吾；另有一說是指琴。

❿ 已：治癒。

⓫ 疣（ㄧㄡˊ）：因受病毒感染而生於手足皮膚上的粗糙顆粒。

⓬ 水馬：動物名，可能指河馬。

⓭ 臂：動物的前肢。

⓮ 呼：指人的叫喚聲。

⓯ 帶山：神話傳說中的山。

⓰ 青碧：青色的玉石。

⓱ 錯：琢玉用的磨刀石。

⓲ 䑏（ㄍㄨㄢˋ）疏：傳說中的獸，頭上長有角，形似獨角獸。

⓳ 辟：通「避」，避開。

⓴ 鶺鴒：傳說中的一種鳥。

㉑ 牝牡（ㄆㄧㄣˋ ㄇㄨˇ）：動物的雌性與雄性。

㉒ 疽（ㄐㄩ）：皮膚腫脹堅硬，一種毒瘡。

㉓ 彭水：流水名，一說指今新疆境內的奎屯河。

㉔ 茈湖之水：茈，一作「茈」。茈湖水，流水名。一說指今
新疆境內的艾比湖。

㉕ 鯈（ㄔㄡˊ）魚：「鯈」通「鰷」，即白鰷。

第三章｜北山經　　099

　　北方第一列山系的首座山，為單狐山，山上有茂密的橙木林，也有茂盛的華草。是逢水的發源地，向西流入泑水，水中有許多的紫石、文石。

　　再往北二百五十里，是求如山，此山盛產銅礦，山下則產玉石，但不生花草樹木。是滑水的發源地，向西流入諸水。水中有許多滑魚，外形像鱓魚，但脊背是紅色的，發出的聲音像人支支吾吾地說話，吃了牠的肉就能治癒皮膚上突起的小肉瘤。水中還有很多水馬，長得像馬，但前腿上有花紋，長著牛尾巴，發出的聲音像人的呼喚聲。

　　再往北三百里，是帶山，山上盛產玉石，山下則遍布青色的美玉。山中有一種長得像馬的野獸，但頭上長著一隻宛如磨刀石的角，名叫臞疏，飼養牠就可以預防火災。山中還有一種名叫䴅鵌的鳥，形似烏鴉，但渾身是帶著紅色的斑紋的五彩羽毛，這種鳥是雌雄同體，吃了牠的肉就不會生毒瘡。是彭水的發源地，向西流入芘湖水，水中有很多的儵魚，形似雞，但有紅羽毛、三條尾巴、六隻腳、四隻眼睛，叫聲像喜鵲鳴叫，吃了牠的肉就能使人無憂無慮。

何羅魚

鰼鰼魚

又北四百里，曰譙明之山❶。譙水❷出焉，西流注於河。
其中多何羅之魚❸，一首而十身，其音如犬吠，食之已❹
癰❺。有獸焉，其狀如貆❻而赤豪，其音如榴榴，名曰孟
槐❼，可以禦凶。是山也，無草木，多青雄黃。

又北三百五十里，曰涿光之山。囂水出焉，而西流注於河。
其中多鰼鰼之魚，其狀如鵲而十翼，鱗皆在羽端，其音如
鵲，可以禦火，食之不癉。其上多松柏，其下多棕橿，其
獸多麢羊，其鳥多蕃。

又北三百八十里，曰虢山❽，
其上多漆，其下多桐❾椐❿，
其陽多玉，其陰多鐵。伊水⓫
出焉，西流注於河。其獸多
㣯駝⓬，其鳥多寓⓭，狀如鼠

寓鳥

而鳥翼，其音如羊，可以禦兵。

又北四百里，至於虢山之尾，其上多玉而無石。魚水❶ 出焉，西流注於河，其中多文貝。

又北二百里，曰丹熏之山，其上多樗、柏，其草多韭薤❶，多丹雘。熏水出焉，而西流注於棠水。有獸焉，其狀如鼠，而菟首麋耳，其音如獆犬，以其尾飛，名曰耳鼠，食之不脒❶，又可以禦百毒。

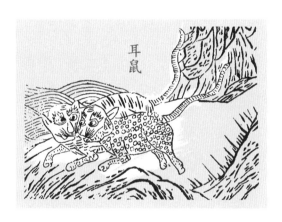

❶ 譙明之山：譙明山，山名。

❷ 譙水：流水名。

❸ 何羅之魚：何羅魚，傳說中的一種魚。

❹ 已：治癒的意思。

❺ 癰（ㄩㄥ）：一種發生在皮膚和皮下組織的化膿性炎症。多由金黃葡萄球菌引起，患部呈局部腫脹，周圍組織變硬，中央有許多膿頭，非常疼痛。常伴有發燒、寒顫等現象，嚴重時，甚至併發敗血症。

❻ 貆（ㄏㄨㄢˊ）：亦作「狟」，指豪豬。

❼ 孟槐：獸名，有種說法是指貉的一種。

❽ 虢（ㄍㄨㄛˊ）山：山名，有種說法是在今內蒙古境內；另一種說法是在今新疆境內。

❾ 桐：桐樹，包括泡桐、油桐及梧桐。

❿ 椐：古書上說的一種樹，又稱靈壽木，枝節非常大，可以做拐杖。

⓫ 伊水：流水名。

⓬ 橐（ㄊㄨㄛˊ）駝：駱駝。

⓭ 寓：這裡說的是蝙蝠。

⓮ 魚水：流水名。

⓯ 薙（ㄒㄧㄝˋ）：李潤英與陳煥良注釋本中，原文中是一古字，同「薤」。

⓰ 腺：李、陳注釋本中原字乃「月采」，大腹的意思。音ㄘㄞˇ，又音ㄘㄞˋ。

　　再往北四百里，是譙明山。為譙明水的發源地，向西流入黃河。水中生有許多何羅魚，牠們有一個腦袋、十個身體，發出的聲音像狗吠，吃了牠的肉就可以治癒毒瘡。山裡有一種形似豪豬獸的野獸，身上有紅色的毛，叫聲像用轆轤提水的聲音，名為孟槐，飼養牠就可以辟凶邪之氣。這座譙明山，不生花草樹木，但盛產石青、雄黃。

　　再往北三百五十里，是涿光山。為囂水的發源地，向西流入黃河。水中有許多鰼鰼魚，形似喜鵲卻有十隻翅膀，魚鱗長在羽毛的末端，發出的聲音像喜鵲的鳴叫，飼養牠可以避免火災，吃了牠的肉能治癒黃疸。山上有茂密的松樹和柏樹林，山下則有許多棕樹和橿樹，山中的野獸以羚羊為主，禽鳥則多是蕃鳥。

　　再往北三百八十里，是虢山，山上有許多漆樹，山下則有許多梧桐樹和椐樹，山的南面盛產玉石，山的北面盛產鐵礦。是伊水的發源地，向西流入黃河。山中的野獸以橐駝為主，禽鳥多是寓鳥，寓鳥形似老鼠，卻有鳥的翅膀，發出的聲音像羊叫，飼養牠可以用來抵禦刀兵的傷害。再往北四百里，便到了虢山的尾端，山上盛產美玉，沒有石頭。是魚水的發源地，向西流入黃河，水中有許多花紋斑斕的貝。

　　再往北二百里，是丹熏山，山上有許多臭椿樹和柏樹，這裡的草類主要是野韭菜和野薤菜，還有許多的丹雘。是熏水的發源地，向西流入棠水。山裡有一種形似老鼠的野獸，但有兔子的頭，耳朵像麋鹿，發出的聲音像狗吠，用尾巴飛行，名叫耳鼠，吃了牠的肉就不會脹氣，還可以辟百毒之害。

幽鴳

足訾

又北二百八十里，曰石者之山❶，其上無草木，多瑤碧❷。
泚水❸出焉，西流注於河。有獸焉，其狀如豹而文題❹白
身❺，名曰孟極❻，是善伏，其鳴自呼。

又北百一十里，曰邊春之山，多蔥❼、葵、韭、桃❽、李。
杠水出焉，而西流注於泑澤。有獸焉，其狀如禺❾而文身，
善笑，見人則臥，名曰幽鴳❿，其鳴自呼。

又北二百里，曰蔓聯之山，其上無草木。有獸焉，其狀如
禺而有鬣，牛尾、文臂、馬蹄，見人則呼，名曰足訾⓫，
其鳴自呼。有鳥焉，群居而朋飛，其毛如雌雉，名曰鵁⓬，
其鳴自呼，食之已風⓭。

又北百八十里，曰單張之山，其上無草木。有獸焉，其狀
如豹而長尾，人首而牛耳，一目，名曰諸犍⓮，善吒⓯，

行則銜其尾，居則蟠其尾。有鳥焉，其狀如雉，而文首、白翼、黃足，名曰白鵺，食之已嗌痛，可以已痸。櫟水出焉，而南流注於杠水。

諸犍

又北三百二十里，曰灌題之山 ⓰，其上多樗 ⓱ 柘 ⓲，其下多流沙，多砥 ⓳。有獸焉，其狀如牛而白尾，其音如訆 ⓴，名曰那父 ㉑。有鳥焉，其狀如雌雉而人面，見人則躍，名曰竦斯 ㉒，其鳴自呼也。匠韓之水 ㉓ 出焉，而西流注於泑澤，其中多磁石。

又北二百里，曰潘侯之山 ㉔，其上多松柏，其下多榛楛，其陽多玉，其陰多鐵。有獸焉，其狀如牛，而四節 ㉕ 生毛，名曰旄牛 ㉖。邊水 ㉗ 出焉，而南流注於櫟澤 ㉘。

又北二百三十里，曰小咸之山 ㉙，無草木，冬夏有雪。

北二百八十里，曰大咸之山，無草木，其下多玉。是山也，四方，不可以上。有蛇名曰長蛇，其毛如彘豪，其音如鼓柝 ㉚。

又北三百二十里，曰敦薨之山，其上多棕楠，其下多茈草。

敦薨之水出焉，而西流注於泑澤。出於昆侖之東北隅，實
惟河原。其中多赤鮭 ③，其獸多㸲，旄牛，其鳥多尸鳩 ②。

又北二百里，曰少咸之山，無
草木，多青碧。有獸焉，其狀
如牛，而赤身、人面、馬足，
名曰窫窳 ③，其音如嬰兒，是
食人。敦水出焉，東流注於雁

窫
窳

門之水，其中多䱉䱉 ③ 之魚。食之殺人。

又北二百里，曰獄法之山。瀤澤 ③ 之出焉，而東北流注於
泰澤。其中多䲵魚 ③，其狀如鯉而雞足，食之已疣。有獸焉，
其狀如犬而人面，善投，見人則笑，其名山㺔 ③，其行如風，
見則天下大風。

山
㺔

䲵
魚

❶ 石者之山：石者山，山名。

❷ 瑤碧：美玉和青綠色的玉石。

❸ 泚水：流水名。

❹ 題：額頭。

❺ 白身：渾身都是白的。

❻ 孟極：獸名，被認為是豹的一種。

❼ 蔥：一種野菜，山蔥。

❽ 桃：一種野果木，山桃、毛桃。

❾ 禺（ㄩˋ）：獸名，猿猴。

❿ 幽鴳（一ㄢˋ）：亦作「幽頞」。傳說中異獸名。像猴，身
　上有花紋，喜歡笑。

⓫ 足訾（ㄗˇ）：傳說中的野獸。

⓬ 鵁（ㄐㄧㄠ）：一種水鳥，「赤頭鷺」。嘴長，腳高，體長
　約五十公分。夏天時，雄鳥的頭、頸及羽冠是栗紅色。分
　佈於中國南方及印度等地。

⓭ 風：中風、痛風等症狀。

⓮ 諸犍（ㄐㄧㄢ）：傳說中的神獸。

⓯ 吒（ㄓㄚˋ）：怒聲，這裡是大聲吼叫的意思。

⓰ 灌題之山：灌題山，山名，一種說法是在今新疆境內；另
　一種說法是在今甘肅境內。

⓱ 樗：臭椿樹。

⓲ 柘：柘樹，屬於落葉灌木或小喬木，有著卵形或橢圓形的
　葉子，柘木可提取黃色染料。

⓳ 砥：細的磨刀石。

⓴ 訆：同「叫」，大聲呼喚。

㉑ 那父：獸名，一種說法是野生黃牛的變異種。

㉒ 㯉斯：傳說中的一種鳥。

㉓ 匠韓之水：匠韓水，流水名。

㉔ 潘侯之山：潘侯山，山名，一種說法是在今新疆境內。

㉕ 四節：四肢的關節。

㉖ 旄牛：就是犛牛。

㉗ 邊水：流水名。

㉘ 櫟澤：流水名。

㉙ 小鹹之山：小鹹山，山名，可能是今新疆北部的友誼峰；
另一種說法是在今新疆哈密附近。

㉚ 鼓：擊物有聲。柝（ㄊㄨㄛˋ）：古代的時候巡夜人所敲擊
的東西。

㉛ 赤鮭（ㄍㄨㄟ）：又名鮭魚、鶘夷魚、嗔魚、規魚等。鮭科
魚類的通稱，如大馬哈魚、哲羅魚等。屬鱸科，分佈於西
太平洋，棲息於深海岩岸礁區。

㉜ 尸鳩：布穀鳥。

㉝ 䍃窳（ㄧㄚˋ ㄩˇ）：傳說中一種吃人的怪獸，棲息於少鹹山。

㉞ 䑏䑏（ㄆㄟˋ）：古人所說的江豚，黑色，大小和一百斤的
豬差不多。

㉟ 濩（ㄏㄨㄞˋ）澤：古代水流名稱。

㊱ 鱎（ㄗㄠˇ）魚：傳說中的一種怪魚。

㊲ 山㚇（ㄏㄨㄟ）：獸名。

　　再往北二百八十里，是石者山，山上沒有花草樹木，但盛產瑤、碧之類的美玉。是泚水的發源地，向西流入黃河。山中有一種野獸，外形像豹，額頭有花紋，身體是白色的，名為孟極，善於隱藏自己，叫聲是牠自己名稱的讀音。

　　再往北一百一十里，是邊春山，山上遍布野蔥、葵菜、韭菜、野桃樹、李樹。是杠水的發源地，向西流入泑澤。山中有一種形似猿猴的野獸，全身都有花紋，喜歡笑，一見人就假裝睡著，它的名稱是幽鴳，叫聲就是牠自己名稱的讀音。

　　再往北二百里，是蔓聯山，山上不生花草樹木。山中有一種野獸，外形像猿猴，身上長有鬣毛、牛尾巴和馬蹄，雙臂上佈滿花紋，只要一看見人就會呼叫，名為足訾，叫聲就是自己名字的讀音。山中還有一種名叫䴅的鳥，會結伴棲居和飛行，羽毛像雌野雞。叫聲就是自己名字的讀音，吃了牠的肉，中風就可以不治而癒。

　　再往北一百八十里，是單張山，山中無花草樹木。但有一種形似豹的野獸，尾巴很長，有人臉、牛耳，但只有一隻眼睛，名訕諸犍，喜歡吼叫，行走時會用嘴銜著尾巴，臥睡時就將尾巴盤蜷起來。山中還有一種鳥，外形像野雞，頭上有花紋，有白翅膀和黃色的腳，名為白鵺，吃牠的肉可治好咽喉疼痛，能治癒瘋癲病。是櫟水的發源地，向南流入杠水。

　　再往北三百二十里，是灌題山，山上長滿臭椿樹和柘樹，山下則遍布流沙，盛產磨刀石。山中有一種野獸，外形像牛，有白尾巴，叫聲像人在大聲呼喊，名叫那父。山中還有一種鳥，形似雌野雞，卻長著人的面孔，看到人就會跳躍，名為竦斯，叫聲就是自己名字的讀音。是匠韓水的發源地，向西

流入泑澤，水中還有許多磁石。

　　再往北二百里，為潘侯山，山上遍布松樹和柏樹，山下則有許多榛樹和楛樹，山的南面盛產玉石，山的北面盛產鐵礦。山中有一種野獸，外形像牛，四肢關節上都有很長的毛，名為羬牛。是邊水的發源地，向南流入櫟澤。

　　再往北二百三十里，是小咸山，山上不生花草樹木，不管冬天和夏天都有積雪。往北二百八十里，是大咸山，山上草木不生，山下則盛產玉石。大咸山呈四方形，人無法攀登上去。山中有一種叫長蛇的蛇，身上長著的毛像豬脖子上的硬毛，發出的聲音像敲擊木梆子的聲音。

　　再往北三百二十里，是敦薨山，山上有很多棕樹和楠木樹，山下遍布紫草。是敦薨水的發源地，向西流入泑澤。泑澤位置是在昆侖山的東北角，實際上是黃河的源頭。水中有許多赤鮭。那裡的野獸大多是兕、羬牛，鳥類則多是布穀鳥。

　　再往北二百里，是少咸山，山中草木不生，但盛產青石碧玉。山中有一種野獸，外形像牛，但有紅色的身體、人的臉和馬蹄，名叫窫窳，發出的聲音像嬰兒啼哭，會吃人。是敦水的發源地，向東流入雁門水，水中生長著許多鮪鮪魚，吃了牠的肉會中毒而死。

　　再往北二百里，是獄法山。是瀤澤水的發源地，向東北流入泰澤。水中生長著許多鱲魚，形似鯉魚，但卻長著雞爪，人吃了牠的肉可以治好皮膚上突起的肉瘤。山中還有一種形似狗的野獸，但有一張人臉，擅長投擲，一看到人就會笑，名叫山獐，行動迅速如風，一旦牠出現，天下就會颳起大風。

諸懷

鮨魚

又北二百里，曰北岳之山，多枳棘剛木。有獸焉，其狀如牛，而四角、人目、彘耳，其名曰諸懷，其音如鳴雁，是食人。諸懷之水出焉，而西流注於囂水，水中多鮨魚❶，魚身而犬首，其音如嬰兒，食之已狂。

又北百八十里，曰渾夕之山❷，無草木，多銅玉。囂水出焉，而西北流注於海❸。有蛇一首兩身，名曰肥遺❹，見則其國大旱。

又北五十里，曰北單之山❺，無草木，多蔥韭。

又北百里，曰羆差之山❻，無草木，多馬。

又北百八十里，曰北鮮之山❼，是多馬。鮮水❽出焉，而西北流注於塗吾之水❾。

龍龜

又北百七十里，曰隄山❿，多馬。有獸焉，其狀如豹而文首，
名曰狕⓫。隄水⓬出焉，而東流注於泰澤⓭，其中多龍龜⓮。

凡《北山經》之首，自單狐之山至於
隄山，凡二十五山，五千四百九十
里。其神⓯皆人面蛇身，其祠⓰之：
毛用一雄雞、彘⓱瘞⓲，吉玉⓳用
一珪，瘞而不糈。其山北人皆生食不
火之物。

人面蛇身神

❶ 鮨（ㄑㄧˊ）魚：是一種既不是狗也不是魚的動物，魚身魚尾，狗頭，叫聲像嬰兒。

❷ 渾夕之山：渾夕山，山名，一種說法是在今內蒙古境內。

❸ 海：流水名，應為渤海。

❹ 肥遺：傳說中的一種蛇。

❺ 北單之山：北單山，山名，一種說法是在今內蒙古境內。

❻ 羆差之山：羆差山，山名，一種說法是在今內蒙古境內。

❼ 北鮮之山：北鮮山，山名，一種說法是在今蒙古境內。

❽ 鮮水：流水名。

❾ 塗吾之水：塗吾水，流水名，可能是指葉尼塞河。

❿ 隄山：山名，一種說法是指今西伯利亞的屯金山。

⓫ 狕（ㄧㄠˇ）：獸名。

⓬ 隄水：流水名。

⓭ 泰澤：流水名，可能是指貝加爾湖。

⓮ 龍龜：一說是指龍和龜；另一說是指一種大龜。

⓯ 神：指山神。

⓰ 祠：祭祀。

⓱ 彘：豬。

⓲ 瘞：埋葬。

⓳ 吉玉：彩玉。

再往北二百里，是北岳山，山上有許多枳樹、酸棗樹和檀、柘一類的樹木。山中有一種野獸，長得像牛，但有四隻角、人的眼睛和豬耳朵，名叫諸懷，發出的聲音像大雁鳴叫，會吃人。是諸懷水的發源地，向西流入囂水，水中有許多鮨魚，身體是魚，卻有狗的頭，牠發出的聲音像嬰兒啼哭，吃了牠的肉可以治癒精神失常之類的疾病。

再往北一百八十里，是渾夕山，山中草木不生，但盛產銅礦和玉石。是囂水的發源地，向西北流入大海。這裡有一種蛇，只有一顆頭卻有兩副身體，名叫肥遺，只要牠出現，就代表這個地方將會發生大旱災。

再往北五十里，是北單山，山裡沒有花草樹木，但有很多野蔥和野韭菜。

再往北一百里，是罷差山，山上草木不生，有許多小隻的野馬。

再往北一百八十里，是北鮮山，這裡也有許多個頭很小的野馬。是鮮水的發源地，向西北流入塗吾水。

再往北一百七十里，是隄山，也有許多野馬。山中有一種野獸，外形像豹，頭上有花紋，名為狕。是隄水的發源地，向東流入泰澤，水中有許多龍和龜。

北方第一列山系的首尾，從單狐山到隄山，一共有二十五座山，里程共五千四百九十里，這些山的山神都是人面蛇身樣。祭祀山神：用帶毛的一隻公雞和一頭豬，埋入地下，祀神的玉器是一塊玉珪，只埋入地下，不需要用米來祭祀。住在諸山北面的人，都只生吃未經過火烤的食物。

《北次二經》之首，在河之東，其首枕汾❶，其名曰管涔之山❷。其上無木而多草，其下多玉。汾水出焉，而西流注於河。

又西❸二百五十里，曰少陽之山❹，其上多玉，其下多赤銀。酸水❺出焉，而東流注於汾水，其中多美赭❻。

又北五十里，曰縣雍之山❼，其上多玉，其下多銅，其獸多閭❽麋，其鳥多白翟❾、白鵯❿。晉水⓫出焉，而東南流注於汾水。其中多鮆魚，其狀如儵⓬而赤麟⓭，其音如叱⓮，食之不驕⓯。

又北二百里，曰狐岐之山⓰，無草木，多青碧⓱。勝水⓲出焉，而東北流注於汾水，其中多蒼玉⓳。

又北三百五十里，曰白沙山⓴，廣員㉑三百里，盡沙也，無草木鳥獸。鮪水㉒出於其上，潛於其下，是多白玉。

又北四百里，曰爾是之山，無草木，無水。

又北三百八十里，曰狂山，無草木，是山也，冬夏有雪。狂水出焉，而西流注於浮水，其中多美玉。

又北三百八十里，曰諸餘之山，其上多銅玉，其下多松柏。諸餘之水出焉，而東流注於旄水。

❶ 汾：汾河，流水名，在今山西中部，它是黃河第二大支流。源出甯武縣管涔山，在河津市西入黃河。

❷ 管涔之山：管涔山，山名，在今山西寧武縣境內。

❸ 西：一說是「北」。一說是「南」。

❹ 少陽之山：少陽山，山名，一說是今山西古交市、靜樂縣界上的關帝山，又名南陽山。

❺ 酸水：流水名，今山西的文峪河。

❻ 赭：紅土。

❼ 縣雍之山：縣雍山，山名，今山西太原市西南晉祠西山，也叫龍山。

❽ 閭（ㄌㄩˊ）：獸名，一說是羭，指黑色的母羊。

❾ 翟：長尾的野雞。

❿ 白鷮（一ㄡˇ）：鳥名，白翰。

⓫ 晉水：流水名，在今山西境內。

⓬ 鱊：魚名，長可達十六公分，銀白色。

⓭ 鱗：同「鱗」，指魚鱗。

⓮ 叱：大聲呵斥。

⓯ 驕：一作「臊」，指狐臭。

⓰ 狐岐之山：狐岐山，山名，在今山西孝義市西南。

⓱ 青碧：青色的玉石。

⓲ 勝水：流水名，在今山西境內。

⓳ 蒼玉：灰白色的玉。

⓴ 白沙山：山名，一說是在今山西境內；一說是在今河北境內；另有一說是在今內蒙古境內。

㉑ 員：同「圓」。

㉒ 鮪（ㄨㄟˇ）水：流水名。

北方第二列山系的第一座山，坐落在黃河的東岸，這座山的首端枕著汾水，名為管涔山。山上沒有樹木，但有很多花草，山下盛產玉石。是汾水的發源地，向西流入黃河。

再往北二百五十里，是少陽山，山上盛產玉石，山下則盛產赤銀礦。是酸水的發源地，向東流入汾水，水中有許多優良赭石。

再往北五十里，是縣雍山，山上盛產玉石，山下盛產銅礦，山中的野獸以山驢和麋鹿為主；鳥類則大多是白野雞和白翰鳥。是晉水的發源地，向東南流入汾水。水中生長著許多鮆魚，樣子像小鯈魚，有紅色的鱗片，發出的聲音像人的斥責聲，吃了牠的肉就不會有狐臭。

再往北二百里，是狐岐山，山中草木不生，但盛產青石碧玉。是勝水的發源地，向東北流入汾水，水中有許多蒼玉。

再往北三百五十里，是白沙山，約為方圓三百里，有很多沙，山上沒有花草樹木和禽鳥野獸。鮪水發源於這座山的山頂，潛流到山下，水中有許多白玉。

再往北四百里，是爾是山，山上沒有花草樹木，也沒有水。再往北三百八十里，是狂山，山上草木不生。不管冬天和夏天都有雪。是狂水的發源地，向西流入浮水，水中有許多優質玉石。

再往北三百八十里，為諸餘山，山上盛產銅和玉石，山下遍布松樹和柏樹。是諸餘水的發源地，向東流入旄水。

騂馬

狍鴞

又北三百五十里，曰敦頭之山❶，其上多金玉，無草木。
旄水出焉，而東流注於邛澤❷。其中多騂馬❸，牛尾而白身，
一角，其音如呼。

又北三百五十里，曰鉤吾之山❹，其上多碧，其陰多玉，
其下多銅。有獸焉，其狀如羊身人面，其目在腋下，虎齒
人爪❺，其音如嬰兒，名曰狍鴞❻，是食人。

又北三百里，曰北囂之山，無石，其陽多碧，其陰多玉。
有獸焉，其狀如虎，而白身犬首，
馬尾彘鬣，名曰獨狢。有鳥焉，其
狀如烏，人面，名曰鸚鵑❼，宵飛而
晝伏，食之已暍。涔水出焉，而東
流注於邛澤。

獨狢

鴛鴦

又北三百五十里，曰梁渠之山❽，無草木，多金玉。脩水❾出焉，而東流注於雁門❿。其獸多居暨⓫，其狀如彙而赤毛，其音如豚⓬。有鳥焉，其狀如夸父⓭，四翼、一目、犬尾，名曰囂⓮，其音如鵲，食之已腹痛，可以止衕⓯。

又北四百里，曰姑灌之山⓰，無草木。是山也，冬夏有雪。

又北三百八十里，曰湖灌之山⓱，其陽多玉，其陰多碧⓲，多馬。湖灌之水出焉，而東流注於海⓳，其中多䱡⓴。有木焉，其葉如柳而赤理。

又北水行五百里，流沙三百里，至於洹山㉑，其上多金玉。三桑㉒生之，其樹皆無枝，其高百仞㉓。百果樹生之。其下多怪蛇。又北三百里，曰敦題之山㉔，無草木，多金玉。是錞㉕於北海㉖。

凡《北次二經》之首，自管涔之山至於敦題之山，凡十七山，五千六百九十里。其神皆蛇身人面。其祠：毛用一雄雞、彘瘞；用一璧一珪，投而不糈。

❶ 敦頭之山：敦頭山，山名，一說是在今內蒙古境內；另一說是在今山西境內。

❷ 邛（くㄩㄥˊ）澤：河名，位於今中國四川境內。

❸ 駮（ㄅㄛˊ）馬：水獸名。

❹ 鉤吾之山：鉤吾山，山名，一說是在今山西境內。

❺ 爪：人的指甲或趾甲。

❻ 麔鴞（ㄆㄠˊ ㄒㄧㄠ）：傳說中吃人的怪獸。

❼ 鷔鸚（ㄅㄢ ㄇㄠˋ）：傳說中的一種鳥。

❽ 梁渠之山：梁渠山，山名，在今內蒙古興和縣。

❾ 脩水：流水名，今內蒙古的東洋河。

❿ 雁門：流水名，今南洋河，源出山西雁門山。

⓫ 居暨（ㄐㄧˋ）：獸名，一說是短棘蝟，又叫長耳刺蝟。

⓬ 豚：小豬；也泛指豬。

⓭ 夸父：一說是「舉父」。

⓮ 囂（ㄒㄧㄠ）：傳說中的一種鳥。

⓯ 衕（ㄊㄨㄥˊ）：腹瀉。

⓰ 姑灌之山：姑灌山，山名，一說是在今河北境內。

⓱ 湖灌之山：湖灌山，山名，今河北沽源縣境內的大馬群山。

⓲ 碧：青綠色的玉石。

⓳ 海：這裡指渤海。

⓴ 鮰（ㄕㄢˋ）：同「鱔」，指鱔魚。

㉑ 洹（ㄏㄨㄢˊ）山：山名，一說是在今蒙古境內。

㉒ 三桑：傳說中的一種樹，一說是指三棵桑樹。

㉓ 仞：古時以八尺或七尺為一仞。

㉔ 敦題之山：敦題山，山名，一說是在今俄羅斯境內。

㉕ 錞：這裡相當於「蹲」，指蹲踞。

㉖ 北海：流水名，一說是貝加爾湖。

　　再往北三百五十里，是敦頭山，山上盛產金屬礦物和玉石，但不生長花草樹木。是旄水的發源地，向東流入邛澤。山中有許多騨馬，長著牛尾巴、白色的身體和一隻角，叫聲像人的呼喚聲。

　　再往北三百五十里，是鉤吾山，山上盛產玉石，山下盛產銅。山中有一種野獸，羊身人面，眼睛長在腋窩下，有老虎的牙齒、人的指甲，叫聲像嬰兒啼哭，名叫狍鴞，會吃人。

　　往北三百里，是北嚻山，沒有石頭，山的南面盛產碧玉，北面盛產玉石。山中有一種長得像老虎的野獸，有白色的身體、狗的頭和馬尾巴，還有豬的鬃毛，名叫獨㺉。山中還有一種像烏鴉的鳥，卻有一張人臉，名叫鷾鶘，在夜裡飛行，白天潛伏，吃了牠的肉就可以預防中暑。是涔水的發源地，向東流入邛澤。

　　再往北三百五十里，是梁渠山，山上草木不生，但盛產金屬礦物和玉石，是脩水的發源地，向東流入雁門水。山中的野獸大多是居暨，樣子像刺蝟，毛是紅的，叫聲像小豬叫。山中還有一種鳥長得像夸父，有四隻翅膀、一隻眼睛和狗尾巴，名叫囂，叫聲像喜鵲，吃了牠的肉能止腹痛，還能治癒腹瀉。

　　再往北四百里，是姑灌山，草木不生。在這座姑灌山上不管冬天夏天都有雪。

　　再往北三百八十里，是湖灌山，山的南面盛產玉石，山的北面盛產碧玉，有許多個頭小的野馬。是湖灌水的發源地，

向東流入大海，水中有許多鱔魚。山裡有一種樹木，葉子像柳樹，但有紅色紋理。

再往北行五百里水路，然後穿越三百里流沙，就到了洹山，山上盛產金屬礦物和玉石。三桑樹生長在這裡，這種樹不長樹枝，樹幹有一百仞高。山上還有許多不同的果樹，山下有很多怪蛇。

再往北三百里，是敦題山，不長花草樹木，但盛產金屬礦物和玉石。這座山座落在北海的岸邊。

北方第二列山系的首尾，從管涔山到敦題山，一共十七座山，里程共五千六百九十里。這些山的山神皆為蛇身人面。祭祀山神的方法：將一隻公雞、一頭豬，埋入地下；再將一塊玉璧和一塊玉珪投向山中，不用精米。

騨

鶡

《北次三經》之首，曰太行之山 ❶。其首曰歸山 ❷，其上有金玉，其下有碧。有獸焉，其狀如羚羊而四角，馬尾而有距 ❸，其名曰騨 ❹，善還 ❺，其鳴自訓 ❻。有鳥焉，其狀如鵲，白身、赤尾、六足，其名曰鶡 ❼，是善驚，其鳴自詨。

又東北二百里，曰龍侯之山 ❽，無草木，多金玉。決決之水 ❾ 出焉，而東流注於河。其中多人魚，其狀如䱱魚 ❿，四足，其音如嬰兒，食之無癡疾。

又東北二百里，曰馬成之山 ⓫，其上多文石，其陰多金玉。有獸焉，其狀如白犬而黑頭，見人則飛，其名曰天馬 ⓬，其鳴自詨。有鳥焉，其狀如烏，首白而身青、足黃，是名曰鶌鶋 ⓭，其鳴自詨，食之不饑，可以已寓 ⓮。

天馬

又東北七十里，曰咸山❶，其上有玉，其下多銅，是多松柏，草多茈草。條菅之水❶ 出焉，而西南流注於長澤❶。其中多器酸❶，三歲一成，食之已癘❶。

又東北二百里，曰天池之山，其上無草木，多文石。有獸焉，其狀如兔而鼠首，以其背飛，其名曰飛鼠。澠水❶ 出焉，潛於其下，其中多黃堊。

飛鼠

又東三百里，曰陽山，其上多玉，其下多金銅。有獸焉，其狀如牛而赤尾，其頸𩖶❶，其狀如句瞿❶，其名曰領胡，其鳴自詨，食之已狂。有鳥焉，其狀如赤雉，而五采以文，是自為牝牡，名曰象蛇，其鳴自詨。留水出焉，而南流注於河。其中有鮹父之魚❷，其狀如鮒魚，魚首而彘身，食之已嘔。

又東三百五十里，曰賁聞之山❷，其上多蒼玉❷，其下多黃堊❷，多涅石❷。

鮹魚

① 太行之山：太行山，山名，在今山西高原和河北平原間。

② 歸山：山名，一說是在今山西境內；另一說是在今河南境內。

③ 距：雄雞爪後面突出像腳趾的部分。

④ 騨（ㄏㄨㄣˊ）：傳說中的野獸。

⑤ 還（ㄒㄩㄢˊ）：旋轉。

⑥ 訆（ㄐㄧㄠˋ）：同「叫」，大聲叫喚。

⑦ 鵕（ㄈㄣˊ）：傳說中的一種鳥。

⑧ 龍侯之山：龍侯山，山名，一說是在今河南濟源市。

⑨ 決決之水：決決水，流水名，一說是指今河南濟源市的溴河，俗稱白澗河。

⑩ 鯑（ㄊㄧˊ）魚：鯰魚的別名。鯰魚頭大，身上有黏質，無鱗。

⑪ 馬成之山：馬成山，山名，一說是在今山西境內；另一說是在今河南境內。

⑫ 天馬：傳說中的一種獸。一說是一種長耳蝠，耳大而長，前臂長四十～五十公分，腹部是白色的。

⑬ 鶌鶋（ㄑㄩ　ㄐㄩ）：鳥名，又叫鶌鳩，就是斑鳩。

⑭ 寓：所指待考。一說是指毒瘡。

⑮ 鹹山：山名，在今山西南部。

⑯ 條菅之水：條菅水，流水名，一說是今山西南部解州附近的水流。

⑰ 長澤：流水名，一說是指今山西南部解池周圍的鹽沼澤地。

⑱ 器酸：所指待考。一說可能是一種味酸的食物；另一說可能是一種植物。

⑲ 癙：瘟疫；也指惡瘡。

⑳ 澠（ㄕㄥˊ）水：流水名。

㉑ 胥（ㄕㄣˋ）：肉瘤。

㉒ 句瞿：漏斗。

㉓ 鮯（ㄒ一ㄢ丶）父之魚：傳說中的一種魚。

㉔ 貫闐之山：貫闐山，山名，一說是指今河南濟源市境內的
岱嵋山。

㉕ 蒼玉：灰白色的玉。

㉖ 堊（ㄜ丶）：可用來塗飾的有色土。

㉗ 涅石：就是黑礬石，可以用來製作染料。

古文今解

　　北方第三列山系的第一座山，叫做太行山。太行山的首端是歸山，山上盛產金屬礦物和玉石，山下則盛產碧玉。山中有一種野獸，外型像羚羊，長著四隻角、馬尾巴和雞爪，名叫䮾，很擅長旋轉起舞，牠的叫聲就是自己名字的讀音。山中還有一種像喜鵲的鳥，有白色的身體，紅尾巴和六隻腳，名叫鶌，這種鳥十分警覺，它的鳴叫聲聽起來像是牠的名字。

　　再往東北二百里，是龍侯山，山上草木不生，但盛產金屬礦物和玉石。是決決水的發源地，向東流入黃河。水中有許多人魚，外型似魚卻有四隻腳，叫聲像嬰兒哭啼，吃了牠的肉就不會得瘋癲病。

　　再往東北二百里，是馬成山，山上盛產有紋理的美石，山的北面盛產金屬礦物和玉石。山裡有一種名叫天馬的野獸，形似狗，頭是黑色的，見人就飛，牠的叫聲就是自己名字的讀音。山裡還有一種鳥，外形像烏鴉，但有白色的頭、青色的身體和黃爪子，名叫鷗鷗，叫聲是自己名字的讀音，

吃了牠的肉便不會感覺到饑餓，還能醫治老年癡呆症。

再往東北七十里，是咸山，山上盛產玉石，山下盛產銅礦，這裡到處是松樹和柏樹，草大多是紫草。是條菅水的發源地，向西南流入長澤。水中盛產器酸，這種器酸三年才能採收一次，吃了它就能治癒麻瘋病。

再往東北二百里，是天池山，山裡不生花草樹木，但有很多帶有花紋的美石。山中有一種野獸，形似兔子，但有老鼠的頭，用背上的毛飛行，名叫飛鼠。是澠水的發源地，然後潛流到山腳下，水中有許多黃沙土。

再往東三百里，是陽山，山上盛產玉石，山下則盛產金和銅礦。山中有一種野獸，外形像牛，但有紅尾巴，脖子上有肉瘤，樣子很像漏斗，它的名稱是領胡，牠的叫聲就是自己名字的讀音，吃了牠的肉就能治癒癲狂症。山中還有一種長得像雌野雞的鳥，羽毛上有五彩斑斕的花紋，這種鳥雌雄同體，名叫象蛇，鳴叫聲就是自己名字的讀音。是留水的發源地，向南流入黃河。水中生長著鮯父魚，形似鯽魚，長著魚頭卻有豬的身體，吃了牠的肉能治癒嘔吐。

再往東三百五十里，是賁聞山，山上盛產蒼玉，山下遍布黃色沙土，也有許多涅石。

又北百里，曰王屋之山❶，是多石。㶀水❷出焉，而西北流注於泰澤❸。

又東北三百里，曰教山❹，其上多玉而無石。教水❺出焉，西流注於河，是水冬乾而夏流，實惟乾河。其中有兩山，是山也，廣員❻三百步，其名曰發丸之山❼，其上有金玉。

又南三百里，曰景山，南望鹽販之澤，北望少澤。其上多草、藷藇❽，其草多秦椒❾，其陰多赭，其陽多玉。有鳥焉，其狀如蛇，而四翼、六目、六足，名曰酸與，其鳴自詨，見則其邑有恐❿。

酸與

又東南三百二十里，曰孟門之山，其上多蒼玉，多金，其下多黃堊，多涅石。又東南三百二十里，曰平山⓫。平水⓬出於其上，潛於其下，是多美玉。

又東二百里，曰京山，有美玉，多漆木，多竹，其陽有赤銅，其陰有玄。高水出焉，南流注於河。

又東二百里，曰虫尾之山⓭，其上多金玉，其下多竹，多青碧⓮。丹水⓯出焉，南流注於河；薄水⓰出焉，而東南流注於黃澤⓱。

❶ 王屋之山：王屋山，山名，在今山西垣曲縣和河南濟源市之間。

❷ 㶕（ㄌㄧㄢˊ）水：流水名，具體所指有待考證。

❸ 㳲澤：流水名。

❹ 教山：山名，曆山，在今山西垣曲縣北。

❺ 教水：流水名，在今山西垣曲縣，經古城入黃河。

❻ 員：同「圓」。

❼ 發丸之山：發丸山，山名。

❽ 藷藇（ㄓㄨ ㄒㄩˋ）：俗稱山藥，可以食用。

❾ 秦椒：這裡指花椒。

❿ 恐：這裡指的是恐怖的事情。

⓫ 平山：山名，今山西臨汾市西的姑射山。

⓬ 平水：流水名，發源於姑射山，向東流入汾河。

⓭ 虫尾之山：虫尾山，山名，一說是在今山西晉城市北。

⓮ 青碧：青色的玉石。

⓯ 丹水：流水名，流經山西高平市、晉城市，在河南沁陽市入沁河。

⓰ 薄水：流水名，一說是就是今波河，流入衛水。

⓱ 黃澤：流水名，一說是在今河南新鄉市、輝縣附近，現已湮沒不存。

再往北一百里，是王屋山，山上有很多石頭。是㶌水的發源地，向西北流入泰澤。

再往東北三百里，是教山，山上盛產玉石，沒有石頭。是教水的發源地，向西流入黃河，這條河冬季乾枯，夏季有流水，實際是一條乾河。教水的河道中有兩座小山，方圓都是三百步，名為發丸山，山上遍布金屬礦物和玉石。

再往南三百里，是景山，在山上向南望去可以看見鹽販澤，向北望去則可看見少澤。山上遍布叢草、山藥，這裡的草以秦椒最多，山的北面盛產赭石，山的南面盛產玉石。山裡有一種外形像蛇的鳥，有四隻翅膀、六隻眼睛、三隻腳，名叫酸與，鳴叫聲就是自己名字的讀音，牠出現的地方就會發生令人恐慌的事情。

再往東南三百二十里，是孟門山，山上蘊藏豐富的蒼玉，還盛產金屬礦物，山下遍布黃沙土，還有許多礬石。

再往東南三百二十里，是平山。平水發源於此山山頂，然後潛流到山下，水中有許多優質玉石。

再往東二百里，是京山，山上盛產美玉，到處有漆樹，遍布著竹林，山的南面出產黃銅，山的北面出產黑色的砥石。是高水的發源地，向南流入黃河。

再往東二百里，是虫尾山，山上蘊藏豐富的礦物和玉石，山下遍布竹叢，還有許多青石碧玉。是丹水的發源地，向南流入黃河。也是薄水的發源地，向東南流入黃澤。

又東三百里，曰彭毗之山，其上無草木，多金玉，其下多水。蚤林之水出焉，東南流注於河。肥水出焉，而南流注於床水，其中多肥遺之蛇。

又東百八十里，曰小侯之山。明漳之水出焉，南流注於黃澤。有鳥焉，其狀如烏而白文，名曰鴣鵰❶，食之不灂❷。

又東三百七十里，曰泰頭之山❸。共水❹出焉，南注於虖池❺。其上多金玉，其下多竹箭。

又東北二百里，曰軒轅之山❻，其上多銅，其下多竹。有鳥焉，其狀如梟❼而白首，其名曰黃鳥❽，其鳴自詨，食之不妒。

又北二百里，曰謁戾之山，其上多松柏，有金玉。沁水出焉，南流注於河。其東有林焉，名曰丹林。丹林之水出焉，南流注於河。嬰侯之水出焉，北流注於氾水。

東三百里，曰沮洳之山❾，無草木，有金玉。濝水❿出焉，南流注於河。

又北三百里，曰神囷之山⓫，其上有文石，其下有白蛇，有飛蟲⓬。黃水出焉，而東流注於洹⓭；滏水⓮出焉，而東流注於歐水。

又北二百里，曰發鳩之山 ⑮，其上多柘木。有鳥焉，其狀如鳥，文首、白喙 ⑯、赤足，名曰精衛 ⑰，其鳴自詨。是炎帝 ⑱ 之少女，名曰女娃。女娃游於東海，溺而不返，故為精衛，常銜西山之木石，以堙 ⑲ 於東海。漳水 ⑳ 出焉，東流注於河。

名詞注釋

❶ 鵠鵜（ㄍㄨ ㄒㄧˊ）：傳說中的一種鳥名。
❷ 潚（ㄐㄧㄠˇ）：眼睛昏蒙不清。
❸ 泰頭之山：泰頭山，山名，一說是在今山西境內；另一說是在今河南境內。
❹ 共（ㄍㄨㄥ）水：流水名。
❺ 虖池（ㄏㄨ ㄊㄨㄛˊ）：流水名，今滹沱河，位於河北西部。
❻ 軒轅之山：軒轅山，山名，一說是在今河北獻縣；另一說是可能為今山西王屋山中的一座山。
❼ 梟：即「鴟」，指貓頭鷹一類的鳥。
❽ 黃鳥：鳥名，具體所指有待考證。
❾ 沮洳（ㄐㄩˋ ㄖㄨˋ）之山：山名。
❿ 濝（ㄑㄧˊ）水：水名。
⓫ 神囷（ㄐㄩㄣ）之山：山名。
⓬ 飛蟲：蚊子之類的小飛蟲，成群成隊的飛，遮天蔽日。
⓭ 洹（ㄏㄨㄢˊ）：流水名。
⓮ 滏（ㄈㄨˇ）水：流水名。
⓯ 發鳩之山：發鳩山，山名，也叫發苞山，在今山西長子縣。

⑯ 喙：鳥獸的嘴。

⑰ 精衛：神話傳說中的一種鳥。

⑱ 炎帝：傳說中上古姜姓部落的首領，號烈山氏，與黃帝一起被尊為中華民族的祖先。

⑲ 堙（一ㄣ）：填塞。

⑳ 漳水：流水名，漳河，在今河北、河南兩省邊境。

古文今解

　　再往東三百里，是彭毗山，山上不生長花草樹木，但盛產金屬礦物和玉石，山下有很多流水。是蚩林水的發源地，向東南流入黃河。肥水也發源於這座山，向南流入床水，水中有許多名為肥遺的蛇。

　　再往東一百八十里，是小侯山。是明漳水的發源地，向南流入黃澤。山中有一種鳥，外形像烏鴉，但有白色斑紋，名為鴣鵰，吃了牠的肉就能使人眼睛明亮。

　　再往東三百七十里，是泰頭山。是共水的發源地，向南流入虖池水。山上盛產金屬礦物和玉石，山下遍布小竹叢。

　　再往東北二百里，是軒轅山。山上盛產銅，山下遍布竹林。山中有一種鳥，形似貓頭鷹，頭是白色的，名為黃鳥，牠的叫聲就是自己名字的讀音，吃了牠的肉就不會產生妒嫉心。

　　再往北二百里，是謁戾山，山上到處是松樹和柏樹，還

蘊藏豐富的金屬礦物和玉石。是沁水的發源地，向南流入黃河。山的東面有一片樹林，叫做丹林。是丹林水的發源地，向南流入黃河。也是嬰侯水的發源地，向北流入氾水。

往東三百里，是沮洳山，山上草木不生，但盛產金屬礦物和玉石。是濝水的發源地，向南流入黃河。

再往北三百里，是神囷山，山上有帶花紋的漂亮石頭，山下有白蛇、飛蟲。是黃水的發源地，向東流入洹水。是滏水的發源地，向東流入歐水。

再往北二百里，是發鳩山，山上遍布柘樹。山中有一種鳥，形似烏鴉，頭上有花紋，長著白嘴巴及紅爪子，名叫精衛，牠的叫聲就是自己名字的讀音。精衛鳥本來是炎帝的小女兒，名叫女娃。女娃在東海遊玩的時候，淹死在東海裡，沒有再回家，就變成了精衛鳥，常常銜著西山的樹枝和石子，用來填塞東海。是漳水的發源地，向東流入黃河。

又東北百二十里，曰少山，其上有金玉，其下有銅。清漳之水出焉，東流注於濁漳之水。

又東北二百里，曰錫山，其上多玉，其下有砥。牛首之水出焉，而東流注於滏水。

又北二百里，曰景山❶，有美玉。景水❷出焉，東南流注於海澤❸。

又北百里，曰題首之山，有玉焉，多石，無水。

又北百里，曰繡山，其上有玉、青碧，其木多枸，其草多芍藥、芎藭。洧水出焉，而東流注於河，其中有鱯❹、黽❺。

又北百二十里，曰松山。陽水出焉，東北流注於河。

又北百二十里，曰敦與之山，其上無草木，有金玉。溹水出於其陽，而東流注於泰陸之水；泜水出於其陰，而東流注於彭水；槐水出焉，而東流注於泜澤。

又北百七十里，曰柘山，其陽有金玉，其陰有鐵。歷聚之水出焉，而北流注於洧水。

又北三百里，曰維龍之山，其上有碧玉，其陽有金，其陰有鐵。肥水出焉，而東流注於皋澤，其中多磐石❻。敞鐵之水出焉，而北於大澤。

又北百八十里，曰白馬之山，其陽多石玉，其陰多鐵，多赤銅。木馬之水出焉，而東北流注於虖沱。

又北二百里，曰空桑之山，無草木，冬夏有雪。空桑之水出焉，東流注於虖沱。

又北三百里，曰泰戲之山，無草木，多金玉。有獸焉，其狀如羊，一角一目，目在耳後，其名曰辣辣 ❼，其鳴自詨。虖沱之水出焉，而東流注於漊水 ❽。液女之水出於其陽，南流注於沁水。

又北三百里，曰石山，多藏金玉。濩濩之水 ❾ 出焉，而東流注於虖沱；鮮于之水出焉，而南流注於虖沱。

辣辣

名詞注釋

❶ 景山：山名，在今河北武安市。

❷ 景水：流水名，今洺河，源出武安市西北。

❸ 海澤：流水名，一說是在今河北曲周縣以北；另一說是可能指渤海邊的沼澤地帶。

❹ 鱯（ㄏㄨㄛˋ）：一種魚。

❺ 黽（ㄇㄧㄣˇ）：蛙類的一種。

❻ 礨（ㄌㄟˇ）石：同「礧石」。大石。

❼ 辣（ㄉㄨㄥˋ）：傳說中的一種獸名。

❽ 漊（ㄌㄡˊ）水：漊江，源出於湖北省鶴峰縣，東南流經湖南省慈利縣，入澧水。

❾ 濩濩（ㄏㄨㄛˋ）之水：流水名。

古文今解

再往東北一百二十里，是少山，山上盛產金屬礦物和玉石，山下盛產銅。是清漳水的發源地，向東流入濁漳水。

再往東北二百里，是錫山，山上蘊藏豐富的玉石，山下遍布砥石。是牛首水的發源地，向東流入滏水。

再往北二百里，是景山，山上盛產美玉。是景水的發源地，向東南流入海澤。再往北一百里，是題首山，此山盛產玉石，也有許多石頭，但沒有水。再往北一百里，是繡山，山上有玉石和青色碧玉，樹木以栒樹為主，而草以芍藥、芎藭最多。是洧水的發源地，向東流入黃河，水中有鱯魚和黽蛙。再往北一百二十里，是松山。是陽水的發源地，向東北流入黃河。

再往北一百二十里，是敦與山，山上不生長花草樹木，但蘊藏豐富的金屬礦物和玉石。漆水從山的南面山腳流出，然後向東流入泰陸水；泜水從山的北面山腳流出，然後向東流入彭水；也是槐水的發源地，向東流入泜澤。

　　再往北一百七十里，是柘山，山的南面盛產金屬礦物和玉石，山的北面盛產鐵。是曆聚水的發源地，向北流入洧水。

　　再往北三百里，是維龍山，山上到處是碧玉，山的南面盛產黃金，山的北面盛產鐵礦。是肥水的發源地，向東流入皋澤，水中有許多高聳的大石頭。也是敞鐵水的發源地，向北流入大澤。

　　再往北一百八十里，是白馬山，山的南面遍布石頭和玉石，山的北面盛產鐵礦和黃銅。是木馬水的發源地，向東北流入虖沱水。

　　再往北二百里，是空桑山，山上不生花草樹木，不管冬天還是夏天都有雪。是空桑水的發源地，向東流入虖沱水。

　　再往北三百里，是泰戲山，山上草木不生，但盛產金屬礦物和玉石。山中有一種形似羊的野獸，卻只有一隻角和一隻眼睛，而且眼睛在耳朵的後面，名叫辣辣，牠的叫聲就是自己名字的讀音。是虖沱水的發源地，向東流入溇水。液女水發源於這座山的南面，向南流入沁水。

　　再往北三百里，是石山，山中蘊藏豐富的金屬礦物和玉石。是濩濩水的發源地，向東流入虖沱水；也是鮮于水的發源地，向南流入虖沱水。

又北二百里，曰童戎之山。皋塗之水出焉，而東流注於溇液水。

又北三百里，曰高是之山。滋水出焉，而南流注於虖沱。其木多棕，其草多條。滱水 ❶ 出焉，東流注於河。

又北三百里，曰陸山，鄭水 ❷ 出焉，而東流注於河。

又北二百里，曰沂山，般水 ❸ 出焉，而東流注於河。

北百二十里，曰燕山，多嬰石 ❹。燕水出焉，東流注於河。

又北山行五百里，水行五百里，至於饒山。是無草木，多瑤碧，其獸多橐駝，其鳥多鶹 ❺。曆虢 ❻ 之水出焉，而東流注於河，其中有師魚 ❼，食之殺人。

又北四百里，曰乾山 ❽，無草木，其陽有金玉，其陰有鐵而無水。有獸焉，其狀如牛而三足，其名曰獂 ❾，其鳴自詨。

又北五百里，曰倫山 ❿。倫水 ⓫ 出焉，而東流注於河。有獸焉，其狀如麋，其川 ⓬ 在尾上，其名曰羆。

又北五百里，曰碣石之山 ⓭。繩水 ⓮ 出焉，而東流注於河，其中多蒲夷之魚 ⓯。其上有玉，其下多青碧。

又北水行五百里，至於雁門之山，無草木。

又北水行四百里，至於泰澤。其中有山焉，曰帝都之山，

廣員百里，無草木，有金玉。

又北五百里，曰錞于毋逢之山 ⑯，北望雞號之山 ⑰，其風如飄 ⑱。西望幽都之山 ⑲，浴水 ⑳ 出焉。是有大蛇 ㉑，赤首白身，其音如牛，見則其邑 ㉒ 大旱。

凡《北次三經》之首，自太行之山以至於無逢之山 ㉓，凡四十六山，萬二千三百五十里。其神狀皆馬身而人面者廿神。其祠之：皆用一藻 ㉔ 珪 ㉕ 瘞之。其十四神狀皆彘身而載 ㉖ 玉。其祠之：皆玉，不瘞。其十神狀皆彘身而八足蛇尾。其祠之：皆用一璧瘞之。大凡四十四神 ㉗，皆用稌糈米祠之，此皆不火食。

右北經之山志，凡八十七山，二萬三千二百三十里。

① 浭（ㄎㄡˋ）水：流水名。

② 郯（ㄐㄧㄤ）水：傳說中的水流的名稱。

③ 般（ㄆㄢ）水：古時候水流的名稱。

④ 嬰石：古代傳說中燕山所產的石頭，美似玉。又稱燕石。

⑤ 鵰（ㄌㄧㄡˊ）：鵰鶹的一種，羽毛是棕褐色的，有橫斑，尾巴是黑褐色，腿部是白色，捕食鼠、兔等。

⑥ 屑虢（ㄍㄨㄛˊ）：流水名。

⑦ 師魚：一種魚的名稱，有毒。

⑧ 乾山：山名，一說是在今河北境內；另一說是在今內蒙古境內。

⑨ 獂（ㄩㄢˊ）：傳說中的野獸。一說是指野豬。

⑩ 倫山：山名，一說可能指淶山，在今河北淶源縣西部。

⑪ 倫水：流水名，一說是淶水，也叫拒馬河，源出今河北淶源縣。

⑫ 川：這裡同「竅」，肛門。

⑬ 碣石之山：碣石山，山名，一說是在今河北昌黎縣北。

⑭ 繩水：流水名，一說是指今河北昌黎縣蒲河。

⑮ 蒲夷之魚：蒲夷魚，魚名，一說是疑其就是「冉遺之魚」；另一說是指中華鮻，體長十多公分，前部平扁，後部側扁，有四對小鬚。

⑯ 于毋逢之山：于毋逢山，山名，一說是在今山西境內；另一說是在今內蒙古境內。

⑰ 雞號之山：雞號山，山名。

⑱ 颲（ㄌㄧˋ）：風急速吹動的樣子。

⑲ 幽都之山：幽都山，山名，一說是可能指今內蒙古的陰山。

⑳ 浴水：流水名，一說是指塔布河，在今內蒙古四子王旗；另一說是應作「治水」，治水的上游是桑乾河，下游是永

定河。

㉑ 大蛇：傳說中的蛇。

㉒ 邑：城鎮，縣。

㉓ 無逢之山：於毋逢之山。

㉔ 藻：聚藻，一種香草。

㉕ 茝（ㄔㄞˇ）：屬於蘭草一類的一種香草。

㉖ 載：同「戴」。

㉗ 神：山神。

再往北二百里，是童戎山。是皋塗水的發源地，向東流入溇液水。再往北三百里，是高是山。是滋水的發源地，向南流入虖沱水。山中的樹木以棕樹為主，草則多為條草。是滱水的發源地，向東流入黃河。再往北三百里，是陸山，盛產美玉。是鄈水的發源地，向東流入黃河。再往北二百里，是沂山。是般水的發源地，向東流入黃河。往北一百二十里，是燕山，盛產嬰石。是燕水的發源地，向東流入黃河。

再往北走五百里山路，再走五百里水路，便到了饒山。此山草木不生，但有很多瑤、碧一類的美玉，山中的野獸大多是駱駝，禽鳥大多為貓頭鷹。是曆虢水的發源地，向東流入黃河，水中有師魚，吃了牠的肉就會中毒而死。

再往北四百里，是乾山，山上不生花草樹木，山的南面盛產金屬礦物和玉石，山的北面蘊藏豐富的鐵礦，但沒有水流。山中有一種形似牛的野獸，但有三隻腳，名叫獂，牠的叫聲就是自己名字的讀音。

再往北五百里，是倫山。是倫水的發源地，向東流入黃河。山中還有一種名為羆的野獸，形似麋鹿，肛門卻長在尾巴上面。再往北五百里，是碣石山。是繩水的發源地，向東流入黃河，水中有許多蒲夷魚。山上遍布玉石，山下還有許多青石碧玉。再往北行五百里水路，便到了雁門山，這裡草木不生。再往北行四百里水路，便到了泰澤。在泰澤中屹立著一座山，叫帝都山，方圓一百里，不生長花草樹木，但有金屬礦物和玉石。

　　再往北五百里，是于毋逢山，從山上向北望去可以看見雞號山，那裡吹出的風相當強勁。從于毋逢山向西望去可以看見幽都山，是浴水的發源地。山中有一種大蛇，有紅色的腦袋和白色的身體，叫聲像牛，牠出現的地方就會有大旱災。

　　北方第三列山系的首尾，從太行山到無逢山，一共四十六座山，里程共一萬二千三百五十里。其中有二十座山山神的樣子皆為馬身人面。祭祀這些山神，將用作祭品的藻和苣之類的香草埋入地下。另外十四座山山神是豬的身體，佩戴著玉製飾品。祭祀這些山神，用玉器祀神，不埋入地下。還有十座山山神是豬的身體，卻長著八隻腳、蛇尾巴，祭祀這些山神，用一塊玉壁祭祀後埋入地下。總共有四十四個山神，都要用精米祭祀。參加這項祭祀活動的人都必須生吃未經火烤的食物。

　　以上就是北方之山的記錄，總共八十七座山，里程共二萬三千二百三十里。

第四章

東山經

　　《東山經》有四大列山系，共有四十六座山，東山經介紹了這些山的地理位置和很多發源於這些山的河流，還介紹了在這些山上生長的植物、動物以及牠們的形貌和特點。

　　東方的第一列山系從樕螽山到竹山共有十二座山，記述了山上的動植物，以及牠們的藥用價值。這些山上發源的水系大多流入北海。

　　東方第二列山系從空桑山到磕山共十七座山，這些山系中有很多流沙、玉石及大量礦產，還介紹了許多奇異的動植物。

　　東方第三列山系從尸胡山到無皋山共九座山，山上的物產大都是亞熱帶的作物，山上也有流沙。

　　東方第四列山系從北號山到太山共八座山，主要介紹了水流，還有各種稀奇古怪的魚類。

鱅鱅魚

《東山經》之首，曰樕螽之山 ❶，北臨乾昧 ❷。食水出焉，
而東北流注於海。其中多鱅鱅之魚 ❸，其狀如犁牛 ❹，其
音如彘鳴。

又南三百里，曰藟山 ❺，其上有玉，其下有金。湖水出焉，
東流注於食水，其中多活師 ❻。

又南三百里，曰栒狀之山 ❼，其
上多金玉，其下多青碧石。有獸
焉，其狀如犬，六足，其名曰從
從，其鳴自詨。有鳥焉，其狀如
雞而鼠毛，其名曰蚩鼠 ❽，見則
其邑大旱。泀水 ❾ 出焉。而北流
注於湖水。其中多箴魚 ❿，其狀
如儵 ⓫，其喙如箴，食之無疫疾。

從
從

又南三百里，曰勃壵之山 ⑫，無草木，無水。

又南三百里，曰番條之山，無草木，多沙。減水 ⑬ 出焉，北流注於海，其中多鱤魚 ⑭。

又南四百里，曰姑兒之山，其上多漆，其下多桑柘。姑兒之水出焉，北流注於海，其中多鱤魚。

① 㰙蟲（ㄙㄨˋ ㄓㄨ）之山：山名。
② 乾昧（ㄍㄢ ㄇㄟˋ）：傳說中的山名。
③ 鱅鱅（ㄩㄥ）之魚：傳說中的一種怪魚，不同於現在的鱅魚。
④ 犁牛：毛色黃黑的牛，有像老虎的斑紋。
⑤ 藟（ㄌㄟˇ）山：山名。
⑥ 活師：又叫活東，蝌蚪的別名。
⑦ 枸（ㄒㄩˊ）狀之山：山名。
⑧ 螢（ㄗ）鼠：傳說中的一種怪鳥。
⑨ 汦（ㄓˇ）水：古代水域的名稱。
⑩ 箴（ㄓㄣ）魚：一種魚的名稱。箴：同「針」，細水長流的意思。
⑪ 儵：就是「鯈」字。鯈魚，也叫白鰷（ㄊㄧㄠˊ），一種小白魚。銀白色，體長只有幾寸，腹有肉棱，背鰭有硬刺。生活在淡水中。
⑫ 勃壵（ㄑㄧˊ）之山：山名。壵，「齊」的古字。
⑬ 減（ㄐㄧㄢˇ）水：水流的名稱。
⑭ 鱤（ㄍㄢˇ）魚：也叫做母鮆、竿魚。青黃色，個體大，性情兇猛，捕食各種魚類。

　　東方第一列山系的第一座山，是樕螽山，北面與乾昧山相鄰。是食水的發源地，向東北流入大海。水中有許多鱅鱅魚，外型似犁牛，叫聲像豬。

　　再往南三百里，是藟山，山上盛產玉石，山下則盛產金礦。是湖水的發源地，向東流入食水，水中還有許多的蝌蚪。

　　再往南三百里，是枸狀山，山上蘊藏豐富的金屬礦物和玉石，山下則盛產青石碧玉。山中有一種野獸，形似狗卻長著六隻腳，名為從從，牠的叫聲就是自己名字的讀音。山中還有一種長得像雞的鳥，但有老鼠的尾巴，名為蚩鼠，只要牠出現就代表將會有大旱災。是汜水的發源地，向北流入湖水。水中有許多箴魚，形似儵魚，嘴巴像長針，吃了牠的肉就不會染上瘟疫。

　　再往南三百里，是勃垒山，山上沒有花草樹木，也沒有水。

　　再往南三百里，是番條山，山上不生花草樹木，但有很多沙子。是減水的發源地，向北流入大海，水中有許多鹹魚。

　　再往南四百里，是姑兒山，山上遍布漆樹，山下則多為桑樹、柘樹。是姑兒水的發源地，向北流入大海，水中有許多鹹魚。

又南四百里，曰高氏之山，其上多玉，其下多箴石❶。諸繩之水出焉，東流注於澤，其中多金玉。

又南三百里，曰岳山，其上多桑，其下多樗。濼水❷出焉，東流注於澤，其中多金玉。

又南三百里，曰犲山❸，其上無草木，其下多水，其中多堪𡐥之魚❹。有獸焉，其狀如夸父而彘毛，其音如呼，見則天下大水。

又南三百里，曰獨山，其上多金玉，其下多美石。末塗之水出焉，而東流注於沔❺，其中多䱤鱅❻，其狀如黃蛇，魚翼，出入有光，見則其邑大旱。

䱤鱅

又南三百里，曰泰山❼，其上多玉，其下多金。有獸焉，其狀如豚而有珠，名曰狪狪，其鳴自詨。環水出焉，東流注於汶❽，其中多水玉。

又南三百里，曰竹山，錞於汶，無草木，多瑤碧。激水出焉，而東流注於娶檀之水，其中多茈蠃❾。

凡《東山經》之首，自樕蠤之山以至於竹山，凡十二山，三千六百里。其神狀皆人身龍首。祠：毛用一犬祈，衈 **❿** 用魚。

名詞注釋

❶ 箴石：一種專門製作石針的石頭。可以治療癰腫疽皰，排除膿血。

❷ 濼（ㄌㄨㄛˋ）水：古代水域的名稱。

❸ 犲（ㄔㄞˊ）山：山名。

❹ 堪㼱（ㄒㄩˋ）之魚：傳說中的一種怪魚。

❺ 沔（ㄇㄧㄢˇ）：水域名，在古代是漢水的別稱。

❻ 鯈鱅（ㄊㄧㄠˊ ㄩㄥˊ）：傳說中的動物名。

❼ 泰山：東岳，今山東泰安市北。

❽ 汶（ㄨㄣˋ）：流水名，在中國山東省。也叫「大汶河」。

❾ 茈蠃（ㄗˇ ㄌㄨㄛˊ）：就是紫色的螺。

❿ 衈（ㄦˋ）：祭祀時取牲物耳旁的血塗在禮器上。

古文今解

　　再往南四百里，是高氏山，山上盛產玉石，山下盛產箴石。是諸繩水的發源地，向東流入湖澤，水中有許多金屬礦物和玉石。

　　再往南三百里，是岳山，山上遍布桑樹，山下則有茂密的臭椿樹。是濼水的發源地，向東流入湖澤，水中有許多金屬礦物和玉石。

再往南三百里，是犲山，山上不生長花草樹木，山下有很多流水，水中有許多堪豫魚。山中還有一種像猿猴的野獸，但長著一身豬毛，叫聲像人在呼叫，只要牠出現，天下就會發生水災。

再往南三百里，是獨山，山上蘊藏豐富的金屬礦物和玉石，山下有許多漂亮的石頭。是末塗水的發源地，向東南流入沔水，水中有許多的𩽤鯆，形似黃蛇，長著魚鰭，在水中出入的時候會發出光亮，只要牠出現，就代表即將發生大旱災。

再往南三百里，是泰山，山上遍布玉石，山下盛產金礦。山中有一種野獸，形似豬，體內卻有珠子，名叫狪狪，牠的叫聲就是自己名字的讀音。是環水的發源地，向東流入汶水，水中布滿水晶石。

再往南三百里，是竹山，座落於汶水旁，山上草木不生，但有很多瑤、碧一類的玉石。是激水的發源地，向東南流入娶檀水，水中有許多紫螺。

東方第一列山系的首尾，從樕山到竹山，共十二座山，里程共三千六百里。這些山的山神皆為龍頭人身。祭祀山神需在帶毛的禽畜中選用一隻狗作為祭品，並將魚的血塗在禮器上進行禱告。

《東次二經》之首，曰空桑之山，北臨食水，東望沮吳❶，南望沙陵❷，西望湣澤❸。有獸焉，其狀如牛而虎文，其音如欽❹。其名曰軨軨❺，其鳴自詨，見則天下大水。

又南六百里，曰曹夕之山，其下多穀而無木，多鳥獸。

又西南四百里，曰嶧皋之山，其上多金玉，其下多白堊。嶧皋之水出焉，東流注於激女之水❻，其中多蜃珧❼。

又南水行五百里，流沙三百里，至於葛山之尾，無草木，多砥礪。

又南三百八十里，曰葛山之首，無草木。澧水出焉❽，東流注於餘澤，其中多珠蟞魚❾，其狀如肺而有目，六足有珠，其味酸甘，食之無癘❿。

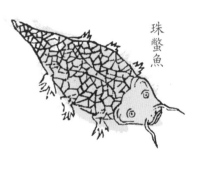

珠蟞魚

又南三百八十里，曰餘峨之山。其上多梓楠，其下多荊芑⓫。雜余之水出焉，東流注於黃水。有獸焉，其狀如菟而鳥喙，鴟目蛇尾，見人則眠⓬，名犰狳⓭，其鳴自訆，見則蟲蝗⓮為敗。

犰狳

又南三百里，曰杜父之山，無草木，多水。

又南三百里，曰耿山，無草木，多水碧❺，多大蛇。有獸焉，其狀如狐而魚翼，其名曰朱獳❻，其鳴自詨，見則其國有恐。

朱
獳

❶ 沮（ㄐㄩ）吳：山名。

❷ 沙陵：沙丘。

❸ 湣（ㄇㄣˇ）澤：湖泊的名稱。

❹ 欽（一ㄣˊ）：同「吟」，呻吟。

❺ 𤛿𤛿（ㄌㄧㄥˊ）：傳說中的一種野獸名。

❻ 激女（ㄖㄨˇ）之水：流水名。女，同「汝」。

❼ 蜃（ㄕㄣˋ）：大蛤。蛤是一種軟體動物，貝殼是卵圓形的，有的略帶三角形，顏色和斑紋美麗。珧：小蚌。蚌是一種軟體動物，貝殼長，卵形，表面黑褐色或黃褐色，有環形。

❽ 澧（ㄌㄧˇ）水：流水名。

❾ 蟞（ㄅㄧㄝ）：同「鱉」。

❿ 癘（ㄌㄧˋ）：瘟疫。

⓫ 芑：通「杞」。枸杞樹。

⓬ 眠：裝死的意思。

⓭ 犰狳（ㄑㄧㄡˊㄩˊ）：又稱「鎧鼠」。犰狳是生活在巴西內陸地區的一種瀕危物種。

⓮ 螽（ㄓㄨㄥ）蟖：螽斯，蝗蟲之類的昆蟲，用翅摩擦發音。

為敗：為害。

⑮ 水碧：前文所說的水玉之類的，大多為水晶石。

⑯ 朱獳（ㄖㄨˊ）：傳說中的野獸名。

古文今解

東方第二列山系的第一座山，叫空桑山，北邊鄰近食水，向東望去可以看見沮吳，向南望去可以看見沙陵，向西望去可以看見湣澤。山中有一種形似牛的野獸，但身上有老虎的花紋，叫聲像人的呻吟聲，名叫軨軨，牠的聲音就是自己名字的讀音，只要牠出現，就代表天下即將發生水災。

再往南六百里，是曹夕山，山下有茂密的構樹，但沒有水流，還有許多禽鳥野獸。

再往西南四百里，是嶧皋山，山上盛產金屬礦物和玉石，山下則盛產白堊土。是嶧皋水的發源地，向東流入激女水，水中有許多大大小小的蛤和蚌。

再往南行五百里水路，再過三百里流沙，便到了葛山的尾端，這裡沒有任何花草樹木，盛產磨刀石。

再往南三百八十里，便是葛山的首端，這裡沒有花草樹木。是澧水的發源地，向東流入余澤，水中有許多珠蟞魚，形似肺，但有四隻眼睛、六隻腳，能吐出珍珠，吃起來酸中帶甜，吃了牠的肉就不會染上瘟疫。

再往南三百八十里，是餘峨山，山上遍布梓樹和楠木樹，

山下則有茂密的牡荊樹和枸杞樹。是雜余水的發源地，向東流入黃水。山中有一種像兔子的野獸，但有鳥嘴、鷹眼和蛇尾巴，牠見到人就躺下裝死，名叫犰狳，鳴叫聲就是牠自己名字的讀音，只要牠出現就會有螽斯和蝗蟲禍害莊稼。

再往南三百里，是杜父山，山上草木不生，但有很多流水。

再往南三百里，是耿山，山上沒有花草樹木，但有很多水晶石，還有許多大蛇。山中有一種形似狐狸的野獸，卻有魚鰭，名叫朱獳，牠的叫聲就是自己名字的讀音，只要牠出現就會發生令人恐慌的事。

又南三百里，曰盧其之山，無草木，多沙石，沙水出焉，南流注於涔水❶，其中多鵁鶘❷，其狀如鴛鴦而人足，其鳴自詨，見則其國多土功❸。

又南三百八十里，曰姑射之山❹，無草木，多水。

又南水行三百里，流沙百里，曰北姑射之山，無草木，多石。

又南水行三百里，曰南姑射之山，無草木，多水。

又南三百里，曰碧山，無草木，多大蛇，多碧、水玉。

又南五百里，曰緱氏之山❺，無草木，多金玉。原水出焉，東流注於沙澤。

獙獙

又南三百里，曰姑逢之山，無草木，多金玉。有獸焉，其狀如狐而有翼，其音如鴻雁，其名曰獙獙❻，見則天下大旱。

又南五百里，曰鳧麗之山，其上多金玉，其下多箴石，有獸焉，其狀如狐，而九尾、九首、虎爪，名曰蠪姪❼，其音如嬰兒，是食人。

蠪姪

又南五百里，曰碙山 ❽，南臨碙水，東望湖澤，有獸焉，其狀如馬，而羊目、四角、牛尾，其音如獋狗，其名曰峳峳 ❾。見則其國多狡客 ❿。有鳥焉，其狀如鳧 ⓫而鼠尾，善登木，其名曰絜鉤 ⓬，見則其國多疫。

峳峳

凡《東次二經》之首，自空桑之山至於碙山，凡十七山，六千六百四十里。其神狀皆獸身人面載觡 ⓭。其祠：毛用一雞祈，嬰 ⓮用一璧瘞。

❶ 浵（ㄔㄣˊ）水：流水名。
❷ 鵹䴉（ㄌㄧˊㄏㄨˊ）：鵜鶘，也叫做伽藍鳥、淘河鳥、塘鳥。體長可達兩公尺，四趾之間有蹼相連，因此古人認為牠的腳像人腳。
❸ 土功：指治水、築城、建造宮殿等工程。
❹ 姑射（一ㄝˋ）之山：山名。在山西省臨汾縣西，古石孔山，九孔相通。
❺ 緱（ㄍㄡ）氏之山：山名。
❻ 獙獙（ㄅㄧˋ）：傳說中的一種獸名。
❼ 蠪姪（ㄌㄨㄥˊㄓˊ）：神話傳說中的一種獸名。
❽ 碙（ㄓㄣ）山：山名。
❾ 峳峳（一ㄡ）：傳說中的獸名。

⑩ 狡客：狩獵的人。

⑪ 鳧（ㄈㄨˊ）：水鳥，俗稱「野鴨」，像鴨子，雌鳥全身為黑褐色，雄鳥頭部為綠色，背部黑褐色，常群遊湖泊中，能飛。

⑫ 絜（ㄐㄧㄝˊ）鉤：古代傳說中的鳥名。

⑬ 載（ㄗㄞˋ）：戴。指將東西戴在頭上。骼（ㄍㄜˊ）：骨角。專指麋、鹿等動物頭上的角，這種角的骨質與角質合而為一，沒有差異，所以叫骨角。

⑭ 嬰：古人以玉器祭祀神的專稱。

古文今解

　　再往南三百里，是盧其山，山上草木不生，但有很多沙石。是沙水的發源地，向南流入涔水，水中有許多鵜鶘，形似鴛鴦卻長著人腳，叫聲便是牠自身名稱的讀音，牠出現的地方，就會有水土工程的勞役。

　　再往南三百八十里，是姑射山，山上不生長花草樹木，有很多流水。

　　再往南行三百里水路，過一百里流沙，便到了北姑射山，山上不生長花草樹木，有很多石頭。

　　再往南三百里，是南姑射山，沒有花草樹木，到處都是流水。

　　再往南三百里，是碧山，山上草木不生，有很多大蛇，盛產碧玉、水晶石。

再往南五百里，是緱氏山，山上不生長花草樹木，但盛產金屬礦物和玉石。是原水的發源地，向東流入沙澤。

　　再往南三百里，是姑逢山，山上草木不生，盛產金屬礦物和玉石。山中有一種野獸，形似狐狸，但有一雙翅膀，叫聲像大雁鳴叫，名叫獙獙，只要牠出現，天下就會發生大旱災。

　　再往南五百里，是鳧麗山，山上盛產金屬礦物和玉石，山下則遍布箴石。山中有一種野獸，形似狐狸，但有九條尾巴、九個腦袋和虎爪，名叫蠪姪，叫聲像嬰兒啼哭，會吃人。

　　再往南五百里，是磹山，南面靠近水，從山上向東望去可以看見湖澤。山中有一種野獸，形似馬，但有羊眼睛、四隻角和牛尾巴，叫聲像狗吠，名為峳峳，牠一出現就代表國家現在有許多奸猾的政客。山中還有一種像鴨子的鳥，但有老鼠尾巴，擅長攀登樹木，名叫絜鉤，只要牠出現，代表國家會頻繁發生瘟疫。

　　東方第二列山系的首尾，從空桑山到磹山，共十七座山，里程共六千六百四十里。這些山的山神皆為人面獸身，而且頭上戴著猳角。祭祀山神的儀式：用一隻帶毛的雞獻祭，玉器選用一塊玉璧獻祭後埋入地下。

媱
胡

又《東次三經》之首，曰尸胡之山，北望羊山❶，其上多
金玉，其下多棘。有獸焉，其狀如麋而魚目，名曰媱胡❷，
其鳴自訆。

又南水行八百里，曰岐山，其木多桃李，其獸多虎。

又南水行七百里，曰諸鉤之山，無草木，多沙石。是山也，
廣員百里，多寐魚❸。

又南水行七百里，曰中父之山，無草木，多沙。

又東水行千里，曰胡射之山，無草木，多沙石。

又南水行七百里，曰孟子之山，其木多梓桐，多桃李，其
草多菌蒲❹，其獸多麋鹿。是山也，廣員百里。其上有水
出焉，名曰碧陽，其中多鱣鮪❺。

又南水行五百里，曰流沙，行五百里，有山焉，曰跂踵之山，

鮯鮯魚

廣員二百里，無草木，有大蛇，其上多玉。有水焉，廣員四十里皆湧，其名曰深澤，其中多蠵龜❻。有魚焉，其狀如鯉。而六足鳥尾，名曰鮯鮯之魚❼，其名自訆。

名詞注釋

❶ 犲（ㄒㄧㄤˊ）山：山名。

❷ 媆（ㄨㄢˇ）胡：傳說中的一種野獸的名稱。

❸ 鯀（ㄇㄟˋ）魚：又叫嘉魚、卷口魚，古人稱為鰊魚。

❹ 菌（ㄐㄩㄣˋ）蒲：石花菜、海帶、紫菜、海苔之類。

❺ 鱣（ㄓㄢ）：鱣魚，傳說中的一種大魚，像鱏魚而短鼻，無鱗，肉黃，口在領下，大的有二三丈長。鮪（ㄨㄟˇ）：鮪魚，古人認為就是鱘魚，似鱣魚而長鼻，無鱗甲。

❻ 蠵（ㄒㄧ）龜：也叫赤蠵龜，傳說中的一種大龜，甲上有紋彩，像玳瑁，但薄一些。

❼ 鮯鮯（ㄍㄜˊ）之魚：傳說中的一種魚名。

東方第三列山系的第一座山，叫尸胡山，從山上向北望去可以看見㠄山，山上盛產金屬礦物和玉石，山下則遍布酸棗樹。山中有一種形似麋鹿的野獸，但有魚眼睛，名為妴胡，牠的叫聲就是自己名字的讀音。

再往南行八百里水路，是岐山，山中的樹木多為桃樹和李樹，野獸則多為老虎。

再往南行七百里水路，是諸鉤山，山上草木不生，但有很多沙石。這座山方圓一百里，有許多的寐魚。

再往南行七百里水路，是中父山，山上不生花草樹木，但有很多沙子。

再往東行一千里水路，是胡射山，山上同樣草木不生，遍布沙石。

再往南行七百里水路，是孟子山，山中的樹木多為梓、桐、桃、李，山中的草多為菌蒲，山中的野獸則多是麋、鹿。這座山方圓一百里。有條河水從山上流出，名為碧陽，水中生有許多鱣魚和鮪魚。

再往南行五百里水路，再經過五百里流沙，有一座跂踵山，方圓二百里，不生長花草樹木，有大蛇，山上盛產玉石。此處還有一個水潭，方圓四十里都噴湧著泉水，名為深澤，水中有許多蠵龜。還有一種形似鯉魚的魚，但有六隻腳和鳥尾巴，名為鮯鮯魚，牠的叫聲就是它自己名字的讀音。

又南水行九百里，曰踇隅之山❶，其上多草木，多金玉，
多赭。有獸焉，其狀如牛而馬尾，名曰精精，其鳴自訓。

又南水行五百里，流沙三百里，至於無皋之山，南望幼海，
東望榑木❷，無草木，多風。是山也，廣員百里。

凡《東次三經》之首，自尸胡之山至於無皋之山，凡九山，
六千九百里。其神狀皆人身而羊角。其祠：用一牡❸羊，
米用黍❹。是神也，見則風雨水為敗。

① 踇隅（ㄇㄨˇㄩˊ）之山：山名。
② 榑（ㄈㄨˊ）木：扶桑，神話傳說中的神木，葉子像桑樹葉，兩兩同根生，更相依倚，太陽從這此處升起。
③ 牡：雄性。
④ 黍：一種穀物，有黏性，子粒供食用或釀酒。

再往南行九百里水路，是踇隅山，山上有很多花草樹木，盛產金屬礦物、玉石和赭石。山中有一種形似牛的野獸，但有馬尾巴，名為精精，牠的叫聲就是自己名字的讀音。

再往南行五百里水路，再過三百里流沙，便是無皋山，從山上向南望去可以看見幼海，向東望去可以看見榑木，這裡草木不生，時常刮大風。方圓約一百里。

東方第三列山系的首尾，從尸胡山到無皋山，共九座山，里程共六千九百里。這些山的山神的外貌都是人身，長著羊角。祭祀山神的儀式：用一隻帶毛的公羊為祭品，米用黃米。這些山神只要一出現就會刮起大風，下大雨，發大水致使莊稼損壞。

又《東次四經》之首，曰北號之山，臨於北海。有木焉，其狀如楊，赤華，其實如棗而無核，其味酸甘，食之不瘧❶。食水出焉，而東北流注於海。有獸焉，其狀如狼，赤首鼠目，其音如豚，名曰猲狙❷，是食人。有鳥焉，其狀如雞而白首，鼠足而虎爪，其名曰䱻雀❸，亦食人。

又南三百里，曰旄山，無草木。蒼體之水出焉，而西流注於展水，其中多鱃魚❹，其狀如鯉而大首，食者不疣❺。

又南三百二十里，曰東始之山，上多蒼玉。有木焉，其狀如楊而赤理，其汁如血，不實，其名曰芑❻，可以服馬❼，泚水出焉，而東北流注於海，其中多美貝，多茈魚，其狀如鮒❽，一首而十身，其臭如蘪蕪，食之不糟❾。

又東南三百里，曰女烝之山，其上無草木，石膏水出焉，而西流注於鬲水❿，其中多薄魚，其狀如鱣魚⓫而一目，其音如歐⓬，見則天下大旱。

名詞注釋

① 瘧（ㄋㄩㄝˋ）：一種按時發冷發燒的急性傳染病，病原體是瘧原蟲，由瘧蚊傳染到人體血液裡。

② 猲狙（ㄒㄧㄝ　ㄐㄩ）：古代傳說中的野獸。

③ 鴖（ㄑㄧˊ）雀：古代傳說中的一種怪鳥，會吃人。

④ 鱃（ㄒㄧㄝ）魚：鰍魚，像鱔魚，沒有鱗甲而有黏液，長約三四寸，扁尾巴，青黑色。常潛居河湖池沼水田的泥土中，所以俗稱泥鰍。

⑤ 疣：同「肬」。一種小肉瘤，就是長在人體皮膚上的小疙瘩，俗稱瘊子。

⑥ 芑：「杞」的假借字。

⑦ 服馬：讓馬馴服。

⑧ 鮒：鯽魚，背面是青褐色的，腹面是銀灰色的，體側扁，肉味鮮美。

⑨ 糒（ㄆㄧ）：同「屁」。

⑩ 鬲（ㄍㄜˊ）水：水鬲的名。

⑪ 鱣：通「鱔」。就是鱔魚，稱黃鱔。

⑫ 歐：嘔吐的意思。

166　山海經｜看見遠古的神話世界

東方第四列山系的第一座山，叫北號山，鄰近北海。山中有一種像楊樹的樹木，開紅花，結的果實像棗子，但沒有核，它的味道酸中帶甜，吃了它人就不會患上瘧疾。是食水的發源地，向東北流入大海。山中有一種形似狼的野獸，但有紅色的頭和老鼠眼睛，發出的聲音像小豬鳴叫，名為猲狙，會吃人。山中還有一種鳥，形似雞，但有白頭、老鼠的腳和虎爪，名叫鬿雀，也會吃人。

再往南三百里，是旄山，山上不生長任何的花草樹木。是蒼體水的發源地，向西流入展水，水中有許多魚，形似鯉魚，頭非常大，吃了牠的肉，皮膚就不會長肉瘤。

再往南三百二十里，是東始山，山上盛產蒼玉。山中有一種像楊樹的樹木，有紅色的紋理，樹幹中的液汁像血，不結果實，名圍芭，將液汁塗在馬身上就能馴服馬匹。是泚水的發源地，向東北流入大海，水中盛產美麗的貝，還有許多茈魚，形似鯽魚，但一個腦袋卻有十個身體，牠的味道像蘼蕪草，吃了牠就不會放屁。

再往東南三百里，是女烝山，山裡不生花草樹木。是石膏水的發源地，向西流入鬲水，水中有許多的薄魚，形似鱣魚，只有一隻眼睛，發出的聲音像人的嘔吐聲，只要牠一出現，天下就會發生大旱災。

又東南二百里，曰欽山。多金玉而無石。師水出焉，而北流注於皋澤，其中多鱤魚，多文貝。有獸焉，其狀如豚而有牙，其名曰當康，其鳴自叫，見則天下大穰。

又東南二百里，曰子桐之山。子桐之水出焉，而西流注於餘如之澤。其中多䱤魚，其狀如魚而鳥翼，出入有光。其音如鴛鴦，見則天下大旱。

又東北二百里，曰剡山 ❶，多金玉。有獸焉，其狀如彘而人面。黃身而赤尾，其名曰合窳 ❷，其音如嬰兒，是獸也，食人，亦食蟲蛇，見則天下大水。

又東北二百里，曰太山，上多金玉楨木 ❸。有獸焉，其狀如牛而白首，一目而蛇尾，其名曰蜚 ❹，行水則竭，行草則死，見則天下大疫，鈞水出焉，而北流注於勞水，其中多鱤魚。

凡《東次四經》之首，自北號之山至於太山，凡八山，一千七百二十里。

右東經之山志，凡四十六山，萬八千八百六十里。

① 剡（一ㄢˇ）山：山名。

② 合窳（ㄩˇ）：神話傳說中的一種野獸。

③ 楨（ㄓㄣ）木：就是女楨，一種灌木。

④ 蜚（ㄈㄟ）：傳說中的野獸。

　　再往東南二百里，是欽山，山中盛產金屬礦物和玉石，但是沒有石頭。是師水的發源地，向北流入皋澤，水中有許多鱤魚和色彩斑斕的貝殼。山中有一種長得像豬的野獸，有大獠牙，名叫當康，牠的叫聲就是自己名字的讀音，只要牠一出現，天下就會大豐收。

　　再往東南二百里，是子桐山。是子桐水的發源地，向西流入餘如澤。水中有許多鮯魚，形似魚卻有一對鳥的翅膀，出入水中的時候會閃閃發亮，發出的聲音像鴛鴦鳴叫，只要牠一出現，天下就會發生嚴重的旱災。

　　再往東北二百里，是剡山，山上盛產金屬礦物和玉石。山中有一種野獸，形似豬，卻有人的面孔、黃色的身體和紅尾巴，名為合窳，發出的聲音像嬰兒啼哭。這種合窳獸，會吃人，也吃蟲和蛇，只要牠一出現，天下就會發生水災。

　　再往東二百里，是太山，山上盛產金屬礦物和玉石，還有很多女楨樹。山中有一種形似牛的野獸，頭是白色的，只有一隻眼睛和蛇尾巴，名為蜚，牠經過有水的地方水就會乾涸，經過有草的地方草就枯萎，只要牠一出現，天下就會發

生大瘟疫。是鉤水的發源地，向北流入勞水，水中有許多鱣魚。

　　東方第四列山系的首尾，從北號山到太山，共八座山，里程共一千七百二十里。

　　以上是東方經歷各山的記錄，共四十六座山，里程共一萬八千八百六十里。

第五章

中山經

《中山經》是《山海經》中篇幅最長的一篇，占
了全書的三分之一，它記載了中部的十二列山系，共
一百九十七座山。記載的順序為整體從北到南，各山
系回環連接，前一山系從西向東介紹，下一山系則從
東至西介紹。經中主要介紹了這些山的地理位置和山
上的河流以及物產，還記載了各座山的山神的形貌以
及祭祀山神的儀式，這些山神中有很多是人身動物首
的，如鳥首、豬首等。

《中山經》薄山之首，曰甘棗之山，共水 ❶ 出焉，而西流注於河。其上多枏木。其下有草焉，葵本 ❷ 而杏葉。黃華而莢 ❸ 實，名曰蘀 ❹，可以已瞢 ❺。有獸焉，其狀如鼣鼠 ❻ 而文題，其名曰䟤 ❼，食之已癭。

又東二十里，曰曆兒之山，其上多橿，多櫔木 ❽，是木也，方莖而員葉，黃華而毛，其實如棟 ❾，服之不忘。

又東十五里，曰渠豬之山，其上多竹，渠豬之水出焉，而南流注於河。其中是多豪魚 ❿，狀如鮪，赤喙尾赤羽，可以已白癬 ⓫。

又東三十五里，曰蔥聾之山，其中多大谷 ⓬，是多白堊，黑、青、黃堊。

又東十五里，曰涹山 ⓭，其上多赤銅，其陰多鐵。

又東七十里，曰脫扈之山。有草焉，其狀如葵葉而赤華，莢實，實如棕莢，名曰植楮 ⓮，可以已癙 ⓯，食之不眯 ⓰。

又東二十里，曰金星之山，多天嬰 ⓱，其狀如龍骨 ⓲，可以已痤 ⓳。

① 共（ㄍㄨㄥ）水：古代水域名。

② 本：草木的根或莖幹。這裡指的是莖幹。

③ 莢（ㄐㄧㄚˊ）：草木果實狹長，沒有隔膜的，都叫做莢。

④ 籜（ㄊㄨㄛˋ）：草名。

⑤ 瞢（ㄇㄥˊ）：眼目不明。

⑥ 𪕊（ㄏㄨㄟˋ）鼠：鼠名。

⑦ 䶅（ㄋㄞˋ）：鼠名。

⑧ 樆（ㄌㄧˋ）木：樹名。

⑨ 楝（ㄌㄧㄢˋ）：楝樹，也叫苦楝，落葉喬木，木材堅實，易加工，供樂器、建築、傢俱、農具等用。

⑩ 豪魚：似鮪魚，有紅尾巴、紅羽毛，紅嘴巴。據說吃了牠的肉能治白癬。

⑪ 癬（ㄒㄧㄢˇ）：皮膚感染真菌後引起的一種疾病。

⑫ 大谷：這裡是深溝高嶺的意思。

⑬ 湊（ㄨㄛˋ）山：古代的山名。

⑭ 植楮（ㄔㄨˇ）：傳說中的一種草名。

⑮ 癙（ㄕㄨˇ）：憂鬱症。

⑯ 眯：這裡是夢魘（ㄧㄢˇ）的意思。夢魘就是人在睡夢中遇見可怕的事而呻吟、驚叫。

⑰ 天嬰：植物名，可以用作藥物。現在指一種天然生成的生物化石塊。

⑱ 龍骨：據古人講，在山岩河岸的土穴中常有死龍的脫骨，因此生長在這種地方的植物就叫龍骨。

⑲ 痤（ㄘㄨㄛˊ）：痤瘡，一種皮膚病。

中央第一列山系，薄山山系的第一座山，叫甘棗山。是共水的發源地，向西流入黃河。山上遍布枬樹。山下有一種草，有葵菜般的莖和杏樹般的葉，開黃花，果實帶有莢，名為籜，吃了它就可以治癒眼睛昏花。山中還有一種野獸，形似妣鼠，額頭上有花紋，名為難，吃了牠的肉就能治好脖子上的贅瘤。

再往東二十里，是歷兒山，山上遍布櫔樹、櫔樹，樹的莖是方的，葉子是圓，開黃花，花瓣上有絨毛，果實像楝樹結的果實，服食它可以增強記憶不健忘。

再往東十五里，是渠豬山，山上生長著茂盛的竹子。是渠豬水的發源地，向南流入黃河。水中有許多豪魚，形似鮪魚，嘴巴跟尾巴都是紅色的，尾巴上長有紅羽毛，吃了牠的肉就能治癒白癬。

再往東三十五里，是蔥聾山，山中有許多又深又長的峽谷，還有很多白、黑、青、黃等堊土。

再往東十五里，是渼山，山上盛產黃銅，山的北面則蘊含豐富鐵礦。

再往東七十里，是脫扈山。山中有一種草，形似葵菜葉，開紅花，結帶莢的果，果實的莢像棕樹的果莢，名為植楮，可以用它治癒憂鬱症，吃了它之後就不會做噩夢。

再往東二十里，是金星山，山中有許多天嬰，形似龍骨，可用來醫治痤瘡。

又東七十里，曰泰威之山。其中有谷，曰梟谷，其中多鐵。

又東十五里，曰橿谷之山。其中多赤銅。

又東百二十里，曰吳林之山，其中多蒹草❶。

又北三十里，曰牛首之山。有草焉，名曰鬼草❷，其葉如葵而赤莖，其秀❸如禾，服之不憂。勞水出焉，而西流注於潏水❹，是多飛魚，其狀如鮒魚，食之已痔衕❺。

飛魚

又北四十里，曰霍山，其木多楮。有獸焉，其狀如狸，而白尾有鬣❻，名曰朏朏❼，養之可以已憂。

又北五十二里，曰合谷之山，是多薝棘❽。

又北三十五里，曰陰山，多礪石、文石。少水❾出焉，其中多雕棠，其葉如榆葉而方，其實如赤菽❿，食之已聾。

又東北四百里，曰鼓鐙之山，多赤銅。有草焉，名曰榮草⓫，其葉如柳，其本如雞卵，食之已風。

凡薄山之首，自甘棗之山至於鼓鐙之山，凡十五山，

六千六百七十里。暦兒，塚⑫也，其祠禮：毛，太牢之具，縣以吉玉⑬。其餘十三者，毛用一羊，縣嬰用藻珪⑭，瘞而不糈。藻珪者，藻玉也，方其下而銳⑮其上，而中穿之加金。

名詞注釋

❶ 蕑（ㄐㄧㄢ）草：蕑，同「蘭」，蘭就是蘭，蕑草就是蘭草。

❷ 鬼草：又叫鬼目草。為植物、藥材的統稱，生於山谷草地或路旁、田邊。

❸ 秀：指禾類植物開花。又引申泛指草木開花。

❹ 潏（ㄐㄩㄝˊ）水：古代水域名。

❺ 痔衕（ㄉㄨㄥˋ）：痔瘡。

❻ 鬣：某些哺乳動物頸上生長的又長又密的毛。

❼ 朏（ㄈㄟˇ）朏：傳說中的一種野獸名。

❽ 薝棘（ㄓㄢ　ㄐㄧˊ）：一種植物名。

❾ 少（ㄕㄠˋ）水：流水名，指今天的泌河。

❿ 菽（ㄕㄨˊ）：本義是指大豆，也是豆類的總稱。

⓫ 榮草：草名。

⓬ 塚：大，統領，率領的意思。

⓭ 縣：同「懸」。吉玉：古人往往在人、事、物等有關詞語前貫以「吉」字，表示對它的美稱。這裡的吉玉就是一種美稱，意思是美好的玉。

⓮ 藻珪：用色彩斑斕的玉石製成的玉器。

⓯ 銳：上小下大。這裡指三角形尖角。

再往東七十里，是泰威山。山中有一道峽谷叫做梟谷，那裡盛產鐵礦。再往東十五里，是橿谷山，山中盛產黃銅礦。

再往東一百二十里，是吳林山，山中生長著茂盛的蘭草。

再往北三十里，是牛首山。山中生長一種名為鬼草的草，葉子像葵菜葉，有紅色的莖，開的花像禾苗吐穗時的花絮，吃了它能夠無憂無慮。是勞水的發源地，向西流入潏水，水中有許多飛魚，形似鯽魚，吃了牠的肉就能治癒痔瘡和痢疾。

再往北四十里，是霍山，此處有很多茂密的構樹。山中有一種野獸，形似野貓，白尾巴，脖子上有鬃毛，名叫朏朏，飼養牠就能消除憂愁。

再往北五十二里，是合谷山，這裡有很多薔棘。再往北三十五里，是陰山，山上遍布粗磨石、色彩斑斕的漂亮石頭。是少水的發源地。山中有茂密的雕棠樹，葉子像榆樹葉，不過是四方形的，結的果實像紅豆，服食它就能治癒耳聾。

再往東北四百里，是鼓鐙山，山上有大量黃銅。山中有一種草，名叫榮草，葉子像柳樹葉，根莖像雞蛋，吃了它就能治癒風痹病。

薄山山系的首尾，從甘棗山到鼓鐙山，共十五座山，里程共六千六百七十里。曆兒山是諸山的宗主，祭祀曆兒山山神：用帶毛的豬、牛、羊齊全的三牲作祭品，再掛上吉玉獻祭。祭祀其他十三座山的山神，用一隻帶毛的羊作祭品，再掛上祀神玉器中的藻珪獻祭，祭禮完畢把它埋入地下，不用米祀神。所謂藻珪，就是藻玉，下端呈長方形，上端有尖角，中間有穿孔並嵌入金飾物。

《中次二經》濟山 ❶ 之首，曰輝諸之山，其上多桑，其獸多閭 ❷、麢，其鳥多鶹 ❸。

又西南二百里，曰發視之山，其上多金、玉，其下多砥、礪。魚之水出焉，而西流注於伊水。

又西三百里，曰豪山，其上多金、玉而無草木。

又西三百里，曰鮮山，多金、玉，無草木，鮮水出焉，而北流注於伊水。其中多鳴蛇 ❹，其狀如蛇而四翼，其音如磬，見則其邑大旱。

鳴蛇

化蛇

又西三百里，曰陽山，多石，無草木。陽水出焉，而北流注於伊水。其中多化蛇，其狀如人面而豺身，鳥翼而蛇行 ❺，其音如叱呼，見則其邑大水。

又西二百里，曰昆吾之山，其上多赤銅 ❻。有獸焉，其狀如彘而有角，其音如號，名曰蠪蚳，食之不眯。

又西百二十里，曰葌山 ❼。葌水出焉，而北流注於伊水，

蠱蚳

馬腹

其上多金玉，其下多青雄黃。有木焉，其狀如棠而赤葉，
名曰芒草❽，可以毒魚。

又西一百五十里，曰獨蘇之山，無草木而多水。

又西二百里，曰蔓渠之山，其上多金、玉，其下多竹、箭。
伊水出焉，而東流注於洛。有獸焉，其名曰馬腹❾，其狀
如人面虎身，其音如嬰兒，是食人。

凡濟山之首，自輝諸之山至於蔓渠之山，凡九山，
一千六百七十里，其神皆人面而鳥身。祠用毛，用一吉玉，
投而不糈。

❶ 濟山：山系名。

❷ 閭（ㄌㄩˊ）：為前文所說的形似驢，卻長著羚羊角的山驢。

❸ 鷣鳥（ㄏㄜˊ）：鷣鳥。形似野雞，但比野雞大，羽毛為青色，有毛角，天性勇猛好鬥，絕不退卻，直到鬥死為止。

❹ 鳴蛇：傳說中的怪獸。

❺ 蛇行：蜿蜒曲折地伏地爬行。

❻ 赤銅：指傳說中的昆吾山所特有的一種銅，色彩鮮紅，像赤火一般。用這裡生產的赤銅來製作刀劍，會非常的鋒利，切割玉石像削泥一樣。傳說中的昆吾之劍，便是由這種銅打造的。

❼ 菱（ㄐㄧㄢ）山：山名。

❽ 芒草：又作莣草，也可稱呼為芒，一種有毒性的草。

❾ 馬腹：獸名。

中央第二列山系，濟山山系的第一座山叫輝諸山，山上遍布桑樹，山中的野獸多為山驢和麋鹿，鳥類則多是鷣鳥。

再往西南二百里，是發視山，山上蘊藏豐富的金屬礦物和玉石，山下盛產磨刀石。是魚水的發源地，向西流入伊水。

再往西三百里，是豪山，山上盛產金屬礦物和玉石，但沒有花草樹木。

再往西三百里，是鮮山，山上盛產金屬礦物和玉石，但不生長花草樹木。是鮮水的發源地，向北流入伊水。水中有許多鳴蛇，像蛇但有四隻翅膀，叫聲像敲磬的聲音，牠出現

的地方就會發生大旱災。

再往西三百里，是陽山，山上遍布石頭，沒有花草樹木。是陽水的發源地，向北流入伊水。水中有許多化蛇，有人的臉和豺的身體，長著鳥類的翅膀，卻像蛇一樣地爬行，發出的聲音像人的呵斥聲，牠出現的地方就會發生水災。

再往西二百里，是昆吾山，山上盛產赤銅礦。山中有一種形似豬的野獸，長著角，發出的聲音像人在大哭，名為蠪蚳，吃了牠的肉就不會做噩夢。

再往西一百二十里，是葌山。是葌水的發源地，向北流入伊水。山上盛產金屬礦物和玉石，山下遍布石青、雄黃。山中有一種樹木，像棠梨樹，葉子是紅色的，名為芒草，能毒死魚。

再往西一百五十里，是獨蘇山，此處草木不生，但有很多水流。

再往西二百里，是蔓渠山，山上盛產金屬礦物和玉石，山下遍布小竹叢。是伊水的發源地，向東流入洛水。山中有一種名為馬腹的野獸，有人的臉和老虎的身體，發出的聲音像嬰兒啼哭，會吃人。

濟山山系之首尾，從輝諸山到蔓渠山，共九座山，里程共一千六百七十里。這些山的山神的形貌皆為鳥身人面。祭祀山神需用帶毛的牲畜、一塊吉玉，將這些一併投到山谷裡，不需要用米祀神。

《中次三經》以萯山❶之首，曰敖岸之山，其陽多㻬琈之玉，其陰多赭❷、黃金。神熏池居之。是常出美玉。北望河林❸，其狀如茜如舉❹。有獸焉，其狀如白鹿而四角，名曰夫諸，見則其邑大水。

又東十里，曰青要之山❺，實惟帝之密都。北望河曲❻，是多駕鳥❼。南望墠❽渚，禹父❾之所化，是多僕累❿、蒲盧⓫。魁武羅⓬司之，其狀人面而豹文，小要⓭而白齒，而穿耳以鐻⓮，其鳴如鳴玉。是山也，宜女子⓯。畛水⓰出焉，而北流注於河。其中有鳥焉，名曰鴢⓱，其狀如鳧，青身而朱目赤尾，食之宜子。有草焉，其狀如葌，而方莖黃華赤實，其本如槀本⓲，名曰荀草，服之美人色。

鴢

又東十里，曰騩山⓳，其上有美棗，其陰有㻬琈之玉。正回之水出焉，而北流注於河。其中多飛魚，其狀如豚而赤文，服之不畏雷，可以禦兵⓴。

又東四十里，曰宜蘇之山，其上多金、玉，其下多蔓居之

木 ㉑。瀟瀟之水 ㉒ 出焉，而北流注於河，是多黃貝。

又東二十里，曰和山，其上無草木而多瑤碧，實惟帝河之
九都 ㉓，是山也五曲 ㉔，九水 ㉕ 出焉，合而北流注於河，
其中多蒼玉。吉神 ㉖ 泰逢司之，其狀如人而虎尾，是好居
於萯山之陽，出入有光。泰逢神動天地氣也。

凡萯之首，自敖岸之山至於和山，凡五山，四百四十里。
其祠：泰逢、熏池、武羅皆一牡羊副 ㉗，嬰用吉玉。其二
神用一雄雞瘞之。糈用稌。

泰逢

武羅

① 葍（ㄅㄟˋ）山：傳說中的山系名。

② 赭：紅褐色，這裡指一種紅褐色的礦石，可以用作顏料。

③ 河林：黃河邊的樹林。

④ 茜（ㄑㄧㄢˋ）：茜草，一種多年生蔓草，根為黃紅色，可做染料。舉：欅柳，屬落葉喬木，生長得又快又高大，木材堅實，用途非常廣泛。

⑤ 青要之山：青要山。

⑥ 河曲：河流彎曲的地方。

⑦ 駕（ㄐㄧㄚˋ）鳥：就是駕鵝，俗稱野鵝。

⑧ 墠（ㄕㄢˋ）渚：地名。

⑨ 禹父：指大禹的父親鯀（ㄍㄨㄣˇ）。傳說中禹是夏朝的開國國王。

⑩ 僕累：就是蝸牛，一種軟體動物，棲息於潮濕的地方。

⑪ 蒲盧：一種具有殼的軟體動物，屬蛤、蚌之類。

⑫ 魁（ㄕㄣˊ）武羅：一說為神鬼，鬼中的神靈；另一說是山神。

⑬ 要：「腰」的本字。

⑭ 鐻（ㄐㄩˋ）：金銀製成的耳環。

⑮ 宜女子：適宜女子居住。一說是有利於女子懷孕。

⑯ 畛（ㄓㄣˇ）水：流水名。

⑰ 鴢（ㄧㄠˇ）：鳥名，可能是魚鷹一類。

⑱ 蒿（ㄍㄠˇ）本：也叫撫芎（ㄑㄩㄥ）、西芎，一種香草，根莖含揮發油，可以用它來製作藥物。

⑲ 騩（ㄍㄨㄟ）山：山名。

⑳ 禦兵：指抵禦兵器的鋒刃。

㉑ 蔓居之木：一種灌木，生長於水邊，苗莖蔓延，高一丈多，六月開紅白色花，九月結成，果實上有黑斑，冬天葉子就會凋落。

古文今解

　　中央第三列山系的第一座山，叫敖岸山，山的南面盛產璚玗玉，山的北面盛產赭石、黃金。為天神熏池居住的地方。這裡常出產美玉。從山上向北望可以見到黃河和叢林，看上去就像是茜草和欅柳。山中有一種形似白鹿的野獸，有四隻角，名為夫諸，牠出現的地方就會發生水災。

　　再往東十里，是青要山，實際上是天帝隱密的都邑。從青要山上向北望可以看到黃河的彎曲處，這裡有許多野鵝。從青要山向南望去可以看到墠渚，是大禹的父親鯀變成黃熊的地方，這裡有許多蝸牛、蒲盧。由山神武羅負責管理，牠長著人臉，渾身豹紋，腰很細，牙齒很白，耳朵上穿掛著金銀環，發出的聲音像玉石的碰撞聲。這座青要山很適合女子居住。是畛水的發源地，向北流入黃河。山中有一種像野鴨的鳥，名叫鴢，身體是青色的，眼睛淺紅，尾巴為深紅，吃了牠的肉就能使人多生孩子。山中生長著一種草，形似蘭草，

莖是方形的，開黃花、結紅果，根像藁本，名叫荀草，服用它就能使人皮膚白皙。

再往東十里，是騩山，山上盛產味道甜美的棗子，北面盛產琈琈玉。是正回水的發源地，向北流入黃河。水裡有很多飛魚，形似豬，全身有紅色斑紋，吃了牠的肉就不怕打雷，還能避免刀兵之禍。

再往東四十里，是宜蘇山，山上盛產金屬礦物和玉石，山下遍布蔓荊。是潕潕水的發源地，向北流入黃河，水中有許多黃色貝殼。

再往東二十里，為和山，山上不生花草樹木，但有很多瑤、碧一類的美玉，這裡其實是黃河中九條水源彙聚之處。這座山盤旋了五圈，有九條水發源於這裡，然後匯合向北流入黃河，水中有大量蒼玉。由吉神泰逢負責掌管，他的樣子像人，但有老虎的尾巴，喜歡住在向陽的地方，出入時會出現閃光。吉神泰逢能興起風雲。

薁山山系的首尾，從敖岸山到和山，共五座山，里程共四百四十里。祭祀泰逢、熏池、武羅三位神，皆為剖開一隻公羊來祭祀，玉器要用吉玉。其餘二位山神，則用一隻公雞獻祭後埋入地下。祀神的米要用稻米。

《中次四經》厘山之首，曰鹿蹄之山，其上多玉，其下多金。甘水出焉，而北流注於洛，其中多泠石❶。

西五十里，曰扶豬之山，其上多礝石❷。有獸焉，其狀如貉❸而人目，其名曰麐❹。虢水出焉，而北流注於洛，其中多瓀石❺。

又西一百二十里，曰厘山，其陽多玉，其陰多蒐❻。有獸焉，其狀如牛。蒼身，其音如嬰兒，是食人，其名曰犀渠。滽滽之水出焉，而南流注於伊水。有獸焉，名曰獺❼，其狀如獳犬❽而有鱗，其毛如彘鬣。

又西二百里，曰箕尾之山，多谷，多塗石❾，其上多㻬琈之玉。

又西二百五十里，曰柄山，其上多玉，其下多銅。滔雕之水出焉，而北流注於洛。其中多羬羊。有木焉，其狀如樗，其葉如桐而莢實，其名曰茇❿，可以毒魚。

獺

❶ 泠（ㄌㄧㄥˊ）石：一種柔軟如泥的石頭。

❷ 礝（ㄖㄨㄢˇ）：也寫成「碝」、「瓀」。礝石是次於玉一等的美石。白色的礝石就像冰一樣透明，而水中的礝石是紅色的。

❸ 貊（ㄏㄜˊ）：也叫狗獾，是一種野獸。

❹ 麐（ㄧㄣˊ）：傳說中的野獸。

❺ 瓀石：就是礝石。

❻ 蒐（ㄙㄡ）：就是茅蒐，現在稱作茜（ㄑㄧㄢˋ）草。根為紫紅色，可作染料，並能入藥。

❼ 獺（ㄒㄧㄝˋ）：一種哺乳動物，生活於水邊，善於游泳，皮毛可製作衣物。

❽ 獳（ㄖㄨˊ）犬：發怒的狗。

❾ 塗石：上文所說的泠石，石質如泥一樣柔軟。

❿ 茇（ㄅㄚˊ）：學者認為「茇」可能是「芫」的誤寫。芫就是芫華，也叫芫花，落葉灌木，春季先開花、後長葉，花蕾可以用來製作藥物，根莖有毒性。

　　中央第四列山系，厘山山系的第一座山，叫鹿蹄山，山上盛產美玉，山下盛產金礦。是甘水的發源地，向北流入洛水，水中有許多泠石。

　　往西五十里，是扶豬山，山上遍布礝石。山中有一種形似貉的野獸，長著人的眼睛，名為䴦。是虢水的發源地，向北流入洛水，水中有許多的礝石。

　　再往西一百二十里，為厘山，南面盛產玉石，北面則遍布茜草。山中有一種形似牛的野獸，全身都是青黑色，叫聲像嬰兒在啼哭，會吃人，名為犀渠。是滽滽水的發源地，向南流入伊水。這裡還有一種形似獳犬的野獸，名叫獔，全身都長有鱗甲，鱗甲間的毛如同豬鬃。

　　再往西二百里，是箕尾山，山上有很多構樹，盛產塗石，還有很多璿珧玉。

　　再往西二百五十里，是柄山，山上盛產玉石，山下則蘊藏豐富的銅礦。是滔雕水的發源地，向北流入洛水。山中有很多的羬羊。山中還有一種樹木，長得像臭椿樹，葉子像梧桐，果實帶莢，名為茇，能毒死魚。

又西二百里，曰白邊之山，其上多金、玉，其下多青雄黃。

又西二百里，曰熊耳之山，其上多漆，其下多棕。浮濠之水出焉，而西流注於洛，其中多水玉，多人魚。有草焉，其狀如蘇而赤華 ❶，名曰葶苧 ❷，可以毒魚。

又西三百里，曰牡山，其上多文石，其下多竹箭竹䉋，其獸多㸶牛、羬羊，鳥多赤鷩 ❸。

又西三百五十里，曰讙舉之山。雒水 ❹ 出焉，而東北流注於玄扈之水 ❺，其中 ❻ 多馬腸之物。此二山者，洛間也。

凡厘山之首，自鹿蹄之山至於玄扈之山，凡九山，千六百七十里。其神狀皆人面獸身。其祠之，毛用一白雞，祈而不糈，以采衣 ❼ 之。

名詞注釋

❶ 蘇：紫蘇，又叫山蘇，一年生草本植物，莖為方形，紫紅色的葉。枝、葉、莖、果都可以用來製作藥物。

❷ 葶苧（ㄊㄧㄥˊ ㄓㄨˋ）：馬錢科，醉魚草，又叫魚尾草，有毒。

❸ 赤鷩（ㄅㄧˋ）：鷩雉，也叫錦雞，似野雞，比野雞小，有五彩的頭冠和羽毛。和上文所說的赤鷩同屬野雞的種類，樣子上差不多，故名稱上也經常混淆。

❹ 雒（ㄌㄨㄛˋ）水：同「洛」，洛河。

⑤ 玄扈（ㄏㄨˋ）之水：水名。

⑥ 其中：指玄扈山中。據《水經注·洛水》，知玄扈水發源於玄扈山。可見，此處是有省文的。馬腸：為上文所說的怪獸馬腹，為人面虎身，叫聲像嬰兒啼哭，會吃人。另，雒水就是洛水。

⑦ 衣：用作動詞，穿的意思。這裡為包裹之意。

再往西二百里，是白邊山，山上盛產金屬礦物和玉石，山下有很多的石青、雄黃。

再往西二百里，是熊耳山，山上有很多漆樹，山下則遍布棕樹。是浮濠水的發源地，向西流入洛水，水中有許多水晶石，還有許多人魚。山中有一種草，形似蘇草但開紅花，名為葶苧，能毒死魚。

再往西三百里，為牡山，山上遍布五彩斑斕的石頭，山下則有茂密的竹箭、籬之類的竹叢。山中的野獸以柞牛、羬羊為主，鳥類則以赤鷩最多。

再往西三百五十里，是讙舉山。是雒水的發源地，向東北流入玄扈水。玄扈山中有許多馬腸之類的怪物。在讙舉山與玄扈山之間，有一條洛水。

厘山山系的首尾，從鹿蹄山到玄扈山，共九座山，里程共一千六百七十里。這些山的山神形貌皆為人面獸身。祭祀山神用一隻帶毛的白雞，祀神不用米，用彩色的錦帛把雞包裹起來就可以了。

《中次五經》薄山之首，曰苟林之山，無草木，多怪石。

東三百里，曰首山，其陰多穀、柞❶，草多荒、芫❷。其陽多琈瑈之玉，木多槐。其陰有谷，曰機谷，多馱鳥，其狀如

馱鳥

梟而三目，有耳，其音如錄，食之已墊❸。

又東三百里，曰縣斸之山，無草木，多文石。

又東三百里，曰蔥聾之山，無草木，多𥑐石❹。

東北五百里，曰條谷之山，其木多槐桐，其草多芍藥、䖂冬❺。

又北十里，曰超山，其陰多蒼玉，其陽有井❻，冬有水而夏竭。

又東五百里，曰成侯之山，其上多櫄木❼，其草多芃❽。

又東五百里，曰朝歌之山，谷多美堊。

又東五百里，曰槐山，谷多金錫❾。

又東十里，曰曆山，其木多槐，其陽多玉。

又東十里，曰尸山，多蒼玉，其獸多麖❿。尸水出焉，南流注於洛水，其中多美玉。

又東十里，曰良餘之山，其上多穀柞，無石。余水出於其陰，而北流注於河；乳水出於其陽，而東南流注於洛。

又東南十里，曰蠱尾之山，多礪石、赤銅。龍余之水出焉，而東南流注於洛。

又東北二十里，曰升山，其木多穀、柞、棘，其草多藷藇、蕙❶❶，多寇脫❶❷。黃酸之水出焉，而北流注於河，其中多璇玉❶❸。

又東二十里，曰陽虛之山，多金，臨於玄扈之水。

凡薄山之首，自苟林之山至於陽虛之山，凡十六山，二千九百八十二里。升山，塚也，其祠禮：太牢，嬰用吉玉。首山，魁❶❹也，其祠用稌、黑犧太牢之具、蘗釀❶❺；干儛❶❻，置鼓；嬰用一璧。尸水，合天也，肥牲祠之；用一黑犬於上，用一雌雞於下，刉❶❼一牝羊，獻血。嬰用吉玉，采之，饗之。

❶ 柞：柞樹，也叫蒙子樹、鑿刺樹、冬青，常綠灌木，初秋開花，雌雄不同株，開黃白色小花，結黑色小球形漿果。

❷ 朮（ㄓㄨˊ）：山薊，一種可以用來製作藥物的草，又分為蒼朮、白朮二種。蒼朮為多年生直立草本植物，可以入藥。白朮為多年生草本植物，根狀莖可以入藥。芫：芫華，落葉灌木，因樹形矮小，常被看作草。

❸ 墊：一種因潮濕低溫而引發的疾病。

❹ 厊（ㄅㄤˋ）石：玤石，是次於玉石一等的石頭。

❺ 芍藥：多年生草本植物，初夏開花，像牡丹花，可用來觀賞，而根莖可入藥。虋冬：俗稱門冬，有兩種，一是麥門冬，也叫沿階草，鬚根常膨大成紡錘形，可以入藥；二是天門冬，也叫天冬草，地下有簇生紡錘形肉質塊根，可以入藥。

❻ 井：本書中所記，都是自然事物，所以這裡的井應該是指泉眼低於地面的水泉，形似水井。

❼ 櫄（ㄔㄨㄣ）木：據古人說，這種樹與高大的臭椿樹相似，樹幹可以用來製作車轅。

❽ 芁（ㄆㄥˊ）：秦芁，一種可以用來製作藥物的草。

❾ 錫：這裡指天然錫礦石，而非提煉的純錫。以下同此。

❿ 麖（ㄐㄧㄥ）：鹿的一種，體型較大。

⓫ 藷萸：也叫山藥。它的塊莖不僅可食用，也可用來製作藥物。蕙：一種香草。

⓬ 寇脫：古人說是一種生長在南方的草，有一丈多高，莖中有瓤，葉像荷葉，純白色。

⓭ 璇玉：古人說是質料成色比玉差一點的玉石。

⓮ 魁（ㄕㄣˊ）：神靈。

⓯ 蘗（ㄅㄛˋ）釀：蘗，酒麴，釀酒用的發酵劑。蘗釀就是釀造的醴（ㄌㄧˇ）酒。這裡泛指美酒。

⑯ 干儛（ㄍㄢ ㄨˇ）：古代在舉行祭祀活動時跳的一種舞蹈。
干，盾牌，是古代一種防禦性兵器。儛，同「舞」。干儛
就是手拿盾牌起舞，表示莊嚴隆重。
⑰ 刉（ㄐㄧ）：亦作「刏」。劃破，割。

中央第五列山系，薄山山系的第一座山，叫苟林山，山
上不生花草樹木，但有很多奇形怪狀的石頭。

往東三百里，是首山，山的北面有很多構樹、柞樹，這
裡的草多半是荒草、芫華。山南面有很多的琈琈玉，這裡的
樹木多為槐樹。山的北面有一峽谷，叫做機谷，峽谷裡有許
多鳥，形似貓頭鷹，有三隻眼睛，長著耳朵，叫聲像鹿的鳴
叫聲，吃了牠的肉便能治癒濕氣病。

再往東三百里，為歷縣山，山上草木不生，但有許多色
彩斑斕的石頭。再往東三百里，是蔥聾山，山上不生花草樹
木，但有很多㣫石。往東北五百里，有一座山叫條谷山，這
裡的樹木大多是槐樹和桐樹，草類則多為芍藥、門冬草。

再往北十里，為超山，山的北面有許多蒼玉，山的南面
有一眼水泉，冬天有水，夏天乾枯。

再往東五百里，是成侯山，山上有很多櫄樹，這裡的草
多為秦芁。再往東五百里，是朝歌山，山谷裡盛產優良堊土。
再往東五百里，是槐山，山谷裡蘊含豐富的金和錫。再往東
十里，便是歷山，這裡的樹大多為槐樹，山的南面盛產玉石。

再往東十里，是尸山，山上有很多蒼玉，這裡的野獸多為麖。是尸水的發源地，向南流入洛水，水中有許多優質玉石。

　　再往東十里，是良餘山，山上有許多構樹和柞樹，沒有石頭。餘水從良餘山北麓流出，然後向北流入黃河；而乳水從良餘山南麓流出，然後向東南流入洛水。

　　再往東南十里，是蠱尾山，盛產礪石、黃銅。是龍余水的發源地，向東南流入洛水。

　　再往東北二十里，是升山，這裡的樹多為構樹、柞樹、酸棗樹，草類則多是山藥、惠草、寇脫草。是黃酸水的發源地，向北流入黃河，水中有許多璇玉。

　　再往東二十里，便是陽虛山，山上盛產金礦，陽虛山和玄扈水相鄰。

　　薄山山系之首尾，從苟林山到陽虛山，共十六座山，里程共二千九百八十二里。升山是諸山的宗主，祭祀山神的儀式：用帶毛的豬、牛、羊齊全的三牲，玉器用吉玉。首山，是神明靈驗的大山，祭祀首山山神要用稻米、整隻黑色皮毛的豬、牛、羊、美酒；手持盾牌起舞，敲鼓應和；玉器用一塊玉璧。尸水，是上通到天上的，要用肥壯的牲畜獻祭；用一隻黑狗供在上面、一隻母雞供在下面，殺一隻母羊獻血。玉器要用吉玉，並用彩色帛包裝祭品，請神明享用。

《中次六經》縞羝山 ❶ 之首，曰平
逢之山，南望伊洛，東望谷城之山，
無草木，無水，多沙石。有神焉，
其狀如人而二首，名曰驕蟲，是為
螫蟲 ❷，實惟蜂、蜜之廬 ❸。其祠
之，用一雄雞，禳 ❹ 而勿殺。

驕
蟲

西十里，曰縞羝之山，無草木，多
金玉。

又西十里，曰廆山 ❺，其陰多琈琈之玉。其西有谷焉，名
曰雚谷 ❻，其木多柳、楮，其中有鳥焉，狀如山雞而長尾，
赤如丹火而青喙，名曰鴒鵌 ❼，其鳴自呼，服之不眯。交觴
之水 ❽ 出於其陽，而南流注於洛；俞隨之水出於其陰，而
北流注於穀水。

又西三十里，曰瞻諸之山，其陽多金，其陰多文石。㴯水 ❾
出焉，而東南流注於洛；少水 ❿ 出其陰，而東流注於穀水。

又西三十里，曰婁涿之山 ⓫，無草木，多金玉。瞻水出於
其陽，而東流注於洛；陂水出於其陰，而北流注於穀水，
其中多茈石 ⓬、文石。

又西四十里，曰白石之山。惠水出於其陽，而南流注於洛，其中多水玉。澗水出於其陰，西北流注於穀水，其中多麋石❸、櫨丹❹。

又西五十里，曰穀山，其上多穀，其下多桑。爽水出焉，而西北流注於穀水，其中多碧綠❺。

又西七十二里，曰密山，其陽多玉，其陰多鐵。豪水出焉，而南流注於洛，其中多旋龜❻，其狀鳥首而鱉尾，其音如判木。無草木。

又西百里，曰長石之山，無草木，多金玉。其西有谷焉，名曰共谷，多竹。共水出焉，西南流注於洛，其中多鳴石❼。

又西一百四十里，曰傅山，無草木，多瑤、碧。厭染之水出於其陽，而南流注於洛，其中多人魚。其西有林焉，名曰墦塚❽。穀水出焉，而東流注於洛，其中多珚玉❾。

又西五十里，曰橐山，其木多樗，多楠木⓴，其陽多金玉，其陰多鐵，多蕭㉑。橐水出焉，而北流注於河。其中多修辟之魚，狀如黽㉒而白喙，其音如鴟，食之已白癬。

❶ 縞羝（ㄍㄠˇ ㄅㄧ）山：山系名，在今天的河南西北部。

❷ 螫（ㄕˋ）蟲：指一切身上長有毒刺能傷人的昆蟲。

❸ 蜜：也是一種蜂。盧：居住的地方，這裡指蜜蜂的窩。

❹ 禳（ㄖㄤˊ）：祭祀祈禱神靈以求消除災害。

❺ 廆（ㄍㄨㄟ）山：山名。

❻ 雚（ㄍㄨㄢˋ）谷：山谷名。

❼ 鴒鸚（ㄌㄧㄥˊ ㄧㄠ）：鳥名。

❽ 交觴（ㄕㄤ）之水：古代水域的名稱。

❾ 㵖（ㄒㄧㄝˋ）水：古代水域名稱。

❿ 少（ㄕㄠˋ）水：古代水域名稱。

⓫ 妻涿（ㄓㄨㄛˊ）之山：山系名。

⓬ 茈（ㄗˇ）石：一種紫色的石頭。茈，紫色，可以用來製作染料。

⓭ 麋（ㄇㄧˊ）石：麋，通「眉」，眉毛。麋石就是畫眉石，一種可以描飾眉毛的礦石。

⓮ 櫨（ㄌㄨˊ）丹：櫨，通「盧」。盧：黑色。盧丹：黑丹砂，一種黑色礦物。

⓯ 碧綠：據學者研究，可能指現在所說的孔雀石，色彩豔麗，可以製作裝飾品和綠色塗料。

⓰ 旋龜：古代漢族神話傳說中的一種生物，產於怪水。

⓱ 鳴石：古人說是一種青色玉石，撞擊後發出巨大鳴響，七八里以外都能聽到，屬於能製作樂器的磬石之類。

⓲ 墦塚（ㄈㄢ ㄓㄨㄥˇ）：樹林的名字。

⓳ 珚（ㄧㄢ）玉：玉的一種。

⓴ 楠（ㄅㄟˋ）木：古人說這種樹在七八月間吐穗，穗成熟後，像是有鹽粉沾在上面。

㉑ 蕭：蒿草的一種。

㉒ 罷（ㄇㄥˇ）：青蛙的一種。

　　中央第六列山系，縞羝山山系的第一座山，叫平逢山，從平逢山上向南望去可以看見伊水和洛水，向東望去可以看見谷城山，這座山不生花草樹木，也沒有水，但有很多沙石。山中有一位山神，形貌像人卻有兩個頭，名為驕蟲，是所有螫蟲的首領，這裡其實是各種蜜蜂聚集築巢的地方。祭祀這位山神時，用一隻公雞獻祭，在祈禱後放掉而不殺死。

　　往西十里，是縞羝山，山上不生花草樹木，盛產金屬礦物和玉石。

　　再往西十里，是瘣山，山上盛產琈玗玉。山的北面有一道峽谷，叫做藿谷，這裡的樹木多為柳樹、構樹。山中有一種形似野雞的鳥，有一條很長的尾巴，渾身像火一樣紅，嘴巴是青色的，名為鴒鸚，牠的叫聲就是自己名字的讀音，吃了牠的肉就不會做噩夢。交觴水從這座山的南麓流出，然後向南流入洛水；俞隨水從這座山的北麓流出，然後向北流入穀水。

　　再往西三十里，是瞻諸山，山的南面盛產金屬礦物，山的北面盛產帶有花紋的石頭。是謝水的發源地，向東南流入洛水；少水從這座山的北麓流出，然後向東流入穀水。

　　再往西三十里，是婁涿山，山上不生花草樹木，盛產金屬礦物和玉石。瞻水從這座山的南麓流出，然後向東流入洛水；陂水從這座山的北麓流出，然後向北流入穀水，水中有許多紫色的和帶有花紋的石頭。

　　再往西四十里，是白石山。惠水從白石山的南麓流出，

然後向南流入洛水，水中有許多的水晶石。澗水從白石山的北麓流出，向西北流入穀水，水中有許多的畫眉石、黑丹砂。

再往西五十里，是谷山，山上遍布構樹，山下則多桑樹。是爽水的發源地，向西北流入穀水，水中有許多的孔雀石。

再往西七十二里，是密山，山的南面盛產玉石，山的北面盛產鐵礦。是豪水的發源地，向南流入洛水，水中有許多旋龜，有鳥的頭和鱉的尾巴，發出的聲音像劈木頭的聲音。此山草木不生。

再往西一百里，是長石山，山上沒有花草樹木，但有大量金屬礦物和玉石。這座山的西面有一道峽谷，叫做共谷，谷裡生長著許多的竹子。是共水的發源地，向西南流入洛水，水中有許多鳴石。

再往西一百四十里，是傅山，山上草木不生，但有很多瑤、碧之類的美玉。厭染水從山的南麓流出，然後向南流入洛水，水中有許多人魚。山的西面有一片樹林，叫做墦塚。是谷水的發源地，向東南流入洛水，水中有許多珚玉。

再往西五十里，是橐山，山中的樹木主要是臭椿樹，還有許多楢樹，山的南面盛產金屬礦物和玉石，山的北面則有大量鐵礦、蕭草。是橐水的發源地，向北流入黃河。水中有許多修辟魚，形似蛙，但嘴巴是白色的，叫聲像鴟鷹鳴叫，吃了牠的肉就能治癒白癬病。

又西九十里，曰常烝之山，無草木，多堊。潐水❶出焉，而東北流注於河，其中多蒼玉。菑水❷出焉，而北流注於河。

又西九十里，曰夸父之山，其木多棕楠，多竹箭，其獸多牦牛、羬羊，其鳥多鷩，其陽多玉，其陰多鐵。其北有林焉，名曰桃林，是廣員三百里，其中多馬。湖水出焉，而北流注於河，其中多珚玉。

又西九十里，曰陽華之山，其陽多金玉，其陰多青、雄黃，其草多藷藇，多苦辛❸，其狀如楸❹，其實如瓜，其味酸甘，食之已瘧。楊水出焉，而西南流注於洛。其中多人魚。門水出焉，而東北流注於河，其中多玄礵❺。錯姑之水❻出於其陰，而東流注於門水，其上多銅。門水出（至）於河，七百九十里入雒水。

凡縞羝山之首，自平逢之山至於陽華之山，凡十四山，七百九十里。岳❼在其中，以六月祭之，如諸岳之祠法，則天下安寧。

1. 潐（ㄑㄧㄠˊ）水：古代水域的名稱。

2. 䕡（ㄗ）水：流水名。

3. 苦辛：草名。

4. 橚（ㄑㄧㄡ）：同「楸」。楸樹為落葉喬木，樹形高大，樹幹端直。夏季開花，可以用它來製作藥物，主治熱毒及各種瘡疥。

5. 玄礵（ㄙㄨˋ）：黑色的磨刀石。

6. 緇（ㄐㄧˊ）姑之水：水域名。

7. 岳：高大的山。

往西九十里，為常烝山，山上不生花草樹木，但有很多不同顏色的堊土。是潐水的發源地，向東北流入黃河，水中有許多蒼玉。也是菑水的發源地，向北流入黃河。

再往西九十里，是夸父山，山中的樹木以棕樹和楠木為主，有許多茂盛的小竹叢，山中的野獸，多為牸牛、羬羊，鳥類則以赤鷩為主，山的南面盛產玉，山的北面盛產鐵。山的北面有一片叫做桃林的樹林，這片樹林有方圓三百里，林子裡有許多馬。是湖水的發源地，向北流入黃河，水中有許多珚玉。

再往西九十里，是陽華山，山的南面有大量金屬礦物和玉石，山的北面盛產石青、雄黃，山中的草以山藥、苦辛草居多，苦辛草形似楸木，結的果實像瓜，味道酸中帶甜，吃了它就能治癒瘧疾。是楊水的發源地，向西南流入洛水，水中有許多人魚。也是門水的發源地，向東北流入黃河，水中有很多黑色磨刀石。錯姑水從陽華山北麓流出，然後向東流入門水，錯姑水兩岸山間有大量銅礦。從門水到黃河，途經七百九十里後入雒水。

縞羝山山系之首尾，從平逢山到陽華山，共十四座山，里程共七百九十里。這座山系之中有高大的山，在每年六月進行祭祀，跟祭祀其他山的方法差不多，這樣天下就會安寧。

《中次七經》苦山之首，曰休與之山。其上有石焉，名曰帝台 ❶ 之棋，五色而文，其狀如鶉卵。帝台之石，所以禱百神者也，服之不蠱。有草焉，其狀如蓍 ❷，赤葉而本叢生，名曰夙條，可以為簳 ❸。

東三百里，曰鼓鐘之山，帝台之所以觴 ❹ 百神也。有草焉，方莖而黃華，員葉而三成 ❺，其名曰焉酸，可以為毒 ❻。其上多礪，其下多砥。

又東二百里，曰姑媱之山。帝女死焉，其名曰女尸，化為䔄，其葉胥 ❼ 成，其華黃，其實如菟丘 ❽，服之媚於人 ❾。

又東二十里，曰苦山。有獸焉，名曰山膏，其狀如逐，赤若丹火，善詈 ❿。其上有木焉，名曰黃棘，黃華而員葉，其實如蘭，服之不字 ⓫。有草焉，員葉而無莖，赤華而不實，名曰無條 ⓬，服之不癭。

① 帝台：神人的名字。棋：指博棋，古時候的一種遊戲用具。

② 蓍（ㄕ）：蓍草，又叫鋸齒草、蚰蜒草，草本植物，葉互生，長線狀披針形。古人一般會用蓍草的莖作占筮之用。

③ 䇂（ㄍㄢˇ）：小竹子，可以做箭杆。

④ 觴：向人敬酒或自飲。這裡指設酒宴招待。

⑤ 成：重，層。

⑥ 為（ㄨㄟˇ）毒：除去毒性物質的意思。

⑦ 胥：相與，皆。

⑧ 莵（ㄊㄨˋ）丘：莵絲子，一年生纏繞寄生草本植物。

⑨ 媚於人：這裡指女子以美色討人歡心。媚：喜愛。

⑩ 詈（ㄌㄧˋ）：罵，責罵。

⑪ 字：懷孕，生育。

⑫ 無條：與上文所述無條草不同，是同一個名稱不同種。

中央第七列山系，苦山山系的第一座山，為休與山。山上有一種石子，是神仙帝臺的棋子，有五種顏色，上面有花紋，形似鵪鶉蛋。神仙帝臺的石子是用來禱祀百神的，人佩戴上它就可以不受邪氣侵擾。休與山上還有一種草，形似蓍草，葉子是紅的，根莖叢生在一起，名為夙條，可用它來製作箭杆。

往東三百里，是鼓鐘山，神仙帝臺在此演奏鐘鼓樂器，宴請各方天神。山中有一種草，有方形的莖、開黃花，圓葉重疊為三層，名為焉酸，可用來解毒。山上盛產粗磨刀石，山下則遍布細磨刀石。

再往東二百里，是姑媱山，天帝的女兒就死在這座山上，她名叫女尸，她死後化成了蓍草，葉子一層疊一層，開黃花，果實與菟絲子的果實相似，服用了它就能討人喜歡。

再往東二十里，是苦山。山中有一種名為山膏的野獸，形似豬，身體像火一樣紅，喜歡罵人。山上有一種樹木，名為黃棘，圓葉、開黃花，果實與蘭草的果實相似，女人服用了它就無法生育。山中還有一種草，葉子是圓的，但沒有莖幹，開紅花但不結果，名為無條，吃了它就能使脖子不生肉瘤。

又東二十七里，曰堵山，神天愚居之，是多怪風雨。其上有木焉，名曰天楄❶，方莖而葵狀，服者不喔❷。

又東五十二里，曰放臯之山。明水出焉，南流注於伊水，其中多蒼玉。有木焉，其葉如槐，黃華而不實，其名曰蒙木，服之不惑。有獸焉，其狀如蜂，枝尾❸而反舌，善呼，其名曰文文。

又東五十七里，曰大苦之山，多㻬琈之玉，多麋玉❹。有草焉，其狀葉如榆，方莖而蒼傷❺，其名曰牛傷❻，其根蒼文，服者不厥❼，可以禦兵。其陽狂水出焉，西南流注於伊水，其中多三足龜，食者無大疾，可以已腫。

又東七十里，曰半石之山。其上有草焉，生而秀❽，其高丈余，赤葉赤華，華而不實，其名曰嘉榮，服之者不畏霆❾。來需之水出於其陽，而西流注於伊水，其中多鯩魚，黑文，其狀如鮒，食者不睡。合水出於其陰，而北流注於洛，

多鰧魚 ⓾，狀如鱖 ⓫，居逵 ⓬，蒼文赤尾，食者不癰，可以為瘻 ⓭。

又東五十里，曰少室之山，百草木成囷 ⓮。其上有木焉，其名曰帝休，葉狀如楊，其枝五衢 ⓯，黃華黑實，服者不怒。其上多玉，其下多鐵。休水出焉，而北流注於洛，其中多鰷魚，狀如盩蜼 ⓰而長距，足白而對，食者無蠱疾，可以禦兵。

⑫ 達（ㄎㄨㄟˊ）：四通八達的大路。這裡是指水底相互貫通著的洞穴。

⑬ 瘻（ㄌㄡˋ）：脖子上的生瘡，長時間都不會好，常常流膿水，還生出蛆蟲，古時把這種病狀稱作瘻。

⑭ 囷（ㄐㄩㄣ）：圓形穀倉。

⑮ 衢（ㄑㄩˊ）：交錯的樣子。

⑯ 蝥蚘（ㄓㄡ ㄨㄟˋ）：據古人說是一種形似獼猴的野獸。

古文今解

　　再往東二十七里，為堵山，神人天愚住在這裡，所以這座山上經常刮怪風下怪雨。山上有一種名為天楄的樹木，莖幹是方形的，形似葵菜，吃了它之後就不會噎食。

　　再往東五十二里，是放皋山。是明水的發源地，向南流入伊水，水中有許多蒼玉。山中有一種名為蒙木的樹木，葉子形似槐樹葉，開黃花但不結果，吃了它就不會腦袋糊塗。山中有一種形似蜜蜂的野獸，尾巴分叉，舌頭倒著生長，喜歡呼叫，名為文文。

　　再往東五十七里，是大苦山，山上盛產璚玗玉、㻬玉。山中有一種名為牛傷的草，葉子似榆樹葉，莖幹是方形的，上面長滿了刺，根莖上有青色的花紋，吃了它就不會昏厥，還能避免刀兵之禍。狂水從這座山的南麓流出，向西南流入伊水，水中有許多長著三隻腳的龜，吃了牠的肉就不會生大病，還能治好癰腫。

再往東七十里，是半石山。山上有一種草，只要它一出土就結果，高一丈多，葉子和花都是紅色的，開花後不結果，名為嘉榮，吃了它就不會害怕打雷。來需水從半石山南麓流出，然後向西流入伊水，水中有很多鯩魚，渾身是黑色花紋，形似鯽魚，吃了牠的肉就不會打瞌睡。合水從半石山北麓流出，然後向北流入洛水，水中還有許多騰魚，樣子像鱖魚，牠們居住在相互連通的洞穴中，渾身都是青色的花紋和紅尾巴，吃了牠的肉就不會有癰腫病，還可以治癒瘻瘡。

再往東五十里，是少室山，有很多花草樹木，聚集起來像圓的穀倉。山上有一種樹木，名為帝休，葉子似楊樹葉，樹枝相互交叉著向四方伸展，開黃花結黑果，吃了它可以心境平和，不生煩惱。少室山上盛產玉石，山下盛產鐵礦。是休水的發源地，向北流入洛水，水中有許多䲔魚，樣子像獼猴，爪子很長，和公雞的爪子很像，白色的足趾相互對稱，吃了它的肉就不會生疑心病，還能避免刀兵之禍。

又東三十里，曰泰室之山。其上有木焉，葉狀如梨而赤理，其名曰栯木❶，服者不妒。有草焉，其狀如荒❷，白華黑實，澤如蘡薁❸，其名曰蓄草❹，服之不昧❺。上多美石。

又北三十里，曰講山，其上多玉，多柘❻、多柏。有木焉，名曰帝屋，葉狀如椒❼，反傷❽赤實，可以禦凶。

又北三十里，曰嬰梁之山，上多蒼玉，錞於玄石。

又東三十里，曰浮戲之山。有木焉，葉狀如樗而赤實，名曰亢木❾，食之不蠱。汜水出焉，而北流注於河。其東有谷，因名曰蛇谷，上多少辛❿。

又東四十里，曰少陘之山⓫。有草焉，名曰䓣草⓬，葉狀如葵，而赤莖白華，實如蘡薁，食之不愚。器難之水出焉，而北流注於役（侵）水。

又東南十里，曰太山。有草焉，名曰梨，其葉狀如萩而赤華⓭，可以已疽。太水出於其陽，而東南流注於役水；承水出於其陰，而東北流注於役。

又東二十里，曰末山，上多赤金。末水出焉，北流注於役（沫）。

又東二十五里，曰役山，上多白金，多鐵。役水出焉，北

注於河。

又東三十五里，曰敏山。上有木焉，其狀如荊，白華而赤實，名曰蘬柏 ⓮，服者不寒。其陽多㻬琈之玉。

又東三十里，曰大騩之山，其陰多鐵、美玉、青堊。有草焉，其狀如蓍而毛，青華而白實，其名曰猿 ⓯，服之不夭 ⓰，可以為腹病。

凡苦山之首，自休與之山至於大騩之山，凡十有 ⓱ 九山，千一百八十四里。其十六神者，皆豕 ⓲ 身而人面。其祠：毛牷 ⓳ 用一羊羞，嬰用一藻玉 ⓴ 瘞。苦山、少室、太室皆塚也。其祠之：太牢之具，嬰以吉玉。其神狀皆人面而三首。其餘屬皆豕身人面也。

❶ 楰（一ㄡˇ）木：樹名。一說是指郁李。

❷ 朮（ㄓㄨˊ）：白朮、蒼朮一類的藥材。

❸ 蘡薁（一ㄥ　ㄩˋ）：一種藤本植物，俗稱野葡萄。夏季開花，果實黑色，可以釀酒，也可用來製作藥物。

❹ 蓄草：與上文所述的樣子不同，名稱雖然相同但不是同一種植物。

❺ 眛：昏暗。這裡是指眼目不明的意思。

❻ 柘（ㄓㄜˋ）：落葉灌木或喬木，樹皮有長刺，皮可以染黃色，木材質堅而緻密，是貴重的木料，葉卵形，可以喂蠶。

❼ 椒：有三種，一種是木本植物，花椒；一種是藤本植物，胡椒；一種是蔬果類植物。這裡應該是指花椒。

❽ 反傷：指倒生的刺。

❾ 宂木：傳說中的一種樹。

❿ 少（ㄕㄠˋ）辛：又叫小辛、細辛，一種藥草，葉子一般只有兩片，開紫花。

⓫ 少陘（ㄕㄠˋ ㄐㄧㄥˋ）之山：少陘山。

⓬ 菌（ㄍㄤ）草：草名。

⓭ 萩（ㄑㄧㄡ）：一種蒿類植物，葉子是白色，像艾蒿，但是有很多分杈，莖幹很高大，約有一丈高。

⓮ 蓟（ㄐㄧˋ）柏：植物名，柏樹的一種。

⓯ 蒗（ㄏㄣˊ）：草名。

⓰ 不夭：這裡是指延年益壽。夭，夭折，未成年死去。

⓱ 有（一ㄡˋ）：通「又」。

⓲ 豕（ㄕˇ）：豬。

⓳ 牷（ㄑㄩㄢˊ）：毛色純一的全牲。全牲是指整隻的牛羊豬。
　　羞：進獻食品。這裡是指貢獻祭祀品。

⓴ 藻玉：帶有彩色紋理的玉。

再往東三十里，是泰室山。山裡有一種樹木，葉子像梨樹葉，有紅色的紋理，名為栯木，吃了它之後就不會產生嫉妒心。還有一種草，像蒼朮或白朮，開白花、結黑果，果實的光澤像野葡萄般，名為䔄，吃了之後就不會眼睛昏花。山上還有許多漂亮的石頭。

再往北三十里，是講山，山上盛產玉石，生長著許多柘樹和柏樹。有一種樹名為帝屋，葉子像花椒樹，長著倒勾刺，果實為紅色，可用來辟凶邪之氣。

再往北三十里，是嬰梁山，山上有很多蒼玉，蒼玉都附著在黑色的石頭上面。

再往東三十里，是浮戲山。有一種樹，葉子像臭椿樹，結紅果，名為亢木，吃了它可以驅蟲辟邪。是汜水的發源地，向北流入黃河。在浮戲山的東面有一道峽谷，因峽谷裡有許多的蛇，因此取名為蛇谷，峽谷上還盛產細辛。

再往東四十里，是少陘山。山中有一種名為䓪的草，葉子像葵菜葉，有紅莖幹、開白花，果實像野葡萄，吃了它就可以變聰明。是器難水的發源地，向北流入役水。

再往東南十里，是太山。山裡有一種名為梨的草，葉子像蒿草，開紅花，可以治癒癰疽。太水從這座山的南麓流出，然後向東南流入役水；承水從這座山的北麓流出，向東北流入役水。

再往東二十里，是末山，山上盛產金礦。是末水的發源地，向北流入役水。

再往東二十五里，是役山，山上盛產白銀和鐵。是役水的發源地，向北流入黃河。

再往東三十五里，是敏山。山上有一種樹木，形似牡荊，開白花結紅果，名為薊柏，吃了它的果實就不怕寒冷。南面盛產璙珚玉。

再往東三十里，是大騩山，山的北面盛產鐵礦、優質的玉石、青色的堊土。山中有一種草，形似蓍草，但長有絨毛，開青花、結白果，名為猿，吃了它就可以預防夭折並延年益壽，還能治癒腸胃方面的各種疾病。

苦山山系之首尾，從休與山到大騩山，共十九座山，里程共一千一百八十四里。其中有十六座山的山神外貌都是豬身人面。祭祀這些山神的儀式是：用一隻帶毛的純色羊，玉器用一塊藻玉，祭祀後埋入地下。苦山、少室山、太室山都是諸山的宗主。祭祀這三座山的山神時，用帶毛的豬、牛、羊齊全的三牲，玉器用吉玉。這三個山神的外形皆為人面但有三個腦袋。另外十六座山的山神都是豬身人面。

《中次八經》荊山之首，曰景山，其上多金玉，其木多杼❶檀。睢水❷出焉，東南流注於江，其中多丹粟，多文魚。

東北百里，曰荊山，其陰多鐵，其陽多赤金，其中多犛牛❸，多豹虎，其木多松柏，其草多竹，多橘櫾❹。漳水出焉，而東南流注於睢，其中多黃金，多鮫魚❺。其獸多閭麋。

又東北百五十里，曰驕山，其上多玉，其下多青雘，其木多松柏，多桃枝❻鉤端。神䪊圍❼處之，其狀如人面，羊角虎爪，恒游於睢漳之淵❽，出入有光。

䪊圍

又東北百二十里，曰女几之山，其上多玉，其下多黃金，其獸多豹虎，多閭、麋、麖、麂❾，其鳥多白鷮❿，多翟⓫，多鴆⓬。

又東北二百里，曰宜諸之山，其上多金玉，其下多青雘。滮水⓭出焉，而南流注於漳，其中多白玉。

又東北二百里，曰綸山，其木多梓、楠，多桃枝，多柤⓮、栗、橘、櫾，其獸多閭、麈、麢、羊、臭⓯。

又東二百里，曰陸陒之山⓰，其上多㻬琈之玉，其下多堊，

其木多杻檀。又東百三十里，曰光山，其上多碧，其下多水（木）。神計蒙 ⓱ 處之，其狀人身而龍首，恒游於漳淵，出入必有飄風 ⓲ 暴雨。

① 杻（ㄓㄨˇ）：杻樹，柞樹。
② 雎（ㄐㄩ）水：水域名。
③ 犛（ㄇㄠˊ）牛：一種毛皮純黑的牛，屬於犛牛之類。
④ 櫾（一ㄡˋ）：同「柚」。橘子相似，但比橘子大，皮厚且味酸。
⑤ 鮫（ㄐ一ㄠ）魚：鯊魚，體型大，性兇猛。
⑥ 桃枝：矮竹。
⑦ 𩺁（ㄊㄨㄛˊ）圍：傳說中的神的名稱。
⑧ 雎漳之淵：雎水和漳水的深淵。
⑨ 麂（ㄐ一ˇ）：小鹿。
⑩ 白鷮（ㄐ一ㄠ）：也叫「雉」，一種像野雞而尾巴較長的鳥，常一邊飛行一邊鳴叫。
⑪ 翟（ㄉ一ˊ）：長尾的野雞。
⑫ 鴆（ㄓㄣˋ）：鴆鳥，傳說中的一種身體有毒的鳥，羽毛紫綠色，長脖子紅嘴巴，體形大小如雕鷹，吃有毒蝮蛇的頭。
⑬ 洈（ㄨㄟˊ）水：流水名。
⑭ 柤（ㄓㄚ）：形似梨樹，開黃花朵，結黑果，樹幹、樹枝皆為紅色。
⑮ 臭（ㄔㄨㄛˋ）：形似兔子，但長有鹿腳，皮毛為青色。
⑯ 陸隄（ㄍㄨㄟˇ）之山：山系名。
⑰ 計蒙：傳說中的神的名稱。
⑱ 飄風：旋風，暴風的意思。

中央第八列山系，荊山山系的第一座山，是景山，山上盛產金屬礦物和玉石，樹木多為柞樹和檀樹。是雎水的發源地，向東南流入江水，水中有許多粟粒般大小的丹砂，還有很多色彩斑斕的魚。

往東北一百里，是荊山，山的北面盛產鐵礦，山的南面盛產黃金，山中有許多犛牛、豹和老虎，樹木多為松樹和柏樹，花草主要是叢生的小竹子，還有許多橘子樹和柚子樹。是漳水的發源地，向東南流入雎水，水中有大量黃金，還有很多鯊魚。山中的野獸以山驢和麋鹿居多。

再往東北一百五十里，是驕山，山上盛產玉石，山下盛產青䨼，樹木主要是松樹和柏樹，有很多桃枝和鉤端一類的叢生小竹子。是神仙鼉圍居住的地方，形似人但有羊角和虎爪，常在雎水和漳水的深淵裡暢遊，出入的時候會閃閃發光。

再往東北一百二十里，是女几山，山上遍布玉石，山下則盛產黃金，山中的野獸以豹和老虎為主，還有許多山驢、麋鹿、麖、麂，禽鳥則多為白鷮、長尾巴的野雞和鳩鳥。

再往東北二百里，是宜諸山，山上盛產金屬礦物和玉石，山下則遍布青䨼。是洈水的發源地，向南流入漳水，水中有許多白色的玉石。

再往東北二百里，是綸山，樹木多為梓樹、楠木樹，還有很多叢生的桃枝竹，以及柤樹、栗子樹、橘子樹、柚子樹，野獸主要為山驢、麈、羚羊、臭。

再往東二百里，是陸陒山，山上遍布㻬琈玉，山下盛產

各種顏色的堊土，樹木主要為杻樹和櫃樹。

　　再往東一百三十里，是光山，山上遍布碧玉，山下有很多流水。是神仙計蒙居住的地方，牠的形貌為人身龍頭，經常在漳水的深淵裡遊動，出入的時候會伴隨旋風急雨。

又東百五十里，曰岐山，其陽多赤金，其陰多白珉❶，其上多金玉，其下多青雘，其木多樗。神涉鼉❷處之，其狀人身而方面三足。

又東百三十里，曰銅山，其上多金、銀、鐵，其木多穀、柞、柤、栗、橘、櫾，其獸多豹。

又東北一百里，曰美山，其獸多兕、牛，多閭、麈，多豕、鹿，其上多金，其下多青雘。

涉鼉

又東北百里，曰大堯之山，其木多松柏，多梓桑，多机❸，其草多竹，其獸多豹、虎、麢、臭。

又東北三百里，曰靈山，其上多金玉，其下多青雘，其木多桃、李、梅、杏。

又東北七十里，曰龍山，上多寓木❹，其上多碧，其下多赤錫❺，其草多桃枝、鉤端。

又東南五十里，曰衡山，上多寓木、穀、柞，多黃堊、白堊。

又東南七十里，曰石山，其上多金，其下多青雘，多寓木。

又南百二十里，曰若山，其上多㻬琈之玉，多赭，多邽石 ❻，多寓木，多柘。

又東南一百二十里，曰巋山，多美石，多柘。

又東南一百五十里，曰玉山，其上多金玉，其下多碧、鐵，其木多柏。

又東南七十里，曰讙山 ❼，其木多檀，多邽石，多白錫。郁水出於其上，潛於其下，其中多砥礪。

又東北百五十里，曰仁舉之山，其木多穀柞，其陽多赤金，其陰多赭。

又東五十里，曰師每之山，其陽多砥礪，其陰多青雘，其木多柏，多檀，多柘，其草多竹。

又東南二百里，曰琴鼓之山，其木多穀、柞、椒、柘，其上多白珉，其下多洗石，其獸多豕、鹿，多白犀，其鳥多鴆。凡荊山之首，自景山至琴鼓之山，凡二十三山，二千八百九十里。其神狀皆鳥身而人面。其祠：用一雄雞祈瘞，用一藻圭，糈用稌。驕山，塚也。其祠：用羞酒少牢祈瘞，嬰毛（用）一璧。

❶ 珉（ㄇㄧㄣˊ）：一種似玉的美石。

❷ 涉鼍（ㄊㄨㄛˊ）：傳說中神的名稱。

❸ 機：機木樹，就是橿（ㄐㄧ）木樹。一種落葉喬木，木材很
　堅韌，生長也很快，這種樹容易形成林。

❹ 寓木：又叫宛童，寄生樹，通常寄寓在其他樹木上生長。

❺ 錫：本書中所記載的金、銀、銅、鐵等都是指沒有經過提
　煉的礦石或礦沙，這裡的錫也是指沒有經過提煉的錫土礦。

❻ 邽石：據古人說是一種可以用來製作藥物的礦物，味道是
　甜的，沒有毒性。

❼ 謹山：山系名。

　　再往東一百五十里，是岐山，山的南面盛產黃金，北面
盛產白色珉石，山上盛產金屬礦物和玉石，山下盛產青膔，
樹木主要為臭椿樹。是神仙涉鼍居住的地方，牠的形貌為人
身方臉，並有三隻腳。

　　再往東一百三十里，是銅山，山上蘊藏豐富的金、銀、
鐵，樹木多為構樹、柞樹、柤樹、栗子樹、橘子樹、柚子樹，
野獸多是長著豹紋的狗。

　　再往東北一百里，是美山，山中的野獸主要為兕、野牛、
山驢、麈、野豬、鹿等，山上蘊含著豐富的金礦，山下盛產
青膔。

　　再往東北一百里，是大堯山，在山裡的樹木主要為松樹、

柏樹、梓樹、桑樹和機木樹，草多半是叢生的小竹子，野獸多為豹、老虎、羚羊、臭。

再往東北三百里，是靈山，山上含有豐富的金屬礦物和玉石，山下盛產青臒，樹木多為桃樹、李樹、梅樹和杏樹。

再往東北七十里，是龍山，山上遍布寄生樹，還有很多的碧玉，山下蘊含豐富紅錫土，草多半是桃枝、鉤端之類的小竹叢。

再往東南五十里，有一座山叫衡山，山上生長著很多的寄生樹、構樹、柞樹，還有很多黃色堊土、白色堊土。

再往東南七十里，有一座山叫石山，山上含有很多的金礦，山下有很多的青臒，還生長著很多的寄生樹。

再往南一百二十里，是若山，山上盛產璕琈玉、赭石和封石，山上遍布寄生樹，還有許多柘樹。

再往東南一百二十里，是彘山，山裡遍布漂亮的石頭和柘樹。

再往東南一百五十里，是玉山，山上蘊含豐富的金屬礦物和玉石，山下盛產碧玉、鐵礦，這裡的樹木主要為柏樹。

再往東南七十里，是讙山，這裡的樹木主要為檀樹，盛產封石和白色錫土。郁水的發源地是這座山的山頂，一直潛流到山下，水裡有許多磨刀石。

再往東北一百五十里，是仁舉山，這裡的樹木多為構樹和柞樹，山的南面盛產黃金，山的北面盛產赭石。

再往東五十里，是師每山，山的南面盛產磨刀石，山的北面盛產青臒，山中的樹木多為柏樹、檀樹和柘樹，草類以叢生的小竹子居多。

再往東南二百里，是琴鼓山，這裡的樹木多為構樹、柞樹、椒樹、柘樹，山上盛產白色珉石，山下盛產洗石，這裡的野獸多為野豬、鹿和白犀牛，鳥類則以鳩鳥為主。

荊山山系之首尾，從景山到琴鼓山，共二十三座山，里程共二千八百九十里。這些山的山神形貌皆為鳥身人面。祭祀山神的儀式：用一隻帶毛的公雞，祭祀後埋入地下，再用一塊藻圭獻祭，祀神的米用稻米。驕山是諸山之宗主。祭祀驕山山神的儀式：將進獻的美酒和豬、羊埋入地下，祀神的玉器用一塊玉璧。

《中次九經》岷山之首，曰女几之山，其上多石涅 ❶，其木多杻橿，其草多菊 ❷、茈。洛水出焉，東注於江 ❸。其中多雄黃，其獸多虎、豹。

又東北三百里，曰岷山。江水出焉，東北流注於海，其中多良龜，多鼉 ❹。其上多金玉，其下多白珉。其木多梅棠，其獸多犀、象，多夔牛 ❺，其鳥多翰、鷩 ❻。

又東北一百四十里，曰崍山 ❼。江水出焉，東流注於大江。其陽多黃金，其陰多麋麈，其木多檀柘，其草多薤 ❽ 韭，多藥，空奪 ❾。

又東一百五十里，曰崌山 ❿。江水出焉，東流注於大江，其中多怪蛇 ⓫，多鷩魚 ⓬。其木多楢杻 ⓭，多梅、梓，其獸多夔牛、麢、臭、犀、兕。有鳥焉，狀如鴞而赤身白首，其名曰竊脂，可以禦火。

又東三百里，曰高梁之山，其上多堊，其下多砥礪，其木多桃枝、鉤端。有草焉，狀如葵而赤華、莢實、白柎 ⓮，可以走馬。

又東四百里，曰蛇山，其上多黃金，其下多堊，其木多枸 ⓯，多豫章，其草多嘉榮、少辛。有獸焉，其狀如狐，而白

狢狼

尾長耳，名狢狼 ⑯，見則國內有兵。

又東五百里，曰崏山 ⑰，其陽多金，

其陰多白珉。蒲鶇之水 ⑱ 出焉，而

東流注於江，其中多白玉。其獸多

犀、象、熊、羆，多猿、蜼 ⑲。

名詞注釋

❶ 石涅：即涅石，一種礦物，可以用來製作黑色染料。

❷ 菊：通稱菊花，品種繁多，有九百種，於是古人將其概括
為兩大類，一類是在山野生長的，叫野菊，別名叫苦薏；
一類是栽種在庭院中供觀賞的，叫真菊。這裡指的是野菊。

❸ 江：長江。古人所稱的「江」或「江水」，大多專指長江。

❹ 鼉（ㄊㄨㄛˊ）：形似蜥蜴，大的長達二丈，皮可以用來製
做鼓，身上有花紋鱗。也就是現在所說的揚子鰐，俗稱豬
婆龍。

❺ 夔（ㄎㄨㄟˊ）牛：一種重達幾千斤的大牛。

❻ 翰：為上文所說的白翰鳥，野雞的一種。鷩（ㄅㄧˋ）：為
上文所說的赤鳥，俗稱錦雞。

❼ 崍（ㄌㄞˊ）山：又名邛崍山。在今四川省西部岷江和大渡
河之間。

❽ 蘺（ㄒㄧㄝˋ）：一種山野菜。

❾ 空奪：又名寇脫，俗名通草。

❿ 崌（ㄐㄩ）山：山系名。

⓫ 怪蛇：傳說中的一種鉤蛇，有幾丈長，尾巴是分叉的，能

在水中鉤取岸上的人、馬、牛吞食。

⑫ 鰲（ㄓㄨˋ）魚：種類不詳。

⑬ 楢（一ㄡˊ）：一種木材剛硬的樹木，可以用它來製造車子。

⑭ 柎（ㄈㄨ）：花萼，植物的子房。

⑮ 枸（ㄒㄩㄣˊ）：樹名。

⑯ 狕（ㄙˋ）狼：傳說中的一種野獸名。

⑰ 崳（ㄍㄜˊ）山：山系名。

⑱ 蒲鸏（ㄏㄨㄥ）之水：水域名。

⑲ 蜼（ㄨㄟˋ）：傳說中的一種長尾巴猿猴，尾巴分叉，鼻孔朝上，下雨時會懸掛在樹上，用尾巴塞住鼻孔。

中央第九列山系，岷山山系的第一座山，為女几山，山上盛產石涅，樹木多為杻樹、橿樹，花草以野菊、蒼朮或白朮為主。是洛水的發源地，向東流入長江。山裡盛產雄黃，野獸以老虎、豹居多。

再往東北三百里，是岷山。是長江的發源地，向東北流入大海，水中有很多品種優良的龜，還有許多鼉。山上蘊藏豐富的金屬礦物和玉石，山下盛產白色瑉石。山中的樹木主要是梅樹和海棠樹，野獸多為犀牛、大象和夔牛，鳥類則以白翰鳥和赤鷩鳥為主。

再往東北一百四十里，是崍山。是江水的發源地，向東流入長江。山的南面盛產黃金，山的北面有很多麋鹿和塵，樹木大多為檀樹和柘樹，花草則多為野薤菜和野韭菜，還有

許多白芷和寇脫。

　　再往東一百五十里，是崍山。是江水的發源地，向東流入長江，水中有許多怪蛇，還有許多的鱉魚。樹木多為楢樹和杻樹，還有許多的梅樹與梓樹，野獸則多是夔牛、羬、臭、犀牛、兕。山中有一種形似貓頭鷹的鳥，有紅色的身體，白色的頭，名為竊脂，飼養牠就能避免火災。

　　再往東三百里，是高梁山，山上盛產堊土，山下則盛產磨刀石，這裡的草木大多是桃枝竹和鉤端竹。山中生長著一種像葵菜的草，開紅花，果實帶莢，花萼為白色，馬如果吃了這種草就能跑得很快。

　　再往東四百里，是蛇山，山上盛產黃金，山下有很多堊土，這裡的樹木主要為枸樹，還有很多的豫章樹，花草多為嘉榮、細辛。山中有一種形似狐狸的野獸，有白尾巴、長耳朵，名為𠒸狼，牠出現的國家就會有戰爭。

　　再往東五百里，是鬲山，山的南面盛產金礦，山的北面有很多白色珉石。是蒲鸊水的發源地，向東流入長江，水中有許多白色玉石。山中的野獸多為犀牛、大象、熊、羆，還有許多的猿猴、長尾猿。

又東北三百里，曰隅陽之山，其上多金玉，其下多青雘，其木多梓桑，其草多茈。徐之水出焉，東流注於江，其中多丹粟。

又東二百五十里，曰岐山，其上多白金，其下多鐵，其木多梅梓，多杻橿。減水 ❶ 出焉，東南流注於江。

又東三百里，曰勾檷之山 ❷，其上多玉，其下多黃金，其木多櫟柘，其草多芍藥。

又東一百五十里，曰風雨之山，其上多白金，其下多石涅，其木多椒櫄 ❸，多楊。宣余之水出焉，東流注於江，其中多蛇。其獸多閭、麋，多麈、豹、虎，其鳥多白鷮。

又東北二百里，曰玉山，其陽多銅，其陰多赤金，其木多豫章、楢、杻，其獸多豕、鹿、麢、臭，其鳥多鴆。

又東一百五十里，曰熊山。有穴焉，熊之穴，恒出神人。夏啟而冬閉；是穴也，冬啟乃必有兵。其上多白玉，其下多白金。其木多樗柳，其草多寇脫。

又東一百四十里，曰騩山，其陽多美玉、赤金，其陰多鐵，其木多桃枝、荊芑。

又東二百里，曰葛山，其上多赤金，其下多瑊石 ❹，其木

多柤、栗、橘、櫾、楢、杻，其獸多麢臭，其草多嘉榮。

又東一百七十里，曰賈超之山，其陽多黃堊，其陰多美赭，其木多柤、栗、橘、櫾，其中多龍脩❺。

凡岷山之首，自女几山至於賈超之山，凡十六山，三千五百里。其神狀皆馬身而龍首。其祠：毛用一雄雞瘞，糈用稌。文山❻、勾檷、風雨、騩之山，是皆塚也。其祠之：

羞酒，少牢具，嬰用一吉玉。熊山，帝❼也。其祠：羞酒，太牢具，嬰用一璧。干儛，用兵以禳❽；祈，璆❾冕舞。

1. 減（ㄐㄧㄢˇ）水：流水名。
2. 勾檷（ㄇㄧˊ）之山：山名。
3. 椆（ㄕㄡ）：某種樹木。檀（ㄕㄢˋ）：檀樹，也叫白理木。木紋潔白，木質堅硬，可以用它來製作梳子、勺子等器物。
4. 玼（ㄓㄣ）石：一種比玉次一等的美石。
5. 龍脩（ㄒㄧㄡ）：龍鬚草，與莞草相似而細一些，生長在山石縫隙中，草莖呈倒垂狀，可以用來編織席子。
6. 文山：指岷山。
7. 帝：主體。這裡是首領的意思。
8. 禳（ㄖㄤˊ）：祭禱消災。
9. 璆（ㄑㄧㄡˊ）：同「球」。美玉。冕：冕服之意，是古代帝王、諸侯及卿大夫的禮服。這裡泛指禮服。

再往東北三百里，是隅陽山，山上盛產金屬礦物和玉石，山下有大量青雘，樹木多為梓樹和桑樹，草多半是紫草。是徐水的發源地，向東流入長江，水中有許多粟粒般大小的丹砂。再往東二百五十里，是岐山，山上盛產白銀，山下盛產鐵，樹木以梅樹和梓樹居多，還有許多杻樹和橿樹。是減水的發源地，向東南流入長江。

再往東三百里，是勾檷山，山上有很多玉石，山下盛產黃金，樹木大多是櫟樹和柘樹，花草則以芍藥為主。

再往東一百五十里，是風雨山，山上盛產白銀，山下有很多石涅，樹木主要是椆樹和檀樹，還有很多楊樹。是宣余水的發源地，向東流入長江，水中有許多水蛇。山裡的野獸主要是山驢和麋鹿，還有許多的麖、豹、老虎，鳥類則以白

鷸為主。再往東北二百里，是玉山，山的南面盛產銅礦，山的北面則盛產黃金，樹木主要是豫章樹、楢樹、杻樹，野獸主要為野豬、鹿、羚羊、臭，鳥類以鴆鳥為主。

再往東一百五十里，為熊山。山裡有一處洞穴，是熊的巢穴，經常有神人出入。洞穴一般在夏季開啟，冬季關閉；如果在冬季這個洞穴開啟，就一定會有戰爭發生。山上有很多白色玉石，山下蘊藏豐富的白銀。樹木主要是臭椿樹和柳樹，花草以寇脫草為主。

再往東一百四十里，是騩山，山的南面盛產美玉黃金，山的北面盛產鐵礦，草木主要是桃枝竹、牡荊樹、枸杞樹。再往東二百里，是葛山，山上盛產黃金，山下遍布瑊石，樹木主要為柤樹、栗子樹、橘子樹、柚子樹、楢樹、杻樹，野獸則以羚羊和臭為主，花草大多為嘉榮。再往東一百七十里，是賈超山，山的南面有很多黃色堊土，山的北面遍布精美赭石，樹木大多為柤樹、栗子樹、橘子樹、柚子樹，草以龍鬚草為主。

岷山山系之首尾，從女几山到賈超山，共十六座山，里程共三千五百里，這些山的山神皆為馬身龍面。祭祀山神的儀式：用一隻帶毛的公雞，埋入地下，米用稻米。文山、勾檷山、風雨山、騩山，是諸山的宗主。祭祀這幾座山的山神以美酒進獻，再用豬、羊作祭品，玉器用一塊吉玉。熊山是諸山的首領。祭祀這個山的山神以美酒進獻，再用豬、牛、羊齊全的三牲作祭品，玉器用一塊玉璧。為了襄除戰爭災禍，手拿盾牌舞蹈；穿戴禮服並手持美玉而舞蹈，以祈求福祥。

《中次十經》之首，曰首陽之山，其上多金玉，無草木。

又西五十里，曰虎尾之山，其木多椒、椐❶，多封石，其陽多赤金，其陰多鐵。

又西南五十里，曰繁繢之山，其木多楢杻，其草多枝、勾❷。

又西南二十里，曰勇石之山，無草木，多白金，多水。

又西二十里，曰復州之山，其木多檀，其陽多黃金。有鳥焉，其狀如鴞，而一足彘尾，其名曰跂踵❸，見則其國大疫。

又西三十里，曰楮山❹，多寓木，多椒、椐，多柘，多堊。

又西二十里，曰又原之山，其陽多青雘，其陰多鐵，其鳥多鸜鵒❺。

又西五十里，曰涿山，其木多穀、柞、杻，其陽多㻬琈之玉。

又西七十里，曰丙山，其木多梓、檀，多㺹杻❻。

凡首陽山之首，自首山至於丙山，凡九山，二百六十七里。其神狀皆龍身而人面。其祠之：毛用一雄雞瘞，糈用五種之糈❼。堵山❽，塚也，其祠之：少牢具，羞酒祠，嬰用一璧瘞。騩山，帝也，其祠羞酒，太牢具；合巫❾祝二人儛，嬰一璧。

❶ 椐（ㄐㄩ）：椐樹，也叫靈壽木。樹幹上有很多的腫節，古人用它作手杖。

❷ 枝、勾：為上文所說的桃枝竹、鉤端竹，矮小但很茂密。

❸ 跂踵（ㄑㄧˋ ㄓㄨㄥˇ）：抬起腳後跟。這裡是指鳥名。

❹ 楮（ㄔㄨˇ）山：山名。

❺ 鸜鵒（ㄑㄩˊ ㄩˋ）：鳥名，八哥。

❻ 弞（ㄕㄣˇ）杻：杻樹的樹幹都是彎曲的，而弞杻的樹幹長得比較直，和一般的杻樹不同。

❼ 五種之糈：指稻、梁、黍、稷、麥五種糧米。

❽ 堵山：指楮山。

❾ 巫：那些以舞蹈來和神對話的人，指女巫。祝：祠廟中主管祭禮的人，指男巫。

中央第十列山系的第一座山，為首陽山，山上蘊藏豐富的金屬礦物和玉石，不生長花草樹木。

再往西五十里，是虎尾山，樹木主要是花椒樹、椐樹，還有很多封石，山的南面盛產黃金，山的北面盛產鐵礦。

再往西南五十里，是繁繢山，樹木大多為楢樹和杻樹，草類多半是桃枝、鉤端之類的小竹叢。

再往西南二十里，是勇石山，山上草木不生，但盛產白銀，有很多流水。

再往西二十里，是復州山，樹木以檀樹為主，山的南面

盛產黃金。山中有一種鳥，形似貓頭鷹，但只有一隻爪，長著豬尾巴，名為跂踵，牠出現的國家就會發生大瘟疫。

再往西三十里，是楮山，山上有很多寄生樹及花椒樹、梧樹，還有很多柘樹，以及大量堊土。

再往西二十里，是又原山，山的南面盛產青雘，山的北面盛產鐵礦，鳥類主要為八哥。

再往西五十里，是涿山，樹木多為構樹、柞樹、杻樹，山的南面盛產璿珖玉。

再往西七十里，是丙山，樹木多為梓樹、檀樹，還有許多攲杻樹。

首陽山山系的首尾，從首陽山到丙山，共九座山，里程共二百六十七里。這些山的山神形貌皆為龍身人面。祭祀山神的儀式：用一隻帶毛的公雞，祭祀後埋入地下，祀神的米是五種糧米。楮山是諸山的宗主，祭祀這個山神的儀式：用豬、羊二牲作祭品，再進獻美酒來祭祀，玉器用一塊玉璧，祀神後埋入地下。騩山是諸山的首領，祭祀騩山山神要以美酒進獻，再用豬、牛、羊齊全的三牲作祭品；讓女巫師和男巫師二人一起跳舞，並用一塊玉璧來祭祀。

《中次一十一山經》荊山之首，曰翼望之山。湍水❶出焉，東流注於濟；貺水❷出焉，東南流注於漢，其中多蛟❸。其上多松柏，其下多漆梓，其陽多赤金，其陰多珉。

又東北一百五十里，曰朝歌之山。潕水❹出焉，東南流注於榮❺，其中多人魚。其上多梓、楠，其獸多麖、麋。有草焉，名曰莽草❻，可以毒魚。

又東南二百里，曰帝囷之山，其陽多璿琈之玉，其陰多鐵。帝囷之水出於其上，潛於其下，多鳴蛇。

又東南五十里，曰視山，其上多韭。有井焉，名曰天井，夏有水，冬竭。其上多桑，多美堊、金、玉。

又東南二百里，曰前山，其木多櫧❼，多柏，其陽多金，其陰多赭。

又東南三百里，曰豐山。有獸焉，其狀如猿，赤目、赤喙、黃身，名曰雍和，見則國有大恐。神耕父處之，常遊清泠之淵❽，出入有光，見則其國為敗❾。有九鐘焉，是和❿霜鳴。其上多金，其下多穀、柞、杻、橿。

又東北八百里，曰兔床之山，其陽多鐵，其木多櫧芋⓫，其草多雞穀，其本如雞卵，其味酸甘，食者利於人。

❶ 湍（ㄊㄨㄢ）水：流水名。

❷ 眂（ㄎㄨㄤˋ）水：流水名。

❸ 蛟（ㄐㄧㄠ）：形似蛇，有四隻腳，細細的脖子，脖頸上有白色肉瘤，大的有十幾圍粗，頭很小。

❹ 潕（ㄨˇ）水：流水名。

❺ 滎（ㄒㄧㄥˊ）：汝河。

❻ 莽（ㄇㄤˇ）草：為上文所說的芒草，又叫鼠莽。

❼ 楮（ㄓㄨ）：楮樹，果實像橡樹的果實，能吃，木質耐腐蝕，人常用它來製作房屋的柱子。

❽ 泠（ㄌㄧㄥˊ）：清涼，冷清。

❾ 為（ㄨㄟˊ）敗：走向衰敗。

❿ 和（ㄏㄜˋ）：伴隨，隨著的意思。

⓫ 芧（ㄒㄩˋ）：芧樹，櫟樹。果實叫橡子、橡斗。樹皮可以用來飼養蠶，樹葉可以做染料。

中央第十一列山系，荊山山系的第一座山，是翼望山。是湍水的發源地，向東流入濟水；也是眂水的發源地，向東南流入漢水，水中有許多蛟。山上遍布松樹和柏樹，山下則有許多漆樹和梓樹，山的南面盛產黃金，山的北面盛產琘石。

再往東北一百五十里，是朝歌山。是潕水的發源地，向東南流入滎水，水中有很多人魚。山上有很多梓樹、楠木樹，野獸多為羚羊、麋鹿。山中有一種草，名叫莽草，能毒死魚。

再往東南二百里，是帝囷山，山的南面盛產瑿瑈玉，山

北面盛產鐵礦。帝囷水發源於這座山的山頂，潛流到山下，水中有許多長著四隻翅膀的鳴蛇。

再往東南五十里，是視山，山上遍布野韭菜。山中有一口井叫天井，夏天有水，冬天枯竭。山上有很多桑樹，還有許多優良堊土、金屬礦物、玉石。

再往東南二百里，是前山，樹木以櫧樹為主，還有許多柏樹，山的南面盛產金礦，山的北面盛產赭石。

再往東南三百里，是豐山。山中有一種形似猿猴的野獸，有紅眼睛紅嘴巴，身體是黃色的，名為雍和，牠出現的國家將會發生令人恐慌的事情。這裡是神仙耕父居住的地方，他常常在清泠淵遨遊，出入時會閃閃發光，他出現在哪個國家，那個國家便即將衰敗。這座山還有九口鐘，它們都應和霜的降落而響。山上盛產金礦，山下有很多構樹、柞樹、杻樹、橿樹。

再往東北八百里，是兔床山，山的南面盛產鐵礦，樹木主要是櫧樹和芋樹，而花草則以雞穀草為主，它的根莖像雞蛋，味道酸中帶甜，服食它對人體很有好處。

又東六十里，曰皮山，多堊，多赭，其木多松柏。

又東六十里，曰瑤碧之山，其木多梓楠，其陰多青雘，其陽多白金。有鳥焉，其狀如雉，恒食蜚❶，名曰鴆❷。

又東四十里，曰支離之山。濟水❸出焉，南流注於漢。有鳥焉，其名曰嬰勺，其狀如鵲，赤目、赤喙、白身，其尾若勺，其鳴自呼。多㸲牛、多羬羊。

又東北五十里，曰秩䈿之山❹，其上多松、柏、機、桓❺。

又西北一百里，曰堇理之山❻，其上多松柏，多美梓，其陰多丹雘，多金，其獸多豹虎。有鳥焉，其狀如鵲，青身白喙，白目白尾，名曰青耕，可以禦疫，其鳴自叫。

又東南三十里，曰依軲之山❼，其上多杻橿，多苴❽。有

猲

獸焉，其狀如犬，虎爪有甲，其名曰獜❾，善駚牟❿，食者不風。

又東南三十五里，曰即谷之山，多美玉，多玄豹，多閭、麈，多麢、臭。其陽多珉，其陰多青雘。

又東南四十里，曰雞山，其上多美梓，多桑，其草多韭。

又東南五十里，曰高前之山。其上有水焉，甚寒而清，帝

台之漿也，飲之者不心痛。其上有金，其下有赭。

又東南三十里，曰遊戲之山，多杻、檀、穀，多玉，多封石。

又東南三十五里，曰從山，其上多松柏，其下多竹。從水出於其上，潛於其下，其中多三足鱉，枝尾，食之無蠱疾。

❶ 蜚（ㄈㄟˇ）一種有害的小飛蟲，橢圓形，散發著惡臭。

❷ 鴆：鴆鳥，和上文所說的有毒鴆鳥不同，是同一個名稱不同種類。

❸ 濟水：水名。

❹ 秩𥳑（ㄓ、ㄅㄠ）之山：山名。

❺ 機：橙（ㄑㄧ）樹。桓（ㄏㄨㄢˊ）：桓樹，樹葉像柳葉，樹皮是黃白色。又名無患子，可以用來洗滌衣服，除去污垢。

❻ 菫（ㄐㄧㄣˇ）理之山：山名。

❼ 依軲（ㄍㄨ）之山：山名，在今天的河南西南地區。

❽ 苴（ㄐㄩ）：通「柤」。柤樹。

❾ 獜（ㄌㄧㄣˊ）：傳說中的一種怪獸。

❿ 駚𩣺（ㄧㄤ　ㄈㄟˋ）：奔騰跳躍的意思。

再往東六十里，是皮山，山上有大量堊土，以及大量赭石，樹木多為松樹和柏樹。

再往東六十里，是瑤碧山，樹木主要為梓樹和楠木樹，山的北面盛產青雘，山的南面盛產白銀。山中有一種形似野雞的禽鳥，以蚳蟲為食，名為鴆。

再往東四十里，為攻離山。是濟水的發源地，向南流入漢水。山中有一種名為嬰勺的禽鳥，形似喜鵲，有紅眼睛和嘴巴，及白色的身體，尾巴像酒勺，牠的叫聲就是自己名字的讀音。山中還有許多柞牛、臧羊。

再往東北五十里，是秩簡山，山上有很多松樹、柏樹、橿樹、桓樹。

再往西北一百里，是堇理山，山上遍布松、柏，還有很多梓樹，山的北面盛產青雘、金礦，野獸多為豹和老虎。山中有一種形似喜鵲的鳥，有青色的身體，嘴巴、眼睛和尾巴都是白色的，名為青耕，飼養牠就可以避免瘟疫，牠的叫聲就是自己名字的讀音。

再往東南三十里，是依軲山，山上遍布杻樹、橿樹和枏樹。山中有一種形似狗的野獸，有老虎的爪子，身上有鱗甲，名為獜，擅長奔騰跳躍，吃了牠的肉就不會得到風痺病。

再往東南三十五里，為即谷山，這裡遍布優良玉石，還有許多黑豹、山驢、麈和麢臭。山的南面盛產珉石，山的北面盛產青雘。

再往東南四十里，為雞山，山上生長著很多優良的梓樹和桑樹，花草多為野韭菜。

再往東南五十里，是高前山。山上有一條溪水，非常冰涼又特別清澈，是神仙帝臺所用過的漿水，飲用就不會因疾病而疼痛。山上有豐富的金礦，山下盛產赭石。

再往東南三十里，是遊戲山，這裡有茂密的杻樹、檀樹、構樹，還盛產玉石、封石。

再往東南三十五里，是從山，山上有很多松樹和柏樹，山下遍布竹叢。從水的發源於這座山的山頂，一直潛流到山下，水中有許多三足鱉，牠有叉開的尾巴，吃了牠的肉內心就不會被外在環境所迷惑。

又東南三十里，曰嬰硬之山，其上多松柏，其下多梓、樗❶。

又東南三十里，曰畢山。帝苑之水出焉，東北流注於瀙❷，其中多水玉，多蛟。其上多㻬琈之玉。

又東南二十里，曰樂馬之山。有獸焉，其狀如彙，赤如丹火，其名曰猴❸，見則其國大疫。

又東南二十五里，曰葴山❹，瀙（視）水出焉，東南流注於汝水，其中多人魚，多蛟，多頡❺。

又東四十里，曰嬰山，其下多青雘，其上多金玉。

又東三十里，曰虎首之山，多苴、椆❻、椐。

又東二十里，曰嬰侯之山，其上多封石，其下多赤錫。

又東五十里，曰大孰之山。殺水出焉，東北流注於瀙（視）水，其中多白堊。

又東四十里，曰卑山，其上多桃、李、苴、梓，多纍❼。

❶ 櫄（ㄔㄨㄣ）：又叫杶樹，像臭椿樹，樹幹可以用來製作車轅。

❷ 潕（ㄑㄧㄣ）：流水名。

❸ 猴（ㄌㄧˋ）：怪獸名。

❹ 葴（ㄓㄣ）山：山名。

❺ 頡（ㄒㄧㄝˊ）：皮毛青色而形態像狗的動物。可能是指現今的水獺（ㄊㄚˋ）。

❻ 椆（ㄅㄧㄠ）：一種非常耐寒而不凋零的樹木。

❼ 櫐（ㄌㄟˇ）：又叫做滕，一種與虎豆相似的植物。櫐，同「藟」，蔓生植物的意思。

再往東南三十里，是嬰山，山上遍布松柏，山下有很多梓樹、櫄樹。

再往東南三十里，是畢山。是帝苑水的發源地，向東北流入瀙水，水中盛產水晶石，還有許多蛟。山上有大量㻬琈玉。

再往東南二十里，是樂馬山。山中有一種形似刺蝟的野獸，全身像火一樣紅，名為𤟤，牠出現的國家就會發生大瘟疫。

再往東南二十五里，是葴山，是瀙水的發源地，向東南流入汝水，水中有許多人魚、蛟和頡。

再往東四十里，是嬰山，山下盛產青雘，山上盛產金屬礦物和玉石。

再往東三十里，是虎首山，山上有茂密的柤樹、椆樹、椐樹。

再往東二十里，是嬰矦山，山上盛產封石，山下盛產紅色錫礦。

再往東五十里，是大孰山。是殺水的發源地，向東北流入瀙水，沿岸有很多白色堊土。

再往東四十里，是卑山，山上有很多桃樹、李樹、柤樹、梓樹和紫藤樹。

又東三十里，曰倚帝之山，其上多玉，其下多金。有獸焉，狀如鼣鼠❶，白耳白喙，名曰狙如❷，見則其國有大兵。

又東三十里，曰鯢山。鯢水出於其上，潛於其下，其中多美堊。其上多金，其下多青雘。

又東三十里，曰雅山。澧水❸出焉，東流注於澧水，其中多大魚。其上多美桑，其下多苴，多赤金。

又東五十五里，曰宣山。淪水出焉，東南流注於澧水，其中多蛟。其上有桑焉，大五十尺，其枝四衢，其葉大尺餘，赤理、黃華、青柎，名曰帝女之桑❹。

又東四十五里，曰衡山，其上多青雘，多桑，其鳥多鸜鵒。

又東四十里，曰豐山，其上多封石，其木多桑，多羊桃，狀如桃而方莖，可以為皮張❺。

又東七十里，曰嫗山，其上多美玉，其下多金，其草多

狪即

雞穀。

又東三十里，曰鮮山，其木多楢、杻、苴，其草多䔄冬❻，其陽多金，其陰多鐵。有獸焉，其狀如膜犬❼，赤喙、赤目、白尾，見則其邑有火，名曰㺔即❽。

又東三十里，曰章山，其陽多金，其陰多美石。皋水出焉，東流注於澧水，其中多脃石❾。

名詞注釋

❶ 魼（ㄈㄟˋ）鼠：外貌不詳。
❷ 狙（ㄐㄩ）如：怪獸名。
❸ 澧（ㄌㄧˇ）水：流水名。
❹ 帝女之桑：帝女桑是漢族神話傳說中的桑樹。炎帝的二女兒向神仙赤松子學道，得道成仙後，變為白鵲，在南洋愕山的桑樹上築巢。炎帝不願女兒變成這樣，令她下地，她不肯，於是炎帝用火燒樹，逼她就範。帝女就在火中焚化升天。這棵大樹就被命名為「帝女桑」。
❺ 為：治理。這裡是指治療的意思。張：通「脹」。浮腫。
❻ 䔄（ㄇㄣˊ）冬：現今稱為薔薇的蔓生植物，花，果、根都可放入藥物之中或製造香料。
❼ 膜犬：據古人說是西膜之犬，這種狗的體形高大，性情猛悍，長著濃密的毛，力量也很大。
❽ 㺔（ㄧˊ）即：傳說中的怪獸名。
❾ 脃（ㄘㄨㄟˋ）石：一種又輕又軟而易斷易碎的石頭。脃，為「脆」的本字。

　　再往東三十里，是倚帝山，山上盛產玉石，山下盛產金礦。山中有一種形似鼣鼠的野獸，有白耳朵和白嘴巴，名為狙如，牠出現的國家就會發生大戰爭。

　　再往東三十里，是鯢山。鯢水發源於這座山的山頂，一直潛流到山下，這裡有許多優良堊土。山上蘊藏著大量金礦，山下盛產青雘。

　　再往東三十里，是雅山。是澧水的發源地，向東流入瀙水，水中有許多大魚。山上有很多優良桑樹，山下有很多柤樹，這裡還盛產黃金。

　　再往東五十五里，是宣山。是淪水的發源地，向東南流入瀙水，水中有許多蛟。山上有一種名為帝女桑的桑樹，樹幹合抱有五十尺粗，樹枝交叉伸向四方，樹葉有一尺多大，有紅色的紋理，黃色的花及青色的花萼。

　　再往東四十五里，是衡山，山上盛產青雘，還有很多桑樹，這裡的鳥類主要是八哥。

　　再往東四十里，是豐山，山上盛產封石，這裡的樹木多為桑樹，還有許多羊桃，形似桃樹，莖幹是方形的，可以用它醫治人的皮膚腫脹。

　　再往東七十里，是嫗山，山上盛產優良的玉石，山下盛產金礦，這裡的花草多為雞穀草。

　　再往東三十里，是鮮山，這裡的樹木主要是楢樹、杻樹、柤樹，花草多為薔薇，山的南面盛產金礦，山的北面盛產鐵

礦。山中有一種形似膜犬的野獸，有紅嘴巴、紅眼睛、白尾巴，牠出現的地方就會有火災，名為狹即。

再往東三十里，是章山，山的南面盛產金礦，山的北面有許多漂亮的石頭。是皋水的發源地，向東流入灃水，水中有很多脆石。

又東二十五里，曰大支之山，其陽多金，其木多穀柞，無草木。

又東五十里，曰區吳之山，其木多苴。

又東五十里，曰聲匈之山，其木多穀，多玉，上多封石。

又東五十里，曰大騩之山，其陽多赤金，其陰多砥石。

又東十里，曰踵臼之山❶，無草木。

又東北七十里，曰歷石之山，其木多荆、芑，其陽多黃金，其陰多砥石。有獸焉，其狀如狸，而白首虎爪，名曰梁渠，見則其國有大兵。

又東南一百里，曰求山。求水出於其上，潛於其下，中有美赭。其木多苴，多鏞。其陽多金，其陰多鐵。

又東二百里，曰丑陽之山，其上多椆椐。有鳥焉，其狀如烏而赤足，名曰䴎䴔❷，可以禦火。

又東三百里，曰奧山，其上多柏、杻、橿，其陽多㻬琈之玉。奧水出焉，東流注於視水。

又東三十五里，曰服山，其木多苴，其上多封石，其下多赤錫。

又東三百里，曰杳山，其上多嘉榮草，多金玉。

又東三百五十里，曰几山，其木多楢、檀、杻，其草多香❸。有獸焉，其狀如彘，黃身、白頭、白尾，名曰聞獜❹，見則天下大風。

凡荊山之首，自翼望之山至於几山，凡四十八山，三千七百三十二里。其神狀皆彘身人首。其祠：毛用一雄雞祈瘞，用一珪，糈用五種之糈。禾山❺，帝也。其祠：太牢之具，羞瘞，倒毛❻；嬰用一璧，牛無常。堵山、玉山，塚也，皆倒祠❼，羞用少牢，嬰用吉玉。

名詞注釋

❶ 踵臼（ㄐㄧㄡˋ）之山：山名。
❷ 鴖鵌（ㄓˇ ㄊㄨˊ）：鳥名。
❸ 香：指香草。
❹ 聞獜（ㄌㄧㄣˊ）：黃色的野豬，傳說中的一種怪獸。
❺ 禾山：這一山系並沒有講述禾山，不知是哪一山的誤寫。
❻ 倒毛：毛指帶毛的牲畜。在祭禮舉行完後，把豬、牛、羊三牲反倒著身子埋掉。
❼ 倒祠：同「倒毛」。

　　再往東二十五里，是大支山，山的南面盛產金礦，這裡的樹木多為構樹和柞樹，但不生長草。

　　再往東五十里，是區吳山，這裡的樹木以柤樹為最繁盛。

　　再往東五十里，是聲匈山，這裡有茂密的構樹，還有很多玉石、封石。

　　再往東五十里，是大騩山，山的南面盛產黃金，山的北面盛產的細磨刀石。

　　再往東十里，是踵臼山，山上不生長花草樹木。

　　再往東北七十里，是曆石山，這裡的樹木多為牡荊和枸杞，山的南面盛產黃金，山的北面有很多細磨刀石。山中有一種形似野貓的野獸，白首虎爪，名為梁渠，牠出現的國家會發生大戰爭。

　　再往東南一百里，是求山，求水發源於這座山的山頂，一直潛流到山下，這裡有許多優良赭石。山中有很多柤樹，還有矮小叢生的箭竹。山的南面盛產金礦，山的北面盛產鐵礦。

　　再往東二百里，是丑陽山，山上有很多椆樹和椐樹。山中有一種形似烏鴉的鳥，有紅爪子，名為䳍鵌，飼養牠就可以避免火災。

　　再往東三百里，是奧山，山上有很多松樹、杻樹、橿樹，山南面盛產璵珦玉。是奧水的發源地，向東流入視水。

　　再往東三十五里，是服山，這裡的樹木多為柤樹，山上盛產封石，山下盛產紅色錫礦。

再往東三百里，是杳山，山上遍布嘉榮草，盛產金屬礦物和玉石。

　　再往東三百五十里，是几山，這裡的樹木以楢樹、檀樹、杻樹為主，而草類主要是各種香草。山中有一種形似豬的野獸，有黃色的身體，白色的頭和尾巴，名為聞獜，只要牠一出現天下就會刮起大風。

　　荊山山系的首尾，從翼望山到几山，共四十八座山，里程共三千七百三十二里。這些山的山神形貌皆為豬身人面。祭祀山神的儀式：用一隻帶毛的公雞，祭祀後埋入地下，玉器用一塊玉珪獻祭，米用黍、稷、稻、粱、麥五種糧米。禾山，是諸山的首領。祭祀禾山山神的儀式：用帶毛的豬、牛、羊齊全的三牲，進獻後將牲畜倒著埋入地下；玉器用一塊玉璧，但也不必三牲全備。堵山、玉山是諸山的宗主，祭祀後都要將牲畜倒著掩埋，祭祀品是豬、羊，玉器要用一塊吉玉。

《中次十二經》洞庭山之首,曰篇遇之山,無草木,多黃金。

又東南五十里,曰雲山,無草木。有桂竹❶,甚毒,傷❷人必死。其上多黃金,其下多㻬琈之玉。

又東南一百三十里,曰龜山,其木多榖、柞、椆、椐,其上多黃金,其下多青、雄黃,多扶竹❸。

又東七十里,曰丙山,多筀竹❹,多黃金、銅、鐵,無木。

又東南五十里,曰風伯之山,其上多金玉,其下多痠石❺、文石,多鐵,其木多柳、杻、檀、楮。其東有林焉,曰莽浮之林,多美木鳥獸。

又東一百五十里,曰夫夫之山,其上多黃金,其下多青、雄黃,其木多桑、楮,其草多竹、雞鼓❻。神於兒居之,其狀人身而手操兩蛇,常游於江淵,出入有光。

又東南一百二十里,曰洞庭之山,其上多黃金,其下多銀鐵,其木多柤、梨、橘、櫾,其草多葌、蘪蕪❼、芍藥、芎藭。帝之二女居之,是常游於江淵。澧沅之風,交瀟❽湘之淵,是在九江之間,出入必以飄風暴雨。是多怪神,狀如人而載❾蛇,左右手操蛇。多怪鳥。

❶ 桂竹：竹子的一種。據說有四、五公尺高，葉大節長，形似甘竹，有紅色外皮，莖幹約有二公尺粗。

❷ 傷：刺的意思。這裡當動詞用。

❸ 扶竹：就是邛（くⅡ∠ˊ）竹。節杆較長，中間實心，可以用它來製作手杖，所以又叫扶老竹。

❹ 筀（ㄍㄨㄟˋ）竹：桂竹。據說因它是生長在桂陽地方的竹子，所以叫桂竹。

❺ 瘦（ㄙㄨㄢ）石：某種石頭。

❻ 雞鼓：為上文所說的雞穀草。鼓、穀二字音同而假借。

❼ 蘪蕪：一種香草，可以把它放入藥物之中。

❽ 瀟：水又清又深的樣子。

❾ 載：戴。這裡是纏繞的意思。

中央第十二列山系，洞庭山山系的首座山是篇遇山，這裡不生花草樹木，但盛產黃金。

再往東南五十里，是雲山，山上草木不生。但有一種桂竹，毒性很強，人只要被枝葉刺到就一定會死。山上盛產黃金，山下則盛產㻬琈玉。

再往東南一百三十里，是龜山，這裡的樹木多為構樹、柞樹、椆樹、椐樹，山上盛產黃金，山下盛產石青、雄黃，還有許多扶竹。

再往東七十里，是丙山，山上有茂密的桂竹，盛產黃金、銅、鐵礦，但沒有樹木。

再往東南五十里，是風伯山，山上盛產金屬礦物和玉石，山下有許多的瘥石、色彩斑斕的石頭，還蘊藏豐富的鐵礦，這裡的樹木主要為柳樹、杻樹、檀樹、構樹。在風伯山東面有一片樹林，叫莽浮林，其中有許多的優良樹木和禽鳥野獸。

　　再往東一百五十里，是夫夫山，山上盛產黃金，山下盛產石青、雄黃，這裡的樹木主要是桑樹、構樹，而花草多是竹子、雞穀草。此處為神仙於兒居住的地方，樣貌是人的身子，手握兩條蛇，常常在長江水的深淵中遊玩，牠出現的時候都伴隨著閃光。

　　再往東南一百二十里，有一座山叫洞庭山，山上盛產黃金，山下盛產銀和鐵，這裡的樹木多為柤樹、梨樹、橘子樹、柚子樹，而花草主要是蘭草、蘪蕪、芍藥、芎藭等香草。天帝的兩個女兒居住在這裡，她們常在長江水的深淵中遊玩。從澧水和沅水吹來的清風，在幽清的湘水淵潭上交會，這裡正是九條江水匯合的中央，她們出入時都會伴隨著狂風暴雨。洞庭山中還住著許多怪神，樣子像人，身上繞著蛇，左右兩隻手也握著蛇。這裡還有許多怪鳥。

又東南一百八十里，曰暴山，其木多棕、楠、荊、芑、竹、箭、鏏、箘❶，其上多黃金、玉，其下多文石、鐵，其獸多麋、鹿、麂❷，其鳥多就❸。

又東南二百里，曰即公之山，其上多黃金，其下多璆琈之玉，其木多柳、杻、檀、桑。有獸焉，其狀如龜，而白身赤首，名曰蜎，是可以禦火。

又東南一百五十九里，曰堯山，其陰多黃堊，其陽多黃金，其木多荊、芑、柳、檀，其草多諸葍、茶。

又東南一百里，曰江浮之山，其上多銀、砥礪，無草木，其獸多豕、鹿。

又東二百里，曰真陵之山，其上多黃金，其下多玉，其木多穀、柞、柳、杻，其草多榮草。

又東南一百二十里，曰陽帝之山，多美銅，其木多橿、杻、檿❹、楮，其獸多麢麝。

又南九十里，曰柴桑之山，其上多銀，其下多碧，多汵石、赭，其木多柳、芑、楮、桑，其獸多麋、鹿，多白蛇、飛蛇❺。

又東二百三十里，曰榮餘之山，其上多銅，其下多銀，其木多柳、芑，其蟲多怪蛇、怪蟲❻。

凡洞庭山之首，自篇遇之山至於榮餘之山，凡十五山，二千八百里。其神狀皆鳥身而龍首。其祠：毛用一雄雞、一牝豚刉，糈用稌。凡夫夫之山、即公之山、堯山、陽帝之山，皆塚也，其祠：皆肆❼瘞，祈用酒，毛用少牢，嬰毛一吉玉。洞庭、榮餘山，神也，其祠：皆肆瘞，祈酒太牢祠，嬰用圭璧十五，五采惠❽之。

右中經之山志，大凡百九十七山，二萬一千三百七十一里。

大凡天下名山五千三百七十，居地，大凡六萬四千五十六里。

禹曰：天下名山，經五千三百七十山，六萬四千五十六里，居地也。言其「五臧」❾，蓋其餘小山甚眾，不足記云。天地之東西二萬八千里，南北二萬六千里，出水之山者八千里，受水者八千里，出銅之山四百六十七，出鐵之山三千六百九十。此天地之所分壤樹穀❿也，戈矛之所發也，刀鎩⓫之所起也，能者有餘，拙者不足。封於太山⓬，禪⓭於梁父，七十二家，得失之數⓮，皆在此內，是謂國用⓯。

右《五臧山經》五篇，大凡一萬五千五百三字。

❶ 箘（ㄐㄩㄣˋ）：一種小竹子，可以用來製做箭杆。

❷ 麎：一種小型鹿，只有雄性的才有角。

❸ 就：鷲，一種大型猛禽，屬於雕鷹之類。就、鷲這二個字是同音而假借。

❹ 檿（一ㄢˇ）：山桑，一種野生桑樹，木質堅硬，可用來制做弓和車轅。

❺ 飛蛇：騰（ㄊㄥˊ）蛇，也叫「騰蛇」。傳說是能夠乘霧騰雲而飛行的蛇，屬於龍一類。

❻ 蟲：古時南方人也稱蛇為蟲。

❼ 肆：陳設。

❽ 惠：這裡是繪的意思。惠、繪二字同音而假借。

❾ 五臧：就是五臟。臧，通「臟」。五臟，指人的脾、肺、腎、肝、心五種主要器官。這裡用來比喻《五臧山經》中所記的重要大山，就像人的五臟六腑，也是天地山海之間的五臟。

❿ 樹：種植，栽培。穀：這裡泛指農作物。

⓫ 鍛（ㄕㄚ）：古代的一種兵器，大矛。也叫鈹（ㄆㄧˊ）。

⓬ 封：古代的時候帝王在泰山上築壇祭天的活動稱為「封」。太山：泰山。

⓭ 禪（ㄕㄢˋ）：古時把帝王在泰山南面的小山梁父山上祭地的活動稱為「禪」。

⓮ 數：命運。

⓯ 據學者研究，這一段話非本書原有，應該是先秦人注釋的話，後被校勘本書的人採錄而放在這裡。因為底本上有，就記錄下來了。

再往東南一百八十里，是暴山，這裡有茂密的草木，主要有棕樹、楠木樹、牡荊樹、枸杞樹和竹子、箭竹、䈽竹、箘竹，山上盛產黃金、玉石，山下盛產彩色花紋的漂亮石頭、鐵，這裡的野獸多為麋鹿、鹿、麂，這裡的禽鳥以鷙鷹為主。

再往東南二百里，是即公山，山上盛產黃金，山下盛產璈珛玉，此處樹木多為柳樹、杻樹、檀樹、桑樹。山中有一種形似烏龜的野獸，有白色的身體，紅色的頭，名為蛫，飼養牠可以避免火災。再往東南一百五十九里，是堯山，山的北面盛產黃色堊土，山的南面盛產黃金，此處樹木主要為牡荊樹、枸杞樹、柳樹、檀樹，而草以山藥、蒼朮或白朮為多。

再往東南一百里，是江浮山，山上盛產銀礦、磨刀石，山上草木不生，而野獸主要為野豬、鹿。

再往東二百里，是真陵山，山上盛產黃金，山下盛產玉石，這裡的樹木主要是構樹、柞樹、柳樹、杻樹，草則多為可醫治風痹病的榮草。

再往東南一百二十里，是陽帝山，盛產優質銅礦，樹木多為櫃樹、杻樹、山桑樹、楮樹，野獸以羚羊和麝香鹿為主。

再往南九十里，是柴桑山，山上盛產銀礦，山下有許多碧玉，到處是柔軟如泥的泠石和赭石，此處樹木主要為柳樹、枸杞樹、楮樹、桑樹，獸多為麋、鹿，還有許多白蛇、飛蛇。再往東二百三十里，是榮餘山，山上盛產銅礦，山下盛產銀礦，此處樹木大多為柳樹、枸杞樹，蟲類有許多怪蛇、怪蟲。

洞庭山山系之首尾，從篇遇山到榮餘山，共十五座山，里程共二千八百里。這些山的山神形貌皆為鳥身龍首。祭祀

山神的儀式：宰殺一隻帶毛的公雞及一頭母豬作祭品，祀神的米用稻米。夫夫山、即公山、堯山、陽帝山，都是諸山的宗主，祭祀這幾座山的山神，都要陳列牲畜、玉器，然後埋入地下，祈神用美酒，以及帶毛的豬、羊二牲，祀神的玉器要用吉玉。洞庭山、榮餘山是神明靈驗的山，祭祀這二位山神，都要陳列牲畜、玉器，然後埋入地下，用美酒及豬、牛、羊齊全的三牲獻祭，祀神的玉器要用十五塊玉圭、十五塊玉璧，上面繪有青、黃、赤、白、黑五樣色彩。

以上是中央山系的紀錄，共一百九十七座山，綿延二萬一千三百七十一里。

天下名山共五千三百七十座，分佈在大地之東西南北中的各個方向，共六萬四千零五十六里。

大禹說：全天下的名山，共五千三百七十座，里程共六萬四千零五十六里，它們都分佈在大地的東西南北的各個方向。以上所講述的大山統稱為「五臧」，其餘小山太多，就不再一一記述了。天地之間從東到西共二萬八千里，從南到北共二萬六千里，有河流發源的山共八千里，河流流經的山共八千里，出產銅礦的山有四百六十七座，出產鐵礦的山共三千六百九十座。這些都是天下劃分地界和莊稼種植的憑藉，也是戈矛產生、刀鎩所興起的根源。因而使得能幹的人都很富裕，笨拙的人都很貧窮。君主一般會在泰山祭天、在梁父山祭地，一共有七十二家，或得或失的運數，一般大都在這個範圍內，國家財用也都是出自於這塊大地。

以上是《五臧山經》五篇，共一萬五千五百零三字。

第六章

海外南經

《海外南經》記載了南方的文明，以結匈國為中心，記述的順序為由西向東。「海外」指的是古代在中國中心區域之外，這些都是被人們認為很遠的地方，都沒有被開發。《海外南經》介紹了很多國家的位置，還講述了這些國家的人的形貌。例如長臂國，這個國家的人手臂比身體還要長；還有貫胸國，這個國家的人胸口是被穿透的，這樣在戰爭中敵人就找不到他們的要害了。還有很多國家，每個國家的人都有自己的特徵。羿和鑿齒在壽華之野大戰過，這是中國古代神話很重要的一篇。帝堯和帝嚳都葬在海外的狄山，這就說明了南方是中華文明比較發達的地方。另外還講述了很多神話故事中的人物。

地之所載，六合❶之間，四海之內，照之以日月，經之以星辰，紀之以四時❷，要之以太歲❸。神靈所生，其物異形，或夭或壽，唯聖人能通其道。

海外自西南陬至東南陬❹者。

結匈國在其❺西南，其為人結匈❻。

南山在其❼東南。自此山來，蟲為蛇，蛇號為魚。一曰❽南山在結匈東南。

比翼鳥❾在其東，其為鳥青、赤，兩鳥比翼。一曰在南山東。

羽民國❿在其東南，其為人長頭，身生羽。一曰在比翼鳥東南，其為人長頰⓫。

有神人二八⓬，連臂⓭，為帝司⓮夜於此野。在羽民東，
其為人小頰赤肩，盡⓯十六人。

畢方鳥在其東，青水西，其為鳥人面一腳。一曰在二八神
東。

讙頭國⓰在其南，其為人人面有翼，鳥喙，方⓱捕魚。一
曰在畢方東。或曰讙朱國。

厭火國⓲在其國南，其為人獸身黑色，生火出其口中。一
曰在讙朱東。

三珠樹⓳在厭火北，生赤
水上，其為樹如柏，葉皆為
珠。一曰其為樹若彗⓴。

厭火國

① 六合：古人以東、西、南、北、上、下六方為六合。

② 四時：古人以春、夏、秋、冬四季為四時。

③ 太歲：木星，又叫歲星。木星在黃道帶裡每年經過一宮，約十二年運行一周，所以古人用以紀年。

④ 陬：角。

⑤ 其：代指鄰近結匈國的滅蒙鳥。而滅蒙鳥在結匈國的北邊，參看本書《海外西經》。

⑥ 結匈：可能是現在所說的雞胸。匈，同「胸」。

⑦ 其：也是指滅蒙鳥，否則，後面「一曰南山在結匈東南」一句就重複而多餘了。以下同此。

⑧ 一曰：這應該不是經文裡的詞語，是後人的注解。下同。

⑨ 比翼鳥：又叫鶼鶼、蠻蠻，是中國古代漢族傳說中的鳥名。這種鳥只有一隻眼睛一個翅膀，雌雄必須並翼飛行，因此經常用來比喻恩愛夫妻，也比喻情深誼厚、形影不離的朋友。

⑩ 羽民國：傳說中的國名，因為這個國家的人身上長著羽毛，因此叫羽民國。

⑪ 頰：面頰，臉的兩側。

⑫ 二八：這裡指十六人。

⑬ 連臂：挽著胳膊的意思。

⑭ 司：視察。這裡是守候的意思。

⑮ 盡：所有的。

⑯ 讙（ㄏㄨㄢ）頭國：傳說中的古國名。

⑰ 方：正在，正當。因為是配合圖畫的說明文字，所以出現了這種記述具體的一舉一動的詞語。以下此類詞語也很多。

⑱ 厭火國：傳說中的國名。

⑲ 三珠樹：神話、傳說中的仙樹名。

⑳ 彗：彗星。因為拖著一條又長又散，像掃帚的尾巴，一般
也稱為掃帚星。這裡指樹的樣子像一把掃帚。

古文今解

大地所包含的，包括上下東西南北之間和四海內的萬物，有太陽和月亮照耀著，有大大小小的星辰運行著，還有春夏秋冬表示季節的不同，以太歲的運轉來紀年。大地上的萬物都是神靈的造化，這些萬物各生成了不同的樣子，有的生命週期短，有的生命週期長，只有品德高尚的人才會懂得其中的道理。

海外從西南角到東南角的國家地區和山丘河流的分佈情況如下。

結胸國在滅蒙鳥的西南面，國民都長著雞一般，尖而凸出的胸脯。

南山在滅蒙鳥的東南面。從這座山裡來的人，都把蟲稱為蛇，把蛇稱為魚。還有一種說法認為南山在結胸國的東南面。

比翼鳥在滅蒙鳥的東面，這種鳥有著青紅兩色相間的羽毛，需要兩隻鳥的翅膀互相配合才能飛翔。也有一種說法認為比翼鳥在南山的東面。

羽民國在滅蒙鳥的東南面，國民都有很長的腦袋，身體

上長滿了羽毛。還有另一種說法認為羽民國在比翼鳥的東南面，國民的臉頰都很長。

有十六位神人，手臂連在一起，在曠野中為天帝守夜。居住在羽民國的東面，都有狹小的臉頰和紅色的肩膀，總共有十六個人。

畢方鳥在它的東面，青水的西面，這種鳥長著人一樣的臉，但只有一隻腳。還有另一種說法認為畢方鳥在十六神人的東面。

讙頭國在它的南面，國民都有人臉和兩隻翅膀，用鳥嘴捕魚。另一種說法是讙頭國在畢方鳥的東面。還有一種說法是讙頭國就是讙朱國。

厭火國在它的南面，國民的外貌都是黑色的野獸，他們能從口中吐出火焰。有另一種說法認為厭火國在讙朱國的東面。

三珠樹在厭火國的北面，它在赤水岸邊生長，外型就像柏樹，葉子都是珍珠。還有另一種說法認為那裡的樹像彗星。

貫匈國

三苗國❶在赤水東，其為人相隨❷。一曰三毛國。

戴國❸在其東，其為人黃，能操弓射蛇。

一曰戴國在三毛東。

貫匈國❹在其東，其為人匈有竅❺。一曰
在戴國東。

交脛國❻在其東，其為人交脛❼。一曰在
穿匈❽東。

不死民在其東，其為人黑色，壽❾不死。

一曰在穿匈國東。

反舌國❿在其東，其為人反舌。一曰在不

交脛國

死民東。

昆侖虛 ⓫ 在其東，虛 ⓬ 四方。一曰在反舌東，為虛四方。

羿與鑿齒 ⓭ 戰於壽華之野，羿射殺之。在昆侖虛東。羿持弓矢，鑿齒持盾。一曰持戈。

三首國在其東，其為人一身三首。一曰在鑿齒東。

周饒國 ⓮ 在其東，其為人短小，冠帶 ⓯。一曰焦僥國 ⓰ 在三首東。

長臂國 ⓱ 在其東，捕魚水中，兩手各操一魚。一曰在焦僥東，捕魚海中。

狄山，帝堯葬於陽，帝嚳 ⓲ 葬於陰。爰有熊、羆、文虎、蜼、豹、離朱 ⓳、視肉 ⓴。吁咽、文王 ㉑ 皆葬其所。一曰湯山。一曰爰有熊、羆、文虎、蜼、豹、離朱、鴟久 ㉒、視肉、𤫊交 ㉓。其范林 ㉔ 方三百里。南方祝融 ㉕，獸身人面，乘兩龍。

三首國

① 三苗國：從前，唐堯把天下禪讓給虞舜，三苗的首領對於這件事情有很大的意見，帝堯於是殺了他。後來苗人反叛，乘船漂流到了南海，建立起了三苗國。古代的三苗國，主要是九黎之族，它的國君是姜姓。

② 為人相隨：這裡是指人們彼此跟隨的意思。

③ 載（ㄓˋ）國：傳說中的國名。

④ 貫匈國：國名。貫胸人的胸口有一個大洞貫穿腹背，但是他們還能安然無恙地生活。

⑤ 竅：窟窿，孔洞。

⑥ 交脛（ㄐㄧㄥˋ）國：傳說中的國名，國民一般都小腿交叉著，所以說交脛。

⑦ 脛：人的小腿。這裡是指整個腿腳。

⑧ 穿匈：就是貫胸國。

⑨ 壽：老。這裡指長壽。

⑩ 反舌國：傳說中的國名。此處國民舌頭都是倒著長的，因而得名。

⑪ 昆侖虛（ㄒㄩ）：昆侖山。虛，在這裡是山的意思。

⑫ 虛（ㄒㄩ）：所在地。這裡是指山下底部的地基。

⑬ 羿（ㄧˋ）：神話傳說中的天神。鑿齒：傳說中似人似獸的神人，有一個牙齒露在嘴外，大約五六尺長，樣子就像一把鑿子。

⑭ 周饒國：又叫焦僥國，在滅蒙鳥的東面，國民身材都比較矮小，個個都是侏儒。

⑮ 冠帶：這裡作為動詞使用，指戴上冠帽、系上衣帶。

⑯ 焦僥國：傳說此國與周饒國的人都只有三尺高。而「焦僥」、「周饒」都是「侏儒」之聲轉。侏儒是矮小的人。焦僥國就是周饒國，也就是人們常說的小人國。

⑰ 長臂國：傳說中的國名，相傳這個國家的人手臂比身體還長。

⑱ 帝堯：傳說中賢明的君王。帝嚳（ㄎㄨˋ）：傳說中的上古帝王，唐堯的父親。

⑲ 離朱：可能是神話傳說中的三足鳥。這種鳥一般在太陽裡，形似烏鴉，但長著三隻足。

⑳ 視肉：傳說中的一種怪獸，形似牛肝，有兩隻眼睛，割去牠的肉之後，過不了多久就重新生長出來，完好如故。

㉑ 吁咽：可能指傳說中的上古帝王虞舜。文王：即周文王姬昌，是周朝的開國君主。

㉒ 鴟（ㄔ）久：鳥名，貓頭鷹的一種。

㉓ 虖（ㄏㄨ）交：不清楚是何物。

㉔ 范林：樹林繁盛茂密。

㉕ 祝融：神話傳說中的火神。

古文今解

　　三苗國在赤水的東面，那裡的人在行走的時候都彼此跟隨。還有另一種說法認為三苗國就是三毛國。

　　戴國在它的東面，那裡的人皮膚是黃色的，他們會使用弓箭射死蛇。還有另一種說法認為戴國在三毛國的東面。

　　貫匈國在它的東邊，那裡的人的胸膛上都穿了一個洞。還有另一種說法是貫匈國在戴國的東面。

　　交脛國是在它的東面，那裡的人總是交叉著雙腿。還有另一種說法是交脛國在穿匈國的東面。

　　不死民在它的東面，那裡人的皮膚都是黑色的，每個人都有很長的壽命不會死去。還有另一種說法認為不死民在穿匈國的東面。

　　反舌國是在它的東面，那裡的人都是舌根在前面，舌尖伸向喉嚨。還有另一種說法認為反舌國在不死民的東面。

　　昆侖山在它的東面，它有著四方形的山基。還有另一種說法是昆侖山在反舌國的東面，山基是向四方延伸的。

　　羿與鑿齒交戰廝殺的地方就在昆侖山東面，壽華的荒野，羿當時用箭射死了鑿齒。在那次交戰中羿手拿著弓箭，鑿齒手持著盾牌。還有另一種說法認為鑿齒手裡拿著的是戈。

　　三首國在它的東面，那裡的人都有一個身體，三個腦袋。還有一種說法是三首國在鑿齒的東邊。

　　周饒國在它的東面，那裡的人身材都相當矮小，每個人

頭上都戴著帽子，腰上系著腰帶。還有一種說法是周饒國在三首國的東面。

長臂國在它的東面，那裡的人都在水中捕魚，兩隻手各抓著一條魚。還有一種說法是長臂國在焦僥國的東面，那裡的人在大海中捕魚。

有一座狄山，唐堯死後葬在這座山的南面，帝嚳死後葬在這座山的北面。這裡有熊、羆、花斑虎、長尾猿、豹、三足鳥、視肉。吁咽和文王也葬在這。還有一種說法認為是葬在湯山。另一種說法認為這裡有熊、羆、花斑虎、長尾猿、豹、離朱鳥、鴟鷹、視肉、虖交。

有一片方圓三百里的樹林。

南方有一位火神祝融神，有野獸的身體和人的面孔，乘著兩條龍。

第七章

海外西經

　　《海外西經》以結匈國為起點，向北漸漸展開敘述。其中介紹很多的國家，有丈夫國，這裡的人都是男人，他們從自己的背肋間生出兒子。還有女兒國、長臂國和長股國等國家，這些國家的人都有自己的形貌特徵。還講述了海外從西南到西北的文明、物產以及神話傳說。其中刑天傳說的第一次出現就是在這本書中。夏後啟的出現也印證了夏族為西方諸侯的傳說。東北的一些少數民族也出現在《海外西經》中，因此可以看出上古時期可能有大規模的遷徙。

海外 ❶ 自西南陬至西北陬者。

滅蒙鳥 ❷ 在結匈國北，為鳥青，赤尾。

大運山高三百仞 ❸，在滅蒙鳥北。

大樂之野 ❹，夏后啟於此儛 ❺《九代》，乘兩龍，雲蓋三層 ❻。左手操翳 ❼，右手操環 ❽，佩玉璜 ❾。在大運山北。一曰大遺之野。

三身國 ❿ 在夏后啟北，一首而三身。

一臂國在其北，一臂、一目、一鼻孔。有黃馬，虎文，一目而一手 ⓫。

奇肱之國在其北。其人一臂三目，有陰有陽，乘文馬 ⓬。有鳥焉，兩頭，赤黃色，在其旁。

奇肱國

刑天

刑天 ⑬ 與帝爭神，帝斷其首，葬之常羊之山。乃以乳為目，以臍為口，操干戚以舞。

女祭、女薎 ⑭ 在其北，居兩水間，薎操魚䰲 ⑮，祭操俎 ⑯。

鵁鳥 ⑰、䳜鳥 ⑱，其色青黃，所經國亡。在女祭北。鵁鳥人面，居山上。一曰維鳥 ⑲，青鳥、黃鳥所集 ⑳。

丈夫國 ㉑ 在維鳥北，其為人衣冠 ㉒ 帶劍。

女丑 ㉓ 之屍，生而十日 ㉔ 炙殺之。在丈夫 ㉕ 北。以右手鄣 ㉖ 其面。十日居上，女丑居山之上。

名詞注釋

❶ 海外：這裡指《海外西經》記載的地方。

❷ 滅蒙鳥：中國古代漢族神話傳說中怪鳥。在結匈國的北邊，有青色的羽毛和紅色的尾巴。結匈國就是結胸國。

❸ 仞（ㄖㄣˋ）：在古代八尺就是一仞。

❹ 大樂（ㄌㄠˋ）之野：地名，也叫大穆之野。

❺ 夏後啟：傳說是夏朝開國君主大禹的兒子，夏朝的第一代國君。夏後，即夏王。儛：同「舞」。

❻ 雲蓋：像蓋子一樣的雲。層：重。

❼ 翳（一ˋ）：用羽毛做的，像傘的華蓋。

❽ 環：玉環。

❾ 璜（ㄏㄨㄤˊ）：一種半圓形的玉器。

❿ 三身國：國民都只有一個頭但卻長著三個身體，傳說中能使喚四鳥，四鳥分別指狗熊、豹、老虎、人熊四種野獸。這些三身國的人都是帝俊的後代。當年帝俊的妻子娥皇所生的孩子就是只有一個頭卻有三個身體，他們的後代繁衍生息，漸漸地成了三身國。

⓫ 手：這裡指馬的前腳。

⓬ 文馬：吉良馬，白色的身體、紅色的鬃毛，眼睛像黃金，只要騎上牠，就可以有一千年的壽命。

⓭ 刑天：神話傳說中一個沒有頭的神。刑，割、殺的意思。天是顛頂、人頭之意。刑天就是砍斷頭的意思。此神本無名，在被砍斷頭之後才有了刑天神的名稱。

⓮ 蔑（ㄇㄧㄝˋ）：古同「篾」。

⓯ 觛（ㄉㄢˋ）：就是小觶。觛是古代的一種酒器。

⓰ 俎（ㄗㄨˇ）：古代祭祀時盛供品的禮器。

⓱ 鷩（ㄔˋ）鳥：傳說中的一種鳥。

⓲ 鸇（ㄓㄢ）鳥：鳥名，屬貓頭鷹一類。

⑲ 維鳥：鷥鳥和鶹鳥的統稱；還有一種說法是指地名。

⑳ 集：有一種說法是說兩種鳥的混稱；還有一種說法是指聚集地。

㉑ 丈夫國：該國全都是男子，每個人常年都佩戴著劍。傳說在殷商時期，君王派王孟到西王母居住的地方採集不死的靈藥，後來因為沒有糧食，被困在途中，以野果維生。他沒有妻子，天帝憐憫他無後代，於是在他睡著的時候，讓他從背肋間生出兩個兒子。兒子出生以後，王孟就去世了。他的兒子也用同樣的方式繁衍後代。而且後代都是男子，慢慢的這地方男子越來越多，成了丈夫國。

㉒ 衣冠：指衣帽整齊。

㉓ 女丑：人名。

㉔ 十日：十個太陽的意思。炙：燒烤。

㉕ 丈夫：這裡指丈夫國。

㉖ 鄣（ㄓㄤˋ）：同「障」。擋住，遮掩的意思。

古文今解

海外從西南到西北角的國家地區和山丘河流如下。

滅蒙鳥生活在結匈國的北面，這種鳥長著青色的羽毛，紅色的尾巴。

大運山高三百仞，屹立在滅蒙鳥棲息之地的北面。

大樂野，夏后啟曾經在這個地方觀看《九代》的樂舞，他駕著兩條龍，飛騰在三重雲霧之上，他的左手握著一把用羽毛製成的華蓋，右手拿著一隻玉環，身上掛著一塊玉璜。大樂野就在大運山的北面。還有另一種說法是夏后啟是在大

遺野觀看樂舞《九代》。三身國是在夏后啟所在之地的北面，國民都長著一個腦袋，三個身體。

一臂國在三身國的北面，國民都只有一條胳膊、一隻眼睛、一個鼻孔。那裡出產一種黃馬，身上有老虎斑紋，長著一隻眼睛和一條腿。

奇肱國在一臂國的北面。國民都是一條胳膊和三隻眼睛，眼睛分為陰陽，他們都騎著吉良馬。那裡還有一種鳥，長著兩個腦袋，橘紅色的身體，與奇肱國的人民相伴。

刑天與天帝爭奪神位，天帝把刑天的頭砍掉，然後把他的頭埋在了常羊山。沒了頭的刑天用乳頭當作眼睛，用肚臍作嘴巴，一手持盾牌一手操大斧繼續舞動。

女巫祭和女巫薎住在刑天與天帝發生爭鬥之地的北面，正好處於兩條水流的中間，女巫薎手裡拿著兕角小酒杯，女巫祭手裡捧著俎器。

鵁和鶬，顏色都是青黃相間，只要牠們經過哪個國家，那個國家就會敗亡。牠們棲息在女巫祭的北面。鵁長著人臉，佇立在山上。還有另一種說法認為這兩種鳥統稱維鳥，是青色鳥和黃色鳥聚集在一起的混稱。丈夫國在維鳥的北面，那裡的人都穿著衣服，戴著帽子，佩帶著寶劍。

女丑的屍體躺在丈夫國的北面，她是被十個太陽的熱氣烤死的。死時她用自己的右手遮住自己的臉。十個太陽高掛天上，女丑的屍體就在山頂上。

巫咸國在女丑北❶，右手操青蛇，左手操赤蛇。在登葆山❷，群巫所從上下也。

並封

並封在巫咸東❸，其狀如彘，前後皆有首，黑。

女子國在巫咸北❹，兩女子居，水周之。一曰居一門中。

軒轅之國❺在此窮山之際，其不壽者八百歲。在女子國北，人面蛇身，尾交首上。

窮山在其北，不敢西射，畏軒轅之丘❻。在軒轅國北，其丘方，四蛇相繞。

此諸天之野❼，鸞鳥自歌，鳳鳥❽自舞；鳳皇卵，民食之；甘露❾，民飲之：所欲自從也。百獸相與群居。在四蛇北❿，其人兩手操卵食之，兩鳥居前導之。

龍魚陵居在其北⓫，狀如鯉。一曰鰕⓬。即有神聖乘此以行九野⓭。一曰鼈魚在天野北⓮，其為魚也如鯉。

白民之國⓯在龍魚北，白身被⓰發。

有乘黃⓱，其狀如狐，其背上有角，乘之壽二千歲。

乘黃

肅慎之國在白民北。有樹名曰雄常⓳，先入伐帝，於此取之⓴。長股之國⓴。在雄常北，被髮。一曰長腳。

西方蓐收㉑，左耳有蛇，乘兩龍。

❶ 巫咸國：唐堯時，巫咸以作筮著稱，他能治好人的疾病，知道人的生死，他的論斷一般很準確，堯帝很尊敬他，稱他為神巫，並封為良相。生前封於一座山，死後葬於山中，並封所住的地方為巫咸國，巫咸的兒子自然是巫咸國的國王，後被巴國兼併了，它就成為巫郡。

❷ 登葆山：山名。

❸ 並封：古代的神獸之一。

❹ 女子國：位於巫咸國的北面，有兩個女子住在一起。那裡四面有水環繞。也有人說她們住在一個門中。

❺ 軒轅之國：軒轅國。因為黃帝曾經在這裡居住過而得名。

❻ 軒轅之丘：丘名。

❼ 諸夭之野：傳說中的一片沃野。夭，這裡應該是沃。

❽ 鳳鳥：雄鳳凰。

❾ 甘露：古人所說的甜美的露水。古人認為天下太平，就會天降甘露。

❿ 四蛇：這裡指四條蛇環繞的軒轅丘。

⓫ 龍魚：一種說法認為是穿山甲；另一種說法則認為是古魚類化石。陵居：居住在山陵中。

⓬ 鰕（ㄒㄧㄚ）：體型大的鯢（ㄋㄧˊ）魚叫做鰕魚。鯢魚是一種水陸兩棲類動物，生活在山谷溪水中。因為叫聲就像小孩啼哭，所以也叫娃娃魚。

⓭ 九野：指九州。九，表示多數。這裡是指廣大的意思。

⑭ 鱉魚：不明具體所指。

⑮ 白民之國：是傳說中的國家，國民天生白髮。

⑯ 被（ㄆㄧ）：通「披」。

⑰ 乘黃：古代漢族神話傳說中的異獸名或神馬。

⑱ 雄常：神話中的樹名。

⑲ 先入伐帝，於此取之：亦作聖人代立，於此取衣。晉代郭璞認為，肅慎國的人平時不穿衣，一旦中原有英明的帝王繼位，雄常樹就會生出一種樹皮，國民會取它做衣服穿。

⑳ 長股之國：「股」指腿，長股國的人腿都很長。

㉑ 蓐（ㄖㄨˋ）收：神話傳說中的金神，相貌為人面、白髮、虎爪，手執鉞斧。

古文今解

　　巫咸國在女丑的北面，國民都是右手握著一條青蛇，左手握著一條紅蛇。有座山叫登葆山，是一群巫師溝通上天與人間的通道。

　　怪獸並封在巫咸國的東面，形貌像豬，牠的前後都有腦袋，全身黑色。

　　女子國在巫咸國的北面，有兩個女子居住在這裡，四周被水環繞。還有另一種說法是她們住在一道門的中間。

　　軒轅國在窮山的旁邊，那裡的人即使短壽的也能活到八百歲。軒轅國在女子國的北面，國民都是人面蛇身，尾巴盤繞在頭頂上。

窮山在軒轅國的北面，那裡的人拉弓射箭不敢向西方射，因為他們很敬畏軒轅丘，那是黃帝的所在地。軒轅丘位於軒轅國北部，軒轅丘為四方形，被四條大蛇圍繞。

　　有個叫做沃野的地方，鸞鳥自在地歌唱，鳳鳥自在地舞蹈；鳳凰生下的蛋，那裡的居民可以食用；天降的甘露，那裡的居民可以飲用；凡是他們所想要的東西都會得到。那裡的各種野獸與人居住在一起。在四條蛇的北面，那裡的人用雙手捧著鳳凰蛋正在吃，還有兩隻鳥在前面引導著。

　　龍魚居住在沃野的北面，龍魚形貌似鯉魚。還有另一種說法認為像鰕魚。有神聖的人騎著牠遨遊在廣大的原野上。還有一種說法是鰲魚在沃野的北面，而外型形似鯉魚。

　　白民國在龍魚的北面，國民皮膚都是白色的，披散著頭髮。有種野獸叫乘黃，形似狐狸，脊背上長著角，人要是騎上牠就能有兩千年的壽命。

　　肅慎國在白民國的北面。有一種樹木叫做雄常樹，每當中原地區有聖明的天子繼位，國民就會取雄常樹的樹皮來做衣服。

　　長股國在熊常樹的北面，國民都披散著頭髮。另一種說法認為長股國又叫長腳國。

　　西方的蓐收神，他的左耳上有一條蛇，乘著兩條龍飛行。

第八章

海外北經

　　《海外北經》記述了中國的北方的文明。《海外北經》接著前面的長股國向東開始記述,描寫了一些國家的人物的外形。其中還講述了很多的神話故事,比如說有九個頭的相柳氏,因為他走過的地方都出現山川和河流,所以被大禹殺了,大禹掩埋他的屍體卻怎麼也掩埋不了,於是大禹就用他的血肉製造了帝台。這應該是大禹治水傳說的一部分。《海外北經》之中還有夸父追日的神話故事,夸父在此書中有兩個意思,一是指人,一是指野獸。

海外自東北陬至西北陬者。

無啟之國在長股東，為人無啟❶。

鐘山之神，名曰燭陰❷，視為晝，瞑❸為夜，吹為冬，呼為夏，不飲，不食，不息❹，息為風，身長千里。在無啟之東。其為物，人面，蛇身，赤色，居鐘山下。

一目國在其東，一目中其面而居。一曰有手足。

柔利國❺在一目東，為人一手一足，反膝❻，曲足居上❼。一云留利之國❽，人足反折❾。

共工之臣曰相柳氏❿，九首，以食於九山。相柳之所抵⓫，

厥 ⑫ 為澤溪。禹殺相柳，其血腥，不可以樹 ⑬ 五穀種。禹厥之，三仞三沮 ⑭，乃以為眾帝 ⑮ 之台。在昆侖之北，柔利之東。相柳者，九首人面，蛇身而青。不敢北射，畏共工之台。台在其 ⑯ 東，台四方，隅 ⑰ 有一蛇，虎色 ⑱，首沖南方。

深目國在其東，為人舉一手一目，在共工台東。

無腸之國在深目東，其為人長而無腸。

聶耳之國在無腸國東，使兩文虎 ⑲，為人兩手聶 ⑳ 其耳。

縣 ㉑ 居海水中，及水所出入奇物。兩虎在其東。

聶耳國

❶ 無啟（くー∨）：無嗣。傳說無啟國的人都住在洞穴中，不分男女，一般以泥土為食物，死了就埋了，但他們的心不會腐爛，死後一百二十年就能重新化成人。

❷ 燭陰：燭龍，傳說祂只要張開眼睛就可以照亮天下。

❸ 瞑：閉眼。

❹ 息：呼吸。

❺ 柔利國：傳說中的國名。

❻ 反膝：膝蓋骨長在後面。

❼ 曲足居上：足弓長在腳背上，腳尖向上翹著。

❽ 留利之國：留利國。

❾ 反折：向反方向彎折。

❿ 共工：中國上古漢族神話傳說中的水神。掌控洪水。共工與顓頊爭奪帝位沒有成功，之後就憤怒地撞向天柱不周之山。相柳氏：神話傳說中的人物。

⓫ 抵：觸。

⓬ 厥（ㄐㄩㄝˊ）：通「撅」。掘的意思。這裡指相柳氏身體太過龐大，走過的地方地表都被破壞。

⓭ 樹：種植。

⓮ 三：表示多數。仞：充滿。沮：敗壞。這裡是陷落的意思。

⓯ 眾帝：指帝嚳、帝丹朱、帝堯、帝舜等傳說中的上古帝王。

⓰ 其：這裡指眾帝之台。

⓱ 隅：角落。

⓲ 虎色：虎紋，即老虎皮毛的顏色紋理。

⓳ 文虎：有花紋的老虎。文，通「紋」。

⓴ 轟（ㄕㄜˋ）：同「攝」，拿捏的意思，握持。

㉑ 縣（Tㄩㄢˊ）居：獨自居住。縣，同「懸」，這裡是孤單，沒有依靠的意思。

海外從西北角到東北角的國家地區和山丘河流情況如下。

無啟國在長股國的東邊，那裡的人無法生育子孫後代。

鐘山的山神名叫燭陰，睜開眼睛就是白天，閉上眼睛就是夜晚，只要一吹氣就是寒冬，一呼氣就是炎夏，不喝水，不進食，也不呼吸，一呼吸就會成為風，身體有一千里長。在無啟國的東邊，長著人的面孔和蛇的身體，全身都是紅色的，住在鐘山腳下。

一目國在鐘山的東面，那裡的人臉中間長著一隻眼睛。還有另一種說法是他們像普通的人一樣有手有腳。

柔利國在一目國的東面，那裡的人只有一隻手一隻腳，膝蓋反著生長，腳彎曲向上。另一種說法認為柔利國叫做留利國，人的腳都是反著長的。

天神共工的臣子名叫相柳氏，有九個頭，分別在九座山上進食。相柳氏到過的地方，就會成為沼澤和溪流。大禹殺死了相柳氏，血流過的地方發出腥臭味，無法種植五穀。大禹想要挖土填滿這個地方，但是每次都陷落下去，於是大禹就把挖出來的泥土為眾帝修造了帝台。帝台就在昆侖山的北面，柔利國的東面。相柳氏有九個腦袋、蛇身人臉，身體為青色的。射箭的人因為敬畏共工台，都不敢向北方射。共工台在相柳的東面，呈四方形，每個角上都有一條蛇，身上有老虎斑紋，頭向著南方。

深目國在相柳氏所在地的東面，那裡的人總是舉著一隻

手。另一種說法認為深目國在共工台的東面。

無腸國在深目國的東面，那裡的人身體很高大，肚子裡沒有腸子。

聶耳國在無腸國的東面，那裡的人使喚著兩隻花斑大虎，他們行走時會用手托著自己的大耳朵。聶耳國在孤島上，被海水環繞，所以國民能看到出入海水的各種怪物。在它的東面還有兩隻老虎。

夸父與日逐走，入日。渴，欲得飲，飲於河渭，河渭不足，北飲大澤，未至，道渴而死。棄其杖，化為鄧林。

夸父國在聶耳東，其為人大，右手操青蛇，左手操黃蛇。鄧林在其東，二樹木。一曰博父。

禹所積石之山在 ❶ 其東，河水所入。拘瘦之國在其東，一手把瘦 ❷。一曰利瘦之國。尋木 ❸ 長千里，在拘瘦南，生河上西北。跂踵國 ❹ 在拘瘦東，其為人大，兩足亦大。一曰反踵 ❺。歐絲之野在反踵東，一女子跪據樹歐絲 ❻。

三桑無枝，在歐絲東，其木長百仞 ❼，無枝。范林方三百里，在三桑東，洲 ❽ 環其下。務隅之山，帝顓頊葬於陽 ❾。九嬪葬於陰 ❿。一曰爰 ⓫ 有熊、羆、文虎、離朱、鴟久、視肉。平丘 ⓬ 在三桑東。爰有遺玉 ⓭、青馬、視肉、楊柳、甘柤、甘華 ⓮，百 ⓯ 果所生。有兩山夾上谷，二大丘居中，名曰平丘。

北海 ⓰ 內有獸，其狀如馬，名曰騊駼 ⓱。有獸焉，其名曰駁，狀如白馬，鋸牙，食虎豹。有素獸焉，狀如馬，名曰蛩蛩 ⓲。有青獸焉，狀如虎，名曰羅羅 ⓳。

北方禺強 ⓴，人面鳥身，珥 ㉑ 兩青蛇，踐 ㉒ 兩青蛇。

1. 禹所積石之山：一座山，禹所積石山。傳說大禹曾疏通積石山，然後就導引黃河水流過。這個積石山是另一座山，不是這裡所說的禹所積石山。

2. 癭：因脖頸細胞增生而形成的囊狀性贅生物，比較大，肉質也很多。

3. 尋木：一種很高大的樹。

4. 跂踵國：國名，因國民都是惦著腳走路，因此叫跂踵國。

5. 反踵：腳是反轉長的，這樣走路時行進的方向和腳印的方向是相反的。

6. 跪據樹歐絲：描述圖畫中的女子靠著桑樹，一邊吃桑葉一邊吐絲的樣子，像蠶一樣。歐：同「嘔」。吐。

7. 仞：古時以八尺為一仞。

8. 洲：水中的陸地。

9. 顓頊：傳說中的上古帝王。

10. 九嬪：指顓頊的九個妃嬪。

11. 爰（ㄩㄢˊ）：這裡，那裡的意思。

12. 平丘：平整的丘陵。

13. 遺玉：古人所說的一種玉石。松枝在千年之後化為伏苓，再過千年化為琥珀，再過千年化為遺玉。

14. 甘柤（ㄓㄚ）：傳說中的一種樹木。甘華：傳說中的一種樹木，花是黃色的，枝幹是紅色的。

15. 百：這裡是表示許多的意思，並非實指。

16. 北海：古代是指北方比較僻遠的地方。

17. 騊駼（ㄊㄠˊ ㄊㄨˊ）：馬名。，這種馬又叫普氏野馬，性情十分暴烈，一般在內蒙古草原有很多。

18. 蛩蛩（ㄑㄩㄥˊ）：傳說中的一種獸。

19. 羅羅：獸名，黑虎。

⑳ 禺強：也叫玄冥，神話傳說中的水神。

㉑ 珥（ㄦˇ）：插。這裡是指穿掛著的意思。

㉒ 踐：踩，踏。

神人夸父要追趕太陽，已經追上了太陽。這時夸父感覺很渴，想要喝水，於是就喝黃河和渭河中的水，喝完了兩條河水還是覺得渴，又想向北去喝大澤中的水，還沒走到大澤，就渴死在半路上了。他死時所拋掉的拐杖，變成了鄧林。

夸父國在聶耳國的東邊，國民都身材高大，右手握著一條青蛇，左手握著一條黃蛇。鄧林在夸父國的東面，其實鄧林就是兩棵非常大的樹木形成的樹林。另一種說法認為夸父國叫博父國。

禹所積石山在夸父國的東邊，是黃河流入的地方。

拘癭國在禹所積石山的東邊，國民們的脖頸上都長著大肉瘤，常用一隻手托著。另一種說法認為拘癭國叫做利癭國。

有種名叫尋木的樹，有一千里長，在拘癭國的南邊，生長在黃河岸的西北方。

跂踵國在拘癭國的東邊，國民都身材高大，兩隻腳也非常大。另一種說法認為跂踵國是反踵國。

歐絲之野在反踵國的東邊，有一個女子倚靠著桑樹吐絲。

三棵沒有枝幹的桑樹，在歐絲之野的東邊，這種樹雖高達一百仞，但不生長樹枝。

　　范林方圓三百里，在三棵桑樹的東邊，它的下面有沙洲環繞。

　　務隅山，帝顓頊被埋葬在它的南面，九嬪被埋葬在它的北面。另一種說法認為這裡有熊、羆、花斑虎、離朱鳥、鴟鷹、視肉。

　　平丘在三棵桑樹的東邊。這裡有遺玉、青馬、視肉、楊柳樹、甘柤樹、甘華樹，是各種果樹生長的地方。在兩座山中間的一道山谷上，有兩個大丘在它們之間，名叫平丘。

　　北海內有一種野獸，形似馬，牠叫騊駼。又有一種野獸名叫駮，形似白馬，長著鋸齒般的牙，吃老虎和豹。還有一種白色的野獸，外形像馬，名叫蛩蛩。還有一種青色的野獸，外形像老虎，名叫羅羅。

　　北方的禺強神，有著人面鳥身，耳朵上穿掛著兩條青蛇，腳底下也踏著兩條青蛇。

第九章

海外東經

　　《海外東經》講述了中國東部的情況，緊接著《海外南經》的狄山展開敘述。其中提到很多神話，大部分神話的細節沒有流傳下來。經中還講述了很多國家，其中有個君子國，國民都很有禮貌，做事都很謙讓，還有黑齒國等國家。

海外自東南陬至東北陬者。

嗟丘 ❶，爰有遺玉、青馬、視肉、楊柳、甘柤、甘華。甘果所生，在東海。兩山夾丘，上有樹木。一曰嗟丘。一曰百果所在，在堯葬東。

奢比尸

大人國在其北，為人大，坐而削船 ❷。一曰在嗟丘北。

奢比 ❸ 之尸在其北，獸身、人面、大耳，珥兩青蛇。一曰肝榆之尸在大人北。

君子國 ❹ 在其北，衣冠 ❺ 帶劍，食獸，使二大虎在旁，其人好讓不爭 ❻。有薰華草 ❼，朝生夕死。一曰在肝榆之尸北。

虹虹 ❽ 在其北，各有兩首。一曰在君子國北。

朝陽之谷，神曰天吳，是為水伯 ❾。在虹虹北兩水間。其為獸也，八首人面，八足八尾，背青黃。

青丘國在其北。其狐四足

天吳

九尾。一曰在朝陽北。帝命豎亥❿步，自東極至於西極，五億十選⓫九千八百步。豎亥右手把算⓬，左手指青丘北。一曰禹令豎亥。一曰五億十萬九千八百步。

黑齒國在其北，為人黑齒，食稻啖⓭蛇，一赤一青，在其旁。一曰在豎亥北，為人黑首，食稻使蛇，其一蛇赤。

下有湯谷⓮。湯谷上有扶桑，十日所浴，在黑齒北。居水中，有大木，九日居下枝，一日居上枝。

雨師妾⓯在其北。其為人黑，兩手各操一蛇，左耳有青蛇，右耳有赤蛇。一曰在十日北，為人黑身人面，各操一龜。

玄股之國在其北⓰。其為人衣魚食䶂⓱，使兩鳥夾之。一曰在雨師妾北。

毛民之國⓲在其北。為人身生毛。一曰在玄股北。勞民國⓳在其北，其為人黑。或曰教民。一曰在毛民北，為人面目手足盡黑。

東方句芒⓴，鳥身人面，乘兩龍。

建平元年四月丙戌，待詔太常屬臣望校治，侍中光祿勳臣龔、侍中奉車都尉光祿大夫臣秀領主省。

毛民國

1. 瑳（ㄐㄧㄝ）丘：地名。

2. 削（ㄒㄧㄠ）船：削，同「梢」，用長竿子撐船。

3. 奢比：也叫奢龍，傳說中的神。

4. 君子國：國名，該國的人全部奉禮守法。

5. 衣冠：這裡都作動詞用，穿上衣服戴上帽子的意思。

6. 好（ㄏㄠˋ）：喜歡。

7. 薰華草：草名。

8. 虹虹（ㄏㄨㄥˊ）：虹霓，俗稱美人虹。按照古人的說法，
   虹有雙環，內環顏色鮮豔為雄，叫做虹；外環顏色暗淡為雌，
   叫做霓。

9. 水伯：水神的意思。

10. 豎亥：傳說中的一個走路很快的神人。

11. 選：萬。

12. 算：通「筭」。古代人計數用的籌碼。

13. 啖（ㄉㄢˋ）：吃。

14. 湯（ㄧㄤˊ）谷：據古人解說，這條谷中的水很熱。

15. 雨師妾：傳說中的國名。

16. 玄股之國：國名，因國民的大腿是黑色的，所以就叫玄股國。

17. 衣魚：穿著用魚皮做的衣服。食䲝（ㄡ）：同「鷗」，鷗鳥。
    食是指吃鷗鳥產下的蛋。

18. 毛民之國：國名。因國民身上都長著長毛而得名。

19. 勞民國：國名。因國民都很勤勞而得名。

20. 句（ㄍㄡ）芒：神話傳說中的木神。

海外從東南角到東北角的國家和山丘河流的情況如下。

嗟丘，這裡有遺玉、青馬、視肉、楊柳樹、甘柤樹、甘華樹。生長著能結出甜美果實的樹，它在東海邊。兩座山夾著嗟丘，樹木生長在上面。另一種說法認為嗟丘就是嗟丘。還有一說認為各種果樹所生長的地方，在帝堯埋葬之地的東面。

大人國在它的北面，國民都有著高大的身材，坐在船上撐船。還有一種說法認為大人國在嗟丘的北面。

奢比尸神在大人國的北邊，牠有野獸的身體、人臉，耳朵很大，耳朵上穿掛著兩條青蛇。另一種說法認為肝榆尸神在大人國的北面。

君子國在奢比尸神的北邊，國民都穿著衣服，戴帽，腰間佩帶著劍，以野獸為食，使喚的兩隻花斑老虎就在身旁，君子國的人都喜歡謙讓而不喜歡爭鬥。那裡還有一種薰華草，早晨開花傍晚凋謝。另一種說法認為君子國在肝榆尸神的北面。虹虹在它的北邊，各端都有兩個腦袋。一說認為在君子國的北面。

朝陽谷，有一位神名叫天吳，也就是水伯。祂住在虹虹北邊的兩條水流之間。祂有著野獸的樣子，長著八個腦袋，人的臉面，八隻爪和八條尾巴，背部的顏色青中帶黃。

青丘國在它的北面。那裡有一種狐狸，有四隻爪子和九條尾巴。另說認為青丘國在朝陽谷的北邊。天帝命令豎亥用腳步測量大地，從最東端走到最西端，是五億十萬九千八百

步。豎亥右手拿著算籌，左手指著青丘國的北面。一說認為是大禹命令豎亥測量大地。另有一說認為測量出五億十萬九千八百步。

黑齒國在它的北面，國民的牙齒是黑色的，吃稻米也吃蛇，還有一條紅蛇和一條青蛇，正圍在他身旁。另一種說法認為黑齒國在豎亥所在地的北面，那裡的人是黑色的腦袋，吃著稻米，驅使著蛇，其中一條蛇是紅色的。

下面是湯谷。湯谷旁邊有一棵扶桑樹，是十個太陽洗澡的地方，在黑齒國的北面。在大水之間，有一棵很高大的樹木，九個太陽停在樹的下面，還有一個太陽停在樹的上面。

雨師妾國在湯谷的北邊。國民全身都是黑的，兩隻手各握著一條蛇，左邊耳朵上掛著一條青蛇，右邊耳朵掛一條紅蛇。一說認為雨師妾國在十個太陽所在地的北面，國民都是黑色身體有著人臉，兩隻手各握著一隻龜。

玄股國在它的北面。國民穿著魚皮衣，吃鷗鳥蛋，使喚的兩隻鳥就在身邊。一說認為玄股國在雨師妾國的北面。

毛民國在它的北面。國民全身都長滿了毛。另一說認為毛民國在玄股國的北面。勞民國在它的北面，國民全身都是黑色的。有的人說勞民國是教民國。另一種說法認為勞民國在毛民國的北面，國民的臉、眼睛和手腳全是黑的。

東方的句芒神，相貌為鳥身人面，乘著兩條龍。

建平元年四月丙戌日，待詔太常屬臣丁望整理校對，侍中光祿勳臣王龔、侍中奉車都尉光祿大夫臣劉秀帶領主持。

第十章

海內南經

　　《海內南經》的記述有點複雜，它是以從東到西詳細的順序記述了海內東南角到西南角的國家、山川、植物、動物以及相關的神話傳說。關於夏后啟之臣訴訟的記述，和遠古的文明有一些聯繫。還有巴蛇吞象的傳說，應該就是「人心不足蛇吞象」這一說法的來源。

海內東南陬以西者。

甌❶居海中。閩❷在海中，其西北有山。一曰閩中山在海中。

三天子鄣山❸在閩西海北。一曰在海中。

桂林❹八樹，在番隅東。

伯慮國❺、離耳國❻、雕題國❼、北朐國❽皆

梟陽國

在鬱水南。鬱水出湘陵❾南海。一曰相慮。

梟陽國❿在北朐之西。其為人人面長唇，黑身有毛，反踵，見人笑亦笑；左手操管。

兕在舜⓫葬東，湘水南。其狀如牛，蒼黑，一角。

蒼梧之山，帝舜葬於陽，帝丹朱⓬葬於陰。

氾林⓭方三百里，在狌狌東。

狌狌知人名，其為獸如豕而人面，在舜葬西。

狌狌西北有犀牛，其狀如牛而黑。

夏后啟之臣曰孟塗⓮，是司神於巴⓯。人請訟⓰於孟塗之

氏人國

所，其衣有血者乃執
之。是請生。居山上，
在丹山西。窫窳❶龍
首居弱水中，在狌狌
知人名之西，其狀如貙❶，龍首，食人。

有木，其狀如牛，引❶之有皮，若纓❷、黃蛇。其葉如羅❷，
其實如欒❷，其木若𦺇❷，其名曰建木。在窫窳西弱水上。

氏人國❷在建木西，其為人人面而魚身，無足。

巴蛇❷食象，三歲而出其骨，君子服之，無心腹之疾。其
為蛇青、黃、赤、黑，一曰黑蛇青首，在犀牛西。

旄馬，其狀如馬，四節有毛。在巴蛇西北，高山南。

巴蛇

❶ 甌（ㄡ）：古代地名，在浙江溫州。

❷ 閩：古代種族的名稱。生活在今天的福建福州一帶。

❸ 三天子鄣（ㄓㄤ）山：山名。

❹ 桂林：林名。

❺ 伯慮國：國名，又叫婆利國。

❻ 離耳國：也叫儋耳國，「離耳」意為修飾耳朵。

❼ 雕題國：國名，「雕題」意為在面額部分紋刻圖案。

❽ 北朐（ㄑㄩˊ）國：國名。

❾ 湘陵：地名。

❿ 梟（ㄒㄧㄠ）陽國：地名。

⓫ 舜：傳說中的上古帝王。

⓬ 丹朱：傳說中帝堯的兒子。

⓭ 氾林：為前文所說的范林。

⓮ 孟塗：人名，主要負責訴訟的人。

⓯ 巴：古代種族的名稱。

⓰ 訟（ㄙㄨㄥˋ）：打官司之意。

⓱ 窫窳（ㄧㄚˋ ㄩˇ）：傳說中的野獸。

⓲ 貙（ㄔㄨ）：一種像野貓，但是體型比貓大的野獸。

⓳ 引：牽引，牽拉的意思。

⓴ 纓：帶子。

㉑ 羅：捕鳥的網。

㉒ 櫱：傳說中的一種樹木，樹根是黃色，樹枝是紅色，樹葉是青色。

㉓ 萴（ㄡ）：刺榆樹。

㉔ 氐（ㄅㄧˇ）人國：國名。

㉕ 巴蛇：傳說中的大蛇。

海內從東南角向西的國家地區和山丘河流的情況如下。

甌在海之中。閩也在海之中，它的西北方有一座山。一說閩地的山在海之中。

三天子鄣山是在閩西海北。另一種說法認為三天子鄣山在海中。

桂林的八棵樹都很大，因此形成了樹林，位於番隅的東面。

伯慮國、離耳國、雕題國、北朐國都在鬱水的南岸。鬱水發源於湘陵的南山。一說認為伯慮國叫做相慮國。

梟陽國在北朐國的西邊。國民都有人的面孔，長長的嘴唇，黑黑的身體，身體上還有長毛，腳跟在前而腳尖在後，只要一看到人就張口大笑；左手拿著一根竹筒。

兕在帝舜葬地的東邊，在湘水的南岸。兕外形似牛，渾身都是青黑色的，長有一隻角。

蒼梧山，帝舜葬在這座山的南面，帝丹朱葬在北面。

氾林有方圓三百里，在狌狌棲息地的東面。

狌狌能知道人的姓名，牠的外貌形似豬，長著人的面孔，生活在帝舜所葬之地的西面。

狌狌的西北面有犀牛，外形像牛，全身都是黑色的。

夏朝國王啟有個臣子名叫孟塗，他是主管巴地訴訟的神。巴地的人到孟塗那裡去告狀時，孟塗看到告狀的人中誰

的衣服上有血跡，就會把他拘禁起來。據說他這樣做就不會冤枉任何人。孟塗住在一座山上，這座山在丹山的西面。

窫窳有龍頭，居住在弱水之中，位置是在能知道人姓名的狌狌的西面，它長著龍一樣的頭，是會吃人的。

有一種樹木，形似牛，樹皮一拉就剝落，樣子像冠帽上的纓帶、黃色的蛇皮。它的葉子就像羅網，果實像欒樹結的果實，樹幹像刺榆，名叫建木。建木生長在窫窳所在地西邊的弱水邊上。

氐人國在建木所在地的西面，國民都長著人面和魚身，沒有腳。

巴蛇能吞下大象，吞吃後三年才會吐出大象的骨頭，有才能品德的人吃了巴蛇的肉，就不會心痛或肚子痛。巴蛇的顏色是青色、黃色、紅色、黑色混合起來的。另一種說法認為巴蛇有著黑色的身體，青色的腦袋，在犀牛所在地的西面。

旄馬，形似馬，只是四條腿的關節上都有長毛。旄馬在巴蛇所在地的西北面，一座高山的南面。

第十一章

海內西經

　　《海內西經》的記述順序是從東到西，主要記述西北地方的山川河流以及物產。《海內西經》描寫了很多國家的位置，許多水流的發源地和山的位置。經中著重記述了昆侖山，因為在古代傳說中昆侖山是很多神仙聚集的地方。還講述了一些神話故事，反映了西北地方的民族情況和地理風貌。對流沙進行了描寫，流沙在古代是中原文明和西域文明的分界線。

海內西南陬以北者。

貳負❶之臣曰危，危與貳負殺窫窳❷。帝乃桎❸之疏屬之山，桎❹其右足，反縛兩手與髮，繫之山上木。在開題西北。

大澤方百里，群鳥所生及所解。在雁門北。

雁門山，雁出其間。在高柳北。高柳在代北。

後稷之葬，山水環之。在氐國西❺。

流黃酆氏之國，中❻方三百里，有塗❼四方，中有山。在後稷葬西。流沙出鐘山❽，西行又南行昆侖之虛❾，西南入海，黑水之山。東胡在大澤東。夷人在東胡東。

貊國在漢水東北。地近於燕，滅之。

孟鳥在貊國東北。其鳥文赤、黃、青，東鄉❿。

海內昆侖之虛，在西北，帝之下都。昆侖之虛，方八百里，高萬仞⓫。上有木禾，長五尋⓬，大五圍。面有九井，以玉為檻⓭。面有九門，門有開明獸守之，百⓮神之所在。在八隅之岩，赤水之際，非仁羿⓯莫能上岡之岩。

開
明
獸

① 貳負：神話傳說中的天神，人頭蛇身。

② 窫窳（一ㄚˋ ㄩˊ）：傳說中的天神，原為人頭蛇身，被殺後化為龍頭貓身的樣子。

③ 梏：古代木製的手銬。這裡是拘禁的意思。

④ 桎：古代刑具，腳鐐。

⑤ 氐國：就是上文所說的氐人國。

⑥ 中：域中，就是國內土地的意思。

⑦ 塗：通「途」。道路的意思。

⑧ 流沙：沙子和水一起流動的自然現象。

⑨ 虛（ㄒㄩ）：大丘。指山。

⑩ 鄉（ㄒㄧㄤˋ）：通「向」。

⑪ 仞：古代的人以八尺為一仞。

⑫ 尋：古代的八尺為一尋。

⑬ 檻（ㄐㄧㄢˋ）：窗戶下或長廊旁的欄杆。這裡指井欄。

⑭ 百：很多的意思。

⑮ 羿：后羿，神話傳說中的英雄人物，擅長射箭，曾經射掉九個太陽。

　　海內從西南角往北的國家地區和山川河流的情況如下。

　　貳負神的臣子名叫危，危與貳負聯合殺死了窫窳神。天帝便把貳負拘禁在疏屬山，在他的右腳上戴上了刑具，然後用他自己的頭髮反綁了他的雙手，將他捆在了山上的大樹上。這個地方在開題國的西北面。

　　大澤方圓有一百里，這裡是各種鳥類生卵孵卵和換毛的地方。大澤在雁門的北面。

雁門山，是大雁冬去春來出入經過的地方。雁門山在高柳山的北邊。高柳山在代地的北邊。

后稷的所葬地，有青山綠水環繞。后稷就葬在氐人國的西面。

流黃酆氏國，它的疆域方圓三百里。這裡有通向四方的道路，中間有一座山。流黃酆氏國在后稷葬地的西面。

流沙發源於鐘山，向西流去再往南流過昆侖山，然後再向西南流入大海，一直到黑水山。

東胡國在大澤的東面。

夷人國在東胡國的東邊。

貊國在漢水的東北面。它靠近燕國的邊界，後來被燕國消滅。

孟鳥在貊國的東北邊。牠的羽毛有紅、黃、青三種顏色的花紋，朝東站立著。

海內的昆侖山，在西北方，這裡是天帝在下方的都城。昆侖山方圓有八百里，有一萬仞高。山頂長著一棵如樹木一般的稻穀，已經有五尋高了，有五人合抱那麼粗。昆侖山的每一面都有九眼井，每眼井都有圍欄，這些圍欄都用玉石製成。昆侖山的每一面都有九道門，每一道門都由一個叫開明的神獸守衛，很多天神在這裡聚集。眾多天神聚集的地方是在八方山岩之間，赤水的岸邊，只有像后羿那樣的人才能攀上那些山岡岩石。

赤水出東南隅，以行其東北，西南流注南海厭火❶東。

河水出東北隅，以行其❷北，西南又入渤海，又出海外❸，即西而北，入禹所導積石山。洋水、黑水出西北隅，以東，東行，又東北，南入海，羽民南。

弱水、青水出西南隅，以東，又北，又西南，過畢方鳥東。昆侖南淵深三百仞。開明獸身大類❹虎而九首，皆人面，東向立昆侖上。

開明西有鳳皇、鸞鳥，皆戴蛇踐蛇，膺❺有赤蛇。

開明北有視肉、珠樹、文玉樹、玕琪樹、不死樹❻，鳳皇、鸞鳥皆戴瞂❼，又有離朱、木禾、柏樹、甘水、聖木曼兌❽。一曰挺木牙交。

開明東有巫彭、巫抵、巫陽、巫履、巫凡、巫相，夾窫窳之屍，皆操不死之藥以距❾之。窫窳者，蛇身人面，貳負臣所殺也。服常樹❿，其上有三頭人，伺琅玕樹⓫。

開明南有樹⓬鳥，六首；
蛟、蝮、蛇、蜼、豹、鳥
秩樹⓭，於表池樹木⓮；
誦鳥、鴂、視肉⓯。

六首蛟

名詞注釋

❶ 厭火：厭火國。

❷ 其：這裡是指昆侖山。

❸ 海外：地名。異族所住的地方。

❹ 類：像的意思。

❺ 膺：胸口。

❻ 珠樹：神話傳說中會長出珍珠的樹。文玉樹：神話傳說中
　出產五彩美玉的樹。玗琪樹：神話傳說中生長紅色玉石的
　樹。不死樹：神話傳說中一種長生不死的樹，人服食了它
　就可以長生不老。

❼ 馭（ㄈㄚ）：盾。

❽ 離朱：太陽裡的踆鳥，也叫三足鳥。甘水：古人所說的醴泉，
　甜美的泉水。聖木曼兌：一種叫做曼兌的聖樹，服食了它
　能使人變得很有智慧。

❾ 距：通「拒」。抗拒。

❿ 服常樹：樹名。

⓫ 琅玗（ㄌㄤˊ ㄍㄢ）樹：傳說這種樹上結出的果實就是珠玉。

⓬ 樹：這裡做動詞，環繞的意思。

⓭ 鳥秩樹：樹名。

⓮ 表池樹木：表池：即華表池，中間有華表的池子。樹，這
　裡做動詞，種。

⓯ 誦鳥：某種禽鳥。鶽：（ㄓㄨㄣˇ）：雕鷹。

　　赤水發源於昆侖山的東南角，流到昆侖山的東北方，再轉向西南流入南海厭火國的東邊。

　　黃河水發源於昆侖山的東北角，流到昆侖山的北面，再轉向西南流入渤海，接著流出海外，就此向西而後向北流，之後就一直向北流去大禹所疏導過的積石山。

　　洋水、黑水發源於昆侖山的西北角，再轉向東方，朝東流去，再轉向東北方，朝南流入大海，一直到羽民國的南面。

　　弱水、青水的發源於昆侖山的西南角，接著轉向東方，向北流去，再轉向西南方，之後又流經畢方鳥所在地的東面。

　　昆侖山的南面有一個深三百仞的淵潭。那裡有個開明神獸，開明神獸的身體像老虎，有九個腦袋，這些腦袋上都有著人的面孔，它朝東立在昆侖山頂。

　　開明神獸的西面是鳳凰、鸞鳥棲息的地方，它們都各自被蛇纏繞著，也踩踏著蛇，胸前也有紅色的蛇。

　　開明神獸的北邊有視肉、珠樹、文玉樹、玕琪樹、不死樹，那裡的鳳皇、鸞鳥都有盾牌，還有三足烏、像樹一樣的稻穀、柏樹、甘水、聖木曼兌。有一種說法認為聖木曼兌又名挺木牙交。

　　開明神獸的東面有巫彭、巫抵、巫陽、巫履、巫凡、巫相，他們都是在窫窳的屍體周圍，手捧不死藥來抵抗死氣，想讓他復活。這位窫窳是蛇身人面，牠是被貳負和他的臣子危聯手殺死的。

有一種服常樹，上面住著長有三個腦袋的人，靜靜觀察著附近的琅玕樹。

　　開明神獸的南面有種樹鳥，長著六個腦袋；那裡還有蛟、蝮、長尾猿、豹、鳥秩樹，在水池四周環繞著樹木；還有誦鳥、鵮和視肉。

第十二章

海內北經

　　《海內北經》記述了西王母和她的三青鳥，以及鬼國，林氏國等國家地區的動物、人文景觀和神話故事，還有一些怪異的植物。這裡所講述的神話比較少，主要是天帝懲罰貳負和舜妻登比氏生了兩位神女的故事。也有一些記述反應了西北的民族風貌。

海內西北陬以東者。

蛇巫之山，上有人操柸❶而東向立。一曰龜山。

西王母梯几而戴勝（杖）❷。其南有三青鳥，為西王母取食。在昆侖虛北。

有人曰大行伯，把戈。其東有犬封國。貳負之屍在大行伯東。

犬封國曰犬戎國，狀如犬。有一女子，方❸跪進杯（柸）食。有文馬❹，縞❺身朱鬣，目若黃金，名曰吉量，乘之壽千歲。

鬼國在貳負之屍北，為物人面而一目。一曰貳負神在其東，為物人面蛇身。

蜪犬如犬，青，食人從首始。

窮奇狀如虎，有翼，食人從首始。所
食被髮 ❻。在蜪犬北。一曰從足。

帝堯台、帝嚳台、帝丹朱台、帝舜台，
各二台，台四方，在昆侖東北。

大蜂，其狀如螽 ❼；朱蛾，其狀如蛾。

蟜，其為人虎文，脛有腎 ❽。在窮奇
東。一曰狀如人，昆侖虛北所有。

闒非 ❾，人面而獸身，青色。

據比 ❿ 之屍，其為人折頸披髮，無一
手。

環狗 ⓫，其為人獸首人身。一曰蝟狀
如狗，黃色。

袜 ⓬，其為物人身、黑首、從 ⓭ 目。

據
比
尸

袜

① 枉（ㄅㄤˋ）：同「棒」，大棒的意思。

② 梯：憑倚，憑靠。几：矮小的桌子。勝：古時婦女的一種首飾。

③ 方：正在。

④ 文馬：有色彩花紋的馬。

⑤ 縞：白色。

⑥ 被髮：被，通「披」。

⑦ 蠚（ㄓㄨㄥ）：蠚斯，一種昆蟲，身體是綠色或褐色的。

⑧ 胟（ㄑㄧˇ）：脛後肌肉突出之處，俗稱「腿肚」。

⑨ 闒（ㄊㄚˋ）非：傳說中的野人。

⑩ 據比：天神的名稱。

⑪ 環狗：環狗國。

⑫ 袜（ㄇㄟˋ）：即魅，就是現在所說的鬼魅、精怪。

⑬ 從（ㄗㄨㄥˋ）：通「縱」。

海內從西北角往東的國家地區和山川河流如下。

蛇巫山上，有人拿著一根棍棒朝東站著。有一種說法認為蛇巫山又名龜山。

西王母依靠著小桌案，頭戴玉飾。在西王母的南面有三隻勇猛善飛的青鳥，牠們是專門為西王母覓食的。西王母和三青鳥在昆侖山的北面。

有個神人叫大行伯，手握一柄長戈。他的東邊是犬封國。貳負之屍也在大行伯的東邊。

犬封國又名犬戎國，國民的模樣都長得像狗。犬封國有

一女子，正跪在地上捧著一杯酒食向人進獻。那裡還有文馬，有白色的身體和紅色的鬃毛，眼睛像黃金一樣閃閃發光，名叫吉量，人騎上牠就可以有一千歲的壽命。

鬼國在貳負之屍的北面，國民都長著人的面孔，但只有一隻眼睛。有一種說法認為貳負神在鬼國的東面，模樣為人面蛇身。

蜪犬外形似狗，渾身青色，牠吃人從人的頭開始吃起。

窮奇形似老虎，生有翅膀，窮奇吃人是從人的頭開始吃。正被吃的人是披散著頭髮的。窮奇在蜪犬的北面。有一種說法認為窮奇吃人是從人的腳開始吃。

帝堯台、帝嚳台、帝丹朱台、帝舜台，各自有兩座，每座台都是四方形的，在昆侖山的東北面。

有一種像蠭斯的大蜂，以及像蚍蜉的朱蛾。

蟜，有人身卻有老虎花紋，小腿很健壯。在窮奇的東邊。另一種說法認為蟜的樣子形似人，是昆侖山北面所獨有的。

闒非，人面獸身，全身都是青色。

天神據比的屍首，形貌像人，折斷了脖子而披散著頭髮，少了一隻手。

環狗，外形像人，長著和野獸一樣的腦袋、人一樣的身體。有一種說法認為是刺蝟的樣子，但又像狗，渾身黃色。

袜，這種怪物長著人的身子，黑色的腦袋和豎立的眼睛。

戎 ❶，其為人人首三角。

林氏國 ❷ 有珍獸，大若虎，五采畢具，尾長於身，名曰騶吾 ❸，乘之日行千里。

昆侖虛南所，有氾林 ❹ 方三百里。

從極之淵 ❺，深三百仞，維冰夷恒都焉 ❻。冰夷人面，乘兩龍。一曰忠極之淵。

陽汙之山 ❼，河出其中；凌門之山，河出其中。

王子夜之屍，兩手、兩股、胸、首、齒，皆斷異處。

舜妻登比氏生宵明、燭光，處河大澤，二女之靈能照此所方百里。一曰登北氏。

蓋國在鉅 ❽ 燕南，倭北。倭屬燕。

朝鮮在列陽東，海北山南。列陽屬燕。

列姑射在海河州 ❾ 中。

射姑國在海中，屬列姑射。西南，山環之。

大蟹 ❿ 在海中。

陵魚 ⓫ 人面，手足，魚身，在海中。

大鯾 ⓬ 居海中。

明組邑❸居海中。

蓬萊山❹在海中。

大人之市在海中。

陵魚

名詞注釋

❶ 戎：古代族名。

❷ 林氏國：國名。

❸ 騶（ㄗㄡ）吾：傳說中的野獸。

❹ 氾林：也就是上文所說的范林、泛林，意為樹木茂密叢生的樹林。

❺ 從（ㄓㄨㄥ）極之淵：傳說中的一個深淵名。

❻ 維：通「惟」、「唯」。獨，只有的意思。冰夷：又叫馮（ㄆㄧㄥˊ）夷、無夷，指河伯，傳說中的水神。

❼ 陽汙（ㄩ）之山：山名。

❽ 鉅：通「巨」，大。

❾ 河州：黃河流入海中形成的小塊陸地。

❿ 大蟹：據古人說是一種方圓千里大小的蟹。

⓫ 陵魚：也就是上文所說的人魚、鯢魚，俗稱又叫娃娃魚。

⓬ 鯿：同「鯿」。指魴魚。

⓭ 明組邑：可能是指生活在海島上的一個部落。邑，人聚居的部落。

⓮ 蓬萊山：傳說中的仙山，上面有神仙居住。

戎，外形像人，長著人的頭，但頭上有三隻角。

林氏國有一種珍奇的野獸，體型跟老虎差不多，身上有五種顏色的斑紋，尾巴比身體長，名叫騶吾，騎上牠就能日行千里。

昆侖山南面的地方，有一片方圓三百里的氾林。

從極淵有三百仞深，只有冰夷神常期住在這裡。冰夷神有著人的面孔，乘著兩條龍。一種說法認為從極淵叫做忠極淵。

陽汙山，為黃河某條支流的發源地；淩門山，是黃河的另一條支流的發源地。

王子夜的屍體，兩隻手、兩條腿、胸膛、腦袋、牙齒，都被斬斷分散在不同地方。

帝舜的妻子登比氏生有宵明、燭光兩個女兒，她們住在黃河旁的大澤中，兩位神女的靈光能照亮方圓百里的地方。另一種說法認為帝舜的妻子叫登北氏。

蓋國在大燕國的南邊，倭國的北邊。倭國隸屬於燕國。

朝鮮在列陽的東邊，北面有大海，南面則有高山。列陽隸屬於燕國。

列姑射在黃河入海口的一塊陸地上。

射姑國在海中，隸屬於列姑射。射姑國的西南部，有高山環繞。

大蟹生活在海裡。

陵魚長著一張人的面孔，有手有腳，以及魚的身體，生活在海裡。

大鯾魚生活在海裡。

明組邑是生活在海島上的一個部落。

蓬萊山屹立在海中。

大人貿易的集市在海中。

第十三章

海內東經

　　《海內東經》的內容比較少，主要記載了一些國家
的地理位置，還介紹了一些山川和河流的地理位置以
及河流流注的地方。其中還介紹了神話故事中的雷神
樣貌。

海內東北陬以南者。

燕在東北陬。

國在流沙中者埻端、璽晚，在昆侖虛東南。一曰海內之郡，
不為郡縣，在流沙中。

國在流沙外者，大夏、豎沙、居繇、月支之國。

西胡白玉山在大夏東，蒼梧在白玉山西南，皆在流沙西，
昆侖虛東南。昆侖山在西胡西。皆在西北。

雷澤中有雷神，龍身而人頭，鼓❶其腹。在吳西。

都州在海中。一曰郁州。

琅邪臺❷在渤海間，琅邪之東。其北有山。一曰在海間。

韓雁❸在海中，都州南。

始鳩❹在海中，韓雁南。

雷神

❶ 鼓：這裡當動詞，鼓動的意思。傳說中這位雷神在鼓動肚
子的時候，會出現雷聲。

❷ 琅邪臺：琅邪臺是一座山，因樣子像一座高臺，所以被稱
為琅邪臺。

❸ 韓雁：推斷應為某個國家的名字。

❹ 始鳩：推斷應為某個國家的名字。

海內從東北角往西南的國家地區和山川河流的情況如
下。大燕國在海內的東北角。

在流沙中的國家有埻端國、璽㬇國，都位於昆侖山的東
南面。另一種說法認為埻端國和璽㬇國是在海內建置的郡，
沒有稱它們為郡縣，是因為它們都位於流沙中的緣故。在流
沙之外的國家，有大夏國、豎沙國、居繇國、月支國。西方
胡人的白玉山國在大夏國的東邊，蒼梧國在白玉山國的西南
面，都在流沙的西邊，昆侖山的東南面。昆侖山位於西方胡
人所在地的西面。總而言之，位置都在西北方。

雷澤中有一位雷神，龍身人頭，常常敲打自己的肚子。
雷澤在吳地的西面。

都州在海裡。有一種說法認為都州又稱郁州。

琅邪臺位於渤海與海岸之間，在琅邪的東面。琅邪臺的
北面有座山。有一種說法認為這座山在海的中間。

韓雁國在海中，在都州的南面。

始鳩在海中，在韓雁的南面。

會稽山在大越（楚）南。

岷三江：首大江，出汶山，北江出曼山，南江出高山。高山在成（城）都西，入海在長州南。

浙江出三天子都，在蠻（其）東，在閩西北，入海，餘暨南。

盧江出三天子都。入江，彭澤西。一曰天子鄣。

淮水出餘山，餘山在朝陽東，義鄉西，入海，淮浦北。

湘水出舜葬東南陬，西環之，入洞庭下。一曰東南西澤。

漢水出鮒魚之山。帝顓頊葬於陽，九嬪葬於陰，四蛇衛之。

濛水出漢陽西，入江，聶陽西。

溫水出崆峒。崆峒山在臨汾南，入河，華陽北。

潁水出少室，少室山在雍氏南，入淮西鄢北。一曰緱氏。

汝水出天息山，在梁勉鄉西南，入淮極西北，一曰淮在期思北。

涇水出長城北山，山在郁郅、長垣北，北入渭，戲北。

渭水出鳥鼠同穴山，東注河，入華陰北。

白水出蜀，而東南注江，入江洲城下。

沅水（山）出象郡鐔城西，又（主）東注江，入下雋西，合洞庭中。

贛水出聶都東山，東北注江，入彭澤西。

泗水出魯東北而南，西南過湖陵西，而東南注東海，入淮
陰北。

郁水出象郡，而西南注南海，入須陵東南。

肄水出臨晉西南，而東南注海，入番禺西。

潢水出桂陽西北山，東南注肄水，入敦浦西。

洛水出洛西山，東北注河，入成皋之西。

汾水出上窳北，而西南注河，入皮氏南。

沁水出井陘山東，東南注河，入懷東南。

濟水出共山南東丘，絕鉅澤，注渤海，入齊琅槐東北。

潦水出衛皋東，東南注渤海，入潦陽。

虖沱水出晉陽城南，而西至陽曲北，而東注渤海，入〔越〕
章武北。

漳水出山陽東，東注渤海，入章武南。❶

名詞注釋

❶ 據學者研究，本段文字應該並非《山海經》原文內容，而
是《水經》中的內容。故此處不做注釋，只給出譯文。

會稽山在大越的南面。

從岷山中流出三條江水，首先是長江從汶山流出，再來就是北江從曼山流出，還有從高山流出的南江。高山座落在成都的西面。三條江水最終都入大海，入海口在長州的南面。

浙江的發源於三天子都山，三天子都山在蠻地的東面，閩地的西北面，浙江最終入大海，入海處在餘暨的南邊。

廬江也發源於三天子都山，流入長江，入江處在彭澤的西面。另有一種說法認為廬江的發源於天子鄣。

淮水發源於餘山，餘山座落在朝陽的東面，也是義鄉的西面。淮水最終入大海，入海處是在淮浦的北邊。

湘水發源於帝舜葬地的東南角，然後向西環繞流去。湘水最後流入洞庭湖的下游。另有一種說法認為是流入東南方的西澤。

漢水發源於鮒魚山，帝顓頊就葬在鮒魚山的南面，帝顓頊的九個嬪妃葬在鮒魚山的北面，有四條巨蛇衛護著。

濛水發源於漢陽西面，最終入長江，入江處是在聶陽的西面。

溫水發源於崆峒山，崆峒山座落在臨汾南面，溫水最終入黃河，入河處在華陽的北面。

潁水發源於少室山，少室山座落在雍氏的南面，潁水最終在西鄢的北邊入淮水。還有一種說法認為在緱氏入淮水。

汝水發源於天息山，天息山座落在梁勉鄉的西南，汝水最終在淮極的西北入淮水。還有一種說法認為入淮處在期思的北面。

涇水發源於長城的北山，北山座落在郁郅長垣的北面，涇水最後入渭水，入渭處在戲的北面。

渭水發源於鳥鼠同穴山，向東流入黃河，入河處在華陰的北面。

白水發源於蜀地，然後向東南流入長江，入江的位置在江州城下。

沅水發源於象郡鐔城的西面，向東流入長江，入江的位置是在下雋的西面，最後匯入洞庭湖中。

贛水發源於聶都東面的山中，向東北流入長江，入江的位置在彭澤的西面。

泗水發源於魯地的東北方，然後向南流去，再往西南流經湖陵的西面，然後轉向東南再入東海，入海的位置在淮陰的北面。

郁水發源於象郡，然後向西南流入南海，入海的位置在須陵的東南面。

肄水發源於臨晉的西南方，然後向東南流入大海，入海的位置在番禺的西面。

潢水發源於桂陽西北的山中，向東南流入肄水，入肄的位置在敦浦的西面。

洛水發源於洛西邊的山中，向東北流入黃河，入河的位置在成皋的西邊。

汾水發源於上窳的北面，然後向西南流入黃河，入河的位置在皮氏的南面。

沁水發源於井陘山的東面，向東南流入黃河，入河的位置在懷的東南面。

濟水發源於共山南面的東丘，流過鹿澤，最後入渤海，入海的位置在齊地琅槐的東北面。

潦水發源於衛皋的東面，向東南流入渤海，入海的位置在潦陽。

虖沱水發源於晉陽城南，然後往西流去一直到陽曲的北面，再向東流入渤海，入海的位置在章武的北面。

漳水發源於山陽的東面，向東流入渤海，入海的位置在章武的南面。

第十四章 大荒東經

　　《大荒東經》記載了東海以外的山川、河流、國家、物產和神話故事。還對一些國家的人進行了描述，有一些國家是由一個神話傳說中的人的後代組成的。《大荒東經》中有很多神話，其中主要的有三個，一是太陽從扶桑樹上升起，二是殷人祖先王亥販牛被殺，三是黃帝以夔牛皮為鼓，以雷獸骨為槌的傳說。《大荒東經》的故事大多都是荒誕不經的，但這些也反映了當時的農耕生活和古人對天文知識的重視。

東海之外有大壑❶，少昊之國❷。少昊孺帝顓頊於此❸，棄其琴瑟❹。有甘山者，甘水出焉，生甘淵。

大荒東南隅有山，名皮母地丘。

東海之外，大荒之中，有山名曰大言，日月所出。

有波谷山者，有大人之國，有大人之市，名曰大人之堂❺。

有一大人踆❻其上，張其兩臂（耳）。

有小人國，名靖人❼。

有神，人面獸身，名曰犁䰲之尸。

有潏山，楊水出焉。

有蒍國，黍食❽，使四鳥❾：虎、豹、熊、羆。

大荒之中，有山名曰合虛，日月所出。

有中容之國。帝俊生中容❿，中容人食獸、木實，使四鳥：豹、虎、熊、羆。

有東口之山。有君子之國，其人衣冠帶劍。

有司幽之國。帝俊生晏龍，晏龍生司幽，司幽生思士，不妻；思女，不夫。食黍，食獸，是使四鳥。

有大阿之山者。

① 壑（ㄏㄨㄛˋ）：深溝的意思。

② 少昊：傳說中的一位上古帝王。

③ 孺：通「乳」。以奶餵養，這裡指撫育、養育。顓頊：傳說中的上古帝王。

④ 琴瑟：古時兩種撥絃樂器。

⑤ 大人之堂：山名，因為山的樣子像一座堂屋，所以稱大人之堂。

⑥ 踆（ㄑㄩㄣ）：通「蹲」。

⑦ 靖人：靖為細小的意思。靖人就是指小人。

⑧ 黍：一種黏性穀米，可用來食用和釀酒。

⑨ 鳥：古時鳥獸通名，這裡指野獸。

⑩ 帝俊：本書中多處出現帝俊，每處所指不同，這裡應指顓頊。
中容：傳說顓頊生有才子八人，中容為其中之一。

　　東海以外有一個深不見底的溝壑，這裡是少昊建國的地方。少昊在這裡撫養帝顓頊長大，帝顓頊小時候玩耍過的琴瑟丟在溝壑裡。有座山叫甘山，為甘水的發源地，之後流匯成甘淵。

　　大荒的東南角有座山，名叫皮母地丘。

　　東海以外，大荒當中，有座山叫大言山，是太陽和月亮升起的地方。

　　有座波谷山，大人國就在這山裡。這裡有大人國國民做買賣的集市，在名叫大人之堂的山上。有一個大人正蹲在上

面，張開著雙臂。

有個小人國，那裡的國民被稱為靖人。

有一個神人，人面獸身，名叫梨䰠尸。

有座潏山，是楊水的發源地。

還有一個蒍國，那裡的國民將黃米作為主食，能馴化四種野獸：老虎、豹、熊、羆。

在大荒當中，有座合盧山，太陽和月亮從這裡升起。

有一個國家叫中容國。帝俊有個後代叫中容，中容國的國民食用野獸的肉和樹木的果實，能馴化和驅使四種野獸：豹、老虎、熊、羆。

有座東口山。有個君子國就在東口山，那裡的國民穿衣戴帽，腰間佩帶寶劍。

有個國家叫司幽國。帝俊有個後代叫晏龍，晏龍有個後代叫司幽，司幽有個後代叫思土，而思土不娶；司幽還有一個女兒叫思女，但思女不嫁。國民以黃米為主食，也吃野獸的肉，他們能馴化四種野獸。

有一座山叫做大阿山。

大荒中有山，名曰明星，日月所出。

有白民之國。帝俊生帝鴻❶，帝鴻生 ❷ 白民，白民銷姓，黍食，使四鳥：虎、豹、熊、羆。

有青丘之國。有狐，九尾。

有柔僕民，是維 ❸ 嬴土之國。

有黑齒之國。帝俊生黑齒，姜姓，黍食，使四鳥。

有夏州之國。有蓋余之國。

有神人，八首人面，虎身十尾，名曰天吳。

大荒 ❹ 之中，有山名曰鞠陵於天、東極、離瞀，日月所出。

有神名曰折丹，東方曰折，來風曰俊 ❺，處東極以出入風。

東海之渚 ❻ 中，有神，人面鳥身，珥兩黃蛇，踐兩黃蛇，名曰禺䝞。黃帝生禺䝞，禺䝞生禺京 ❼。禺京處北海，禺䝞處東海，是惟 ❽ 海神。

有招搖山，融水出焉。有國曰玄股，黍食，使四鳥。

有因（困）民國，勾姓，黍食。有人曰王亥，兩手操鳥，方 ❾ 食其頭。王亥托於有易、河伯僕 ❿ 牛。有易殺王亥 ⓫，取僕牛。河伯念有易 ⓬，有易潛出，為國於獸，方食之，

名曰搖民❸。帝舜❹生戲，戲生搖民。

海內有兩人，名曰女丑❺。女丑有大蟹❻。

大荒之中，有山名曰孽搖頵羝。上有扶木❼，柱❽三百里，其葉如芥❾。有谷曰溫源谷❿。湯谷上有扶木，一日方至，一日方出，皆載於烏㉑。

有神，人面、大（犬）耳、獸身，珥兩青蛇，名曰奢比尸。有五采之鳥㉒，相鄉棄沙㉓。惟㉔帝俊下友。帝下兩壇，采鳥是司。

大荒之中，有山名曰猗天蘇門，日月所出（生）。有壎民之國。

有綦山。又有搖山。有䴦山。又有門戶山。又有盛山。又有待山。有五采之鳥。

東荒之中，有山名曰壑明俊疾，日月所出。有中容之國。

東北海外，又有三青馬、三騅㉕、甘華。爰有遺玉、三青鳥、三騅、視肉、甘華、甘柤。百穀㉖所在。

有女和月母之國。有人名曰鵷，北方曰鵷，來（之）風曰狻，是處東北（極）隅以止㉗日月，使無相間㉘出沒，司其短長。

大荒東北隅中，有山名曰凶犁土丘。應龍㉙處南極，殺蚩尤㉚與夸父，不得復上，故下數㉛旱。旱而為應龍之狀，乃得大雨。

東海中有流波山，入海七千里。其上有獸，狀如牛，蒼身而無角，一足，出入水則必風雨，其光如日月，其聲如雷，其名曰夔。黃帝得之，以其皮為鼓，橛以雷獸之骨㉜，聲聞㉝五百里，以威天下。

① 帝俊：這裡應該是指少典，傳說中的上古帝王。帝鴻：指黃帝，姓公孫，住在軒轅丘，所以號稱軒轅氏。

② 生：在本書中，「生」字的用法，並不一定都指誕生，也多指一個人的後代子孫。這裡就是指後代。

③ 維：語助詞，無意。

④ 大荒：這裡是指最遙遠的地方。

⑤ 俊：通「蹲」。

⑥ 渚（ㄓㄨˇ）：水中的小洲。這裡指海島。

⑦ 禺京：就是上文所說的風神禺䝞。

⑧ 惟：語助詞，無意。

⑨ 方：正在。

⑩ 僕：通「樸」。大的意思。

⑪ 有易殺王亥：據古史傳說，王亥對有易族人姦淫暴虐，有易族人出於憤恨就殺了他。

⑫ 河伯念有易：據古史傳說，王亥的繼承者率兵為王亥報仇，殘殺了許多有易族人，河伯同情有易族人，就幫助還活著的有易族人逃走。

⑬ 搖民：因民國。

⑭ 帝舜：傳說中上古時的賢明帝王。

⑮ 女丑：女丑之尸，是一個女巫。

⑯ 大蟹：方圓有一千里大小的螃蟹。

⑰ 扶木：扶桑樹，太陽從這裡升起。

⑱ 柱：像柱子般直立著。

⑲ 芥（ㄐㄧㄝˋ）：芥菜，花莖帶著葉子，葉子長有葉柄，不包圍著花莖。

⑳ 溫源谷：就是上文所說的湯谷，谷中水很熱，太陽就在這個地方洗澡。

㉑ 烏：就是上文所說的踆烏、離朱烏、三足烏，異名同物，
除了所長三隻爪子一樣外，其他的共同點還有樣子像烏鴉，
棲息在太陽裡。

㉒ 五采之鳥：五采鳥，屬鸞鳥、鳳凰之類。采，通「彩」，彩色。

㉓ 鄉：通「向」。棄沙：不詳何意。有些學者認為是「婆娑」
二字的訛誤，婆娑，盤旋而舞的樣子。

㉔ 惟：句首語助詞，無意。

㉕ 騅：馬的毛色青白相間。

㉖ 百穀：這裡指各種農作物。百，表示多的意思。

㉗ 止：這裡指控制。

㉘ 間：這裡指錯亂、雜亂。

㉙ 應龍：傳說中的一種生有翅膀的龍。

㉚ 蚩尤：神話傳說中的東方九黎族首領，用金作為兵器，能
喚雲呼雨。

㉛ 數：屢次，頻繁的意思。

㉜ 椒（ㄐㄩㄝˊ）：通「撅」。敲，擊打的意思。雷獸：雷神。

㉝ 聞：傳的意思。

大荒中有座高山叫明星山，太陽和月亮從這裡升起。

有個國家叫白民國。帝俊的後代是帝鴻，帝鴻的後代是白民，白民國的人都姓銷，以黃米作為主食，能馴化四種野獸：老虎、豹、熊、羆。

有個國家叫青丘。青丘國有一種狐狸，長著九條尾巴。

有一群人被稱作柔僕民，他們的國土很肥沃。

有個國家叫黑齒國。帝俊的後代是黑齒，姓姜，國民以黃米為主食，能馴化四種野獸。

有個國家叫夏州國。在夏州國附近又有一個蓋余國。

有個神，長著八顆頭，都有著人的面孔，老虎身體，十條尾巴，名叫天吳。

在大荒當中，有三座高山分別為鞠陵於天山、東極山、離瞀山，都是太陽和月亮剛開始升起的地方。有個神叫折丹，東方人都稱呼他為折，從東方吹來的風稱作俊，他就處在大地極東的地方，主管風起風停。

東海的島嶼上有個神，人面鳥身，耳朵上掛著兩條黃蛇，腳底下踏著兩條黃蛇，名為禺䝞。黃帝的後代是禺䝞，禺䝞的後代是禺京。禺京住在北海，禺䝞住在東海，他們都是海神。

有座招搖山，是融水的發源地。有個國家叫玄股國，國民以黃米為主食，能馴化四種野獸。

有個國家叫因民國，國民都姓勾，將黃米作為主食。有個人叫王亥，他兩手各抓一隻鳥，正在吃鳥的頭。王亥把一群牛寄養在有易族人、水神河伯那裡。之後有易族人把王亥殺死，沒收了那群牛。河伯哀念有易族人，就幫助有易族人偷偷地逃出來，在野獸出沒的地方建立國家，他們以野獸的肉為食，這個國家叫搖民國。另一種說法認為帝舜的後代叫戲，戲的後代就是搖民。

　　海內有兩位神人，其中的一個叫做女丑。女丑有一隻很馴服的大螃蟹。

　　在大荒當中，有座山叫孽搖頵羝山。山上有棵扶桑樹，高三百里，葉子像芥菜葉。有一道山谷叫溫源谷。湯谷上面也長了棵扶桑樹，一個太陽回到湯谷之後，另一個太陽就從扶桑樹上升起，它們都負在三足鳥的背上。

　　有一個神人，有著人的面孔、大大的耳朵、野獸的身體，耳朵上掛著兩條青蛇，名叫奢比尸。

　　有一群長著五彩羽毛的鳥，相對盤旋起舞，天帝帝俊從天上下來和牠們交友。帝俊在下界有兩座祭壇，都由這群五彩鳥負責主管。

　　在大荒當中，有座山叫猗天蘇門山，是太陽和月亮剛開始升起的地方。有個國家叫壎民國。

　　有座綦山。又有一座搖山。又有一座䰠山。又有一座門戶山。又有一座盛山。又有一座待山。還有一群五彩鳥。

　　在東荒當中，有座山名叫壑明俊疾山，是太陽和月亮升

起的地方。這裡還有個中容國。

在東北的海外，有三青馬、三騅馬、甘華樹。這裡還有遺玉、三青鳥、三騅馬、視肉、甘華樹、甘柤樹。是各種莊稼生長的地方。

有個國家叫女和月母國。有一位神人，名叫鵷，是北方人對祂的稱呼，從那裡吹來的風稱作猲，他就位於大地的東北角，為了控制太陽和月亮，不讓它們出現錯亂，主要掌管它們升起和落下時間的長短。

在大荒的東北角上，有座山名叫凶犁土丘山。應龍就住在這座山的最南端，因殺了神人蚩尤和神人夸父，無法再回到天上，天上因為沒有了興雲布雨的應龍，使得下界經常有旱災。下界的人們一遇天旱就裝扮成應龍的樣子，天就會應祈求而降下大雨。

東海當中有座山叫流波山，位在進入東海七千里的地方。山上有一種形似牛的野獸，有青蒼色的身體，沒有犄角，只有一隻蹄子，出入海水時就一定有大風大雨相伴隨，牠發出的亮光像太陽和月亮發出的光，吼叫的聲音像雷響，名為夔。黃帝得到牠之後，便用牠的皮蒙鼓，再拿雷獸的骨頭敲打鼓，響聲能傳遍五百里，用來威震天下。

第十五章

大荒南經

《大荒南經》所記為南海一帶，包括山川、物產，還有國家等。其中還涉及到了很多神話傳說，比如後羿殺鑿齒、羲和生下十個太陽等。經中還記述了一個載民國，國民不耕種，也有糧食吃，不紡織也有衣服穿。經常有鸞鳥和鳳鳥在這裡唱歌跳舞，這表明了古代人對美好生活的嚮往。

雙雙

南海之外，赤水之西，流沙之東，有獸，左右有首，名曰跊踢❶。有三青獸相並❷，名曰雙雙。

有阿山者。南海之中，有氾天之山，赤水窮焉。赤水之東，有蒼梧之野，舜與叔均❸之所葬也。爰有文貝、離俞❹、鴟久、鷹、賈❺、委維❻、熊、羆、象、虎、豹、狼、視肉。

有榮山，榮水出焉。黑水之南，有玄蛇，食塵❼。

有巫山者，西有黃鳥❽。帝藥❾，八齋❿。黃鳥於巫山，司此玄蛇⓫。

大荒之中，有不庭之山，榮水窮焉。有人三身。帝俊妻娥皇，生此三身之國。姚姓，黍食，使四鳥。有淵四方，四隅皆達⓬，北屬⓭黑水，南屬大荒。北旁名曰少和之淵，南旁名曰從淵，舜之所浴也。

又有成山，甘水窮焉。有季禺之國，顓頊之子，食黍。有羽民之國，其民皆生毛羽。有卵民之國，其民皆生卵。

大荒之中，有不姜之山，黑水窮焉。又有賈山，汔水⓮出

焉。又有言山。又有登備之山 ⑮。有恝恝之山 ⑯。又有蒲山，澧水出焉。又有隗山，其西有丹 ⑰，其東有玉。又南有山，漂水出焉。有尾山。有翠山。有盈民之國，於姓，黍食。又有人方食木葉。有不死之國 ⑱，阿姓，甘木 ⑲ 是食。

大荒之中，有山名曰去痙 ⑳。南極果，北不成，去痙果 ㉑。南海渚中，有神，人面，珥兩青蛇，踐兩赤蛇，曰不廷胡余。有神名曰因因乎，南方曰因乎，來風曰乎民，處南極以出入風。有襄山。又有重陰之山。有人食獸，曰季釐 ㉒。帝俊 ㉓ 生季厘，故曰季厘之國。有緡 ㉔ 淵。少昊生倍伐，倍伐降 ㉕ 處緡淵。有水四方 ㉖，名曰俊壇 ㉗。

名詞注釋

❶ 跊（ㄔㄨˋ）踢：傳說中的一種獸。

❷ 並：合併的意思。

❸ 叔均：又叫商均，傳說是帝舜的兒子。帝舜南巡到蒼梧的時候去世，商均也留在了這裡。

❹ 文貝：紫貝，在紫色的貝殼上點綴有黑點。離俞：離朱鳥。

❺ 貫：據古人說是烏鴉之類的禽鳥。

❻ 委維：委蛇。

❼ 麈（ㄓㄨˇ）：一種體型較大的鹿。其尾能用來掃去塵土。

❽ 黃鳥：黃，通「鳳」，屬於鳳凰一類的鳥，和上文說的黃鳥不同。

⑨ 藥：天帝的長生不死藥。

⑩ 齋：屋舍的意思。

⑪ 司此玄蛇：指黃鳥監視著黑蛇，不讓牠偷天帝的不死之藥。

⑫ 達：通。

⑬ 屬（ㄓㄨˇ）：連接。

⑭ 沱（ㄑㄧˋ）水：流水名。

⑮ 登備之山：即登葆山，巫師們憑此山來往於天地之間。

⑯ 恝恝（ㄐㄧㄚˊ）之山：山名。

⑰ 丹：可能指丹臛，這裡有省文。

⑱ 不死之國：傳說中長壽人居住的國家。

⑲ 甘木：即不死樹，人服用它就能長生不老。

⑳ 去痓：山名。

㉑ 南極果，北不成，去痓果：一說是去痓是一種植物，在山
  的南邊能結果，在山的北面不能結果；一說可能是巫師流
  傳下來的幾句咒語。

㉒ 季釐：帝嚳的兒子。

㉓ 帝俊：這裡指帝嚳，傳說是黃帝之子玄囂的後代。

㉔ 緡（ㄇㄧㄣˊ）：繩子的一種，用於將物品串聯起來。這裡
  是深淵名。

㉕ 降：貶抑。

㉖ 有水四方：這裡是指方形的水池，高出地面。

㉗ 俊壇：據古人解說，水池的樣子像一座土壇，所以叫俊壇。
  俊壇就是帝俊的水池。

在南海以外，赤水西邊的岸上，流沙的東面，有一種野獸，牠的左右邊都有一個頭，名叫跊踢。還有三隻青色的野獸相合併，名叫雙雙。

有座山的名稱是阿山。南海的當中有座氾天山，赤水最終流到這座山。在赤水的東岸，有個地方叫蒼梧野，帝舜與叔均葬在那裡。這裡有紫貝、離朱鳥、鵂鷹、老鷹、烏鴉、兩頭蛇、熊、羆、大象、老虎、豹、狼和視肉。

有座山叫榮山，是榮水的發源地。在黑水的南岸，有一條大黑蛇，正在吞食塵鹿。

有座山名叫巫山，在巫山的西面有隻黃鳥。天帝的神仙藥就藏在巫山的八個齋舍之中。黃鳥就在巫山上監視著那條大黑蛇。

在大荒當中，有座山叫不庭山，榮水最終流到這座山。這裡的居民有三個身體。帝俊的妻子叫娥皇，這三身國的人就是他們的後代子孫。三身國的人都姓姚，以黃米為主食，能馴化四種野獸。這裡有一個四方形的淵潭，四個角都可以旁通，北邊和黑水相連，南邊和大荒相通。北側的淵稱作少和淵，南側的淵稱作從淵，是帝舜洗澡的地方。

又有座山叫成山，甘水最終流到這座山。有個國叫季禺國，他們是帝顓頊的子孫後代，以黃米為主食。還有個國家叫羽民國，國民都長著羽毛。又有個國家叫卵民國，國民都產卵又都是從卵中孵化出來的。

大荒之中，有座不姜山，黑水最終流到這座山。又有座

山叫賈山，是沅水的發源地。又有座叫山言山。又有座山叫登備山。還有座恕恕山。又有座蒲山，是澧水的發源地。又有座山叫隗山，西面有丹臒，東面有玉石。向南還有座高山，是漂水的發源地。又有座山叫尾山。還有座翠山。

有個國家叫盈民國，國民都姓於，以黃米為主食。有人正在吃樹葉。

有個國家叫不死國，國民都姓阿，以不死樹為食。

在大荒當中，有座山叫去痓山。巫師們留下幾句咒語：「南極果，北不成，去痓果。」

在南海的島嶼上，有位神，有人的面孔，耳朵上掛著兩條青蛇，腳底下踏著兩條紅蛇，名叫不廷胡余。

有個神名叫因因乎，南方人都稱呼祂為因乎，從南方吹來的風稱乎民，祂處在大地的南極主管風起風停。

有座襄山。還有座重陰山。有人在吞食野獸的肉，他名叫季釐。帝俊的後代是季釐，所以稱作季釐國。有一個緡淵。少昊的後代是倍伐，倍伐被貶住在緡淵。有一個水池是四方形的，名叫俊壇。

有載民之國❶。帝舜生無淫，降載處，是謂巫載民。巫載
民盼姓，食穀，不績不經❷，服也；不稼不穡❸，食也。
爰有歌舞之鳥，鸞鳥自歌，鳳鳥自舞。爰有百獸，相群爰處。
百穀所聚。

大荒之中，有山名曰融天，海水南入焉。

有人曰鑿齒，羿殺之。

有蜮山❹者，有蜮民之國，桑姓，食黍，射蜮是食❺。有
人方扜弓射黃蛇❻，名曰蜮人❼。

有宋山者，有赤蛇，名曰育蛇。有木生山上，名曰楓木❽。
楓木，蚩尤所棄其桎梏❾，是為楓木。

有人方齒❿虎尾，名曰祖狀之尸。

有小人，名曰焦僥之國，幾⓫姓，嘉穀⓬是食。

大荒之中，有山名歹塗之山⓭，青水窮焉。有雲雨之山，
有木名曰欒。禹攻⓮雲雨，有赤石焉生欒，黃本，赤枝，
青葉，群帝焉取藥⓯。

有國曰伯服，顓頊生伯服，食黍。有鼬姓之國。有苕山。
又有宗山。又有姓山。又有壑山。又有陳州山。又有東州山。
又有白水山，白水出焉，而生⓰白淵，昆吾之師所浴也⓱。

張宏國

有人曰張宏，在海上捕魚。海中有張宏之國，食魚，使四鳥。有人焉，鳥喙，有翼，方捕魚於海。大荒之中，有人名曰驩頭⓲。鯀妻士敬，士敬子曰炎融，生驩頭。驩頭人面鳥喙，有翼，食海中魚，杖⓳翼而行。維宜芑苣⓴、穋㉑楊是食。有驩頭之國。

帝堯、帝嚳、帝舜葬於岳山㉒。爰有文貝、離俞、鴟久、鷹、賈、延維㉓、視肉、熊、羆、虎、豹；朱木，赤枝、青華、玄實。有申山者。

大荒之中，有山名曰天臺，海水南入焉。

東南海之外，甘水之間，有羲和之國。有女子名曰羲和，方浴日㉔於甘淵。羲和者，帝俊之妻，生十日。

有蓋猶之山者，其上有甘柤，枝幹皆赤，黃葉，白華，黑實。

東又有甘華，枝幹皆赤，黃葉。有青馬。有赤馬，名曰三騅。有視肉。

有小人，名曰菌人。

有南類之山。爰有遺玉、青馬、三騅、視肉、甘華。百穀所在。

❶ 載（ㄓㄞˋ）民之國：即載民國，又叫載國。

❷ 績：撚搓麻線，這裡指紡線。經：織物的縱線，這裡指織布。

❸ 稼：播種莊稼。穡（ㄙㄜˋ）：收穫莊稼。

❹ 蜮山：山名。

❺ 蜮：據古人說是一種叫短狐的動物，外形像鱉，能含沙射人，被射中的人就會病死。

❻ 扜（ㄩ）：挽，引的意思。

❼ 域人：即域民。

❽ 楓木：古人說是楓香樹，葉子像白楊樹葉，散發著香氣。

❾ 桎梏：就是腳鐐手銬。神話傳說黃帝捉住蚩尤後，給他的手腳戴上了刑具，把蚩尤殺了後，就把刑具丟棄了，刑具化成了楓香樹。

❿ 齒：咬。

⓫ 幾（ㄐㄧ）：這裡指姓氏。

⓬ 嘉穀：優質的穀物。

⓭ 歹（ㄒㄧㄡˇ）塗之山：傳說中的山名。

⓮ 攻：從事某項事情的意思。這裡指砍伐林木。

⓯ 取藥：傳說藥樹的花與果實可用來製作長生不老藥。取藥

就是指採摘這種樹的花果。

⑯ 生：草木生長，這裡意為形成。

⑰ 昆吾：傳說是上古時的一個諸侯，名叫樊，號昆吾。

⑱ 驩（ㄏㄨㄢ）頭：也有讙頭、讙朱、丹朱等名稱。

⑲ 杖：憑倚。

⑳ 維：通「惟」。宜：烹調菜肴。芑苣：兩種蔬菜類植物。

㉑ 穋（ㄌㄨˋ）：一種穀類植物。

㉒ 岳山：即狄山。

㉓ 延維：即委蛇、委維。

㉔ 浴日：給太陽洗澡。

古文今解

　　有個國家叫載民國。帝舜的後代是無淫，無淫被貶在載這個地方居住，他的子孫後代就是巫載民。國民姓盼，吃五穀糧食，不需從事紡織，就有衣服穿；不需從事耕種，就有糧食吃。這裡有會唱歌跳舞的鳥，鸞鳥在這裡自在地歌唱，鳳鳥在這裡自在地舞蹈。還有各種各樣的野獸群居相處。這裡還是各種農作物彙聚的地方。

　　在大荒當中，有座融天山，海水從南面流進這座山。

　　有一位神人叫鑿齒，羿射死了祂。

　　有座山叫蜮山，在這裡有個蜮民國，國民姓桑，以黃米為主食，也會把射來的蜮吃掉。有人正在拉弓射黃蛇，他被稱為蜮人。有座山叫宋山，山中有一種紅色的蛇，名叫育蛇。山上還有一種樹，名叫楓木。楓木本來是蚩尤死後所丟棄的手銬腳鐐，這些刑具就化成了楓木。

有個神人，他有方形的牙齒、老虎的尾巴，名為祖狀尸。

有一個由身材矮小的人組成的國家，名為焦僥國，國民姓幾，吃的都是品質優良的穀米。

在大荒當中，有座岋塗山，青水最終流到這座山。還有座雲雨山，山上有一棵樹，名為欒。大禹在雲雨山裡砍伐樹木，發現紅色岩石上長出這棵欒樹，它有黃色的莖幹，紅色的枝條，青色的葉子，諸帝就到這裡來採藥。

有個國家名為伯服國，由顓頊的後代組成，國民以黃米為主食。有個鼬姓國。有座苕山。又有一座宗山。又有一座姓山。又有一座壑山。又有一座陳州山。又有一座東州山。還有座白水山，是白水的發源地，然後流下來彙聚成白淵，昆吾的軍隊在這個地方洗澡。

有個人名叫張宏，在海上捕魚。海裡的島上有個張宏國，國民以魚為食，能馴化四種野獸。

有一種人，長著鳥的嘴和翅膀，正在海上捕魚。在大荒當中，有個人名叫驩頭。鯀的妻子是士敬，士敬生個兒子叫炎融，炎融的後代是驩頭。驩頭長著人面鳥嘴，並且生有翅膀，吃海中的魚，用翅膀行走。也把芑、苣、穋、楊樹葉做成食物吃。因此就有了驩頭國。

帝堯、帝嚳、帝舜都葬埋在岳山。這裡有花斑貝、三足鳥、鷂鷹、老鷹、烏鴉、兩頭蛇、視肉、熊、羆、老虎、豹，還有朱木樹，枝幹是紅色的，花朵是青色的，果實是黑色的。有座申山。

在大荒當中，有座天臺山，海水從南邊流進這座山中。

在東南海之外，甘水之間，有個羲和國。這裡有個叫羲和的女子，正在甘淵中給太陽洗澡。羲和這個女子，是帝俊的妻子，她生了十個兒子，也就是所說的十個太陽。

有座山叫蓋猶山，山上生長著一種甘粗樹，枝條和莖幹都是紅的，葉子是黃的，花朵是白的，果實是黑的。在這座山的東邊還生長有甘華樹，枝條和莖幹都是紅色的，葉子是黃的。有青色馬。還有紅色的馬，它們的名字叫三騅。又有視肉。

有一種十分矮小的人，名叫菌人。

有一座山叫南窶山。這裡有遺玉、青色的馬、三騅馬、視肉、甘華樹。也是很多穀物生長的地方。

第十六章 大荒西經

　　《大荒西經》中既有關於現實的描述,也有不少神話傳說。經中介紹了西周的情況,以及周族的起源。神話方面,出現了傳說中的名山不周山,還有比較詳細的對西王母的描述。其中還有女媧之腸化為神的神話故事。經中介紹了方山上的柜格之松,是太陽下山的地方,這可以和前面太陽升起於扶桑樹的傳說相對應。

西北海之外，大荒之隅，有山
而不合，名曰不周❶，有兩黃
獸守之。有水曰寒暑之水❷。
水西有濕山，水東有幕山。有
禹攻共工國山❸。

女
媧

有國名曰淑士，顓頊之子。

有神十人，名曰女媧❹之腸，

化為神，處栗廣之野；橫❺道而處。

有人名曰石夷，西方曰夷，來風曰韋，處西北隅以司日月
之長短。

有五采之鳥，有冠，名曰狂鳥。

有大澤之長山。有白氏之國。

西北海之外，赤水之東，有長脛之國。

有西周之國，姬❻姓，食穀。有人方耕，名曰叔均。帝俊
生后稷❼，稷降以百穀❽。稷之弟曰台璽，生叔均❾。叔
均是代其父及稷播百穀，始作耕。有赤國妻氏。有雙山。

西海之外，大荒之中，有方山者，上有青樹，名曰柜格之松，
日月所出入也。

西北海之外，赤水之西，有天民之國，食穀，使四鳥。

有北狄之國。黃帝之孫曰始均，始均生北狄。

有芒山。有桂山。有榣山，其上有人，號曰太子長琴。顓頊生老童⑩，老童生祝融⑪，祝融生太子長琴，是處榣山，始作樂風。

有五采鳥三名：一曰皇鳥，一曰鸞鳥，一曰鳳鳥。

有蟲狀如菟⑫，胸以後者裸不見，青如猿狀⑬。

大荒之中，有山名曰豐沮玉門⑭，日月所入。

有靈山，巫咸、巫即、巫盼、巫彭、巫姑、巫真、巫禮、巫抵、巫謝、巫羅十巫，從此升降，百藥爰在。

有西王母之山、壑山、海山。有沃民之國，沃民是處。沃之野，鳳鳥之卵是食，甘露是飲。凡其所欲，其味盡存。爰有甘華、甘柤、白柳、視肉、三騅、璇瑰⑮、瑤碧、白木⑯、琅玕、白丹、青丹⑰，多銀、鐵。鸞鳥自歌，鳳鳥自舞，爰有百獸，相群是處，是謂沃之野。

① 不周：傳說中的不周山，共工曾怒撞此山。

② 寒暑之水：熱水和冷水交替湧出。

③ 禹攻共工國山：指禹殺共工之臣相柳的地方。

④ 女媧（ㄨㄚ）：傳說中的造人之神，上半身為人，下半身為蛇。

⑤ 橫：側，旁邊。

⑥ 姬（ㄐㄧ）：周王的姓氏。

⑦ 帝俊：這裡指帝嚳。傳說他的第二個妃子生下后稷。后稷：傳說中周朝王室的祖先，姓姬，號后稷，對種植莊稼很有研究，死後被奉為農神。

⑧ 降以百穀：把各種穀物帶到人間。

⑨ 叔均：前文曾說叔均是後稷的孫子，又說是帝舜的兒子，這裡又說是後稷之弟台璽的兒子，幾處說法有分歧。

⑩ 老童：即神人耆童。傳說帝顓頊娶於滕氏，生下老童。

⑪ 祝融：傳說是高辛氏火正，號稱祝融，死後為火神。

⑫ 蟲：古人把人和鳥獸等動物通稱為蟲，這裡指野獸。莵：通「兔」。

⑬ 狀：這裡指顏色的深淺達到某程度。

⑭ 豐沮（ㄐㄩ）玉門：山名。

⑮ 璇（ㄒㄩㄢˊ）瑰：美玉。

⑯ 白木：一種純白色的樹木。琅玕：圓潤如珠的美玉。

⑰ 白丹：一種可作白色染料的自然礦物。青丹：一種可作青色染料的自然礦物。

在西北海以外，大荒的一個角落，有座山斷裂合不攏，名叫不周山，有兩頭黃色的野獸守護著。有一條水流名叫寒暑水。寒暑水的西面有一座濕山，寒暑水的東面有一座幕山。還有一座大禹攻打共工時所在的山。

有個國家名叫淑士國，國民是帝顓頊的子孫後代。

有十個神人，名叫女媧腸，就是女媧的腸子變化成的神，在被稱作栗廣的原野上，他們攔斷道路而居。

有位神人名叫石夷，西方人都稱他為夷，從北方吹來的風稱作韋，祂的位置在大地的西北角，負責掌管太陽和月亮升起落下的時間長短。

有一種長著五彩羽毛的鳥，頭上有冠，名叫狂鳥。

有一座山叫大澤長山。有一個白氏國。

在西北海以外，赤水的東岸，有個長脛國。

有個西周國，國民姓姬，吃穀米。有個人正在耕田，名叫叔均。帝俊的後代是後稷，後稷把各種穀物的種子從天上帶到下界。後稷有一個弟弟叫台璽，台璽的後代是叔均。叔均於是代替父親和後稷收穫各種穀物，開始創造耕田的方法。有個赤國妻氏。有座雙山。

在西海以外，大荒當中，有一座方山，山上有棵青色大樹，名叫柜格松，是太陽和月亮出入的地方。

在西北海以外，赤水的西岸，有個天民國，國民吃穀米，能馴化四種野獸。

有個北狄國。黃帝的孫子名叫始均，始均的子孫後代，就是北狄國的人。

有座芒山。有座桂山。有座榣山，山上有一個人，號為太子長琴。顓頊的後代是老童，老童的後代是祝融，祝融的後代是太子長琴，太子長琴住在榣山上，創作樂曲，於是世間有了樂曲。

有三種長著彩色羽毛的鳥：一種叫凰鳥，一種叫鸞鳥，一種叫鳳鳥。

有一種野獸形似兔子，胸脯以下全露著卻又看不出來，這是因為牠的皮毛青得像猿猴，而把裸露的部分遮住了。

在大荒的當中，有座豐沮玉門山，是太陽和月亮降落的地方。

有座靈山，巫咸、巫即、巫盼、巫彭、巫姑、巫真、巫禮、巫抵、巫謝、巫羅等十個巫師，從這座山通往天上和下到世間，各種各樣的藥物都生長在這裡。

有西王母山、壑山、海山。有個沃民國，沃民便居住在這裡。生活在沃野的人，吃的是鳳鳥產的蛋，喝的是天降的甘露。凡是他們渴望的滋味，都能在鳳鳥蛋和甘露中嚐到。這裡還有甘華樹、甘租樹、白柳樹，視肉、三騅馬、璇玉瑰石、瑤玉、碧玉、白木樹、琅玕樹、白丹、青丹，並盛產銀、鐵。鸞鳥自由自在地歌唱，鳳鳥自由自在地舞蹈，還有各種野獸在這裡群居相處，所以稱為沃野。

有三青鳥，赤首黑目，一名曰大鵹❶，一名少鵹，一名曰青鳥。

有軒轅之臺❷，射者不敢西向射，畏軒轅之臺。

大荒之中，有龍山，日月所入。

有三澤❸水，名曰三淖，昆吾之所食也❹。

有人衣青，以袂❺蔽面，名曰女丑之尸❻。

有女子之國。

有桃山。有虻山❼。有桂山。有於土山。

有丈夫之國。

有弇州之山❽，五采之鳥仰天，名曰鳴鳥❾。爰有百樂歌儛之風。

有軒轅之國。江山❿之南棲為吉，不壽者乃八百歲。

西海陼⓫中，有神，人面鳥身，珥兩青蛇，踐兩赤蛇，名曰弇茲。

大荒之中，有山名曰月山，天樞⓬也。吳姖天門⓭，日月所

弇茲

入。有神，人面無臂，兩足反屬於頭上 ⓮，名曰噓。顓頊生老童，老童生重及黎 ⓯，帝令重獻 ⓰ 上天，令黎邛 ⓱ 下地。下地是生噎，處於西極，以行日月星辰之行次。

有人反臂，名曰天虞。

有女子方浴月。帝俊妻常義，生月十有二，此始浴之。

有玄丹之山。有五色之鳥，人面有發。

爰有青鴍、黃鷔，青鳥、黃鳥，其所集者其國亡。

有池，名孟翼之攻顓頊之池。

五色鳥

噓

屏蓬

大荒之中，有山名曰鏖鏖鉅⓳，日月所入者。

有獸，左右有首，名曰屏蓬。

有巫山者。有壑山者。有金門之山，有人名曰黃姬之尸。

有比翼之鳥。有白鳥，青翼，黃尾，玄喙。有赤犬，名曰
天犬，其所下者有兵。

西海之南，流沙之濱，赤水之後，黑水之前，有大山，名
曰昆侖之丘。有神，人面虎身，有文有尾，皆白⓳，處之。
其下有弱水⓴之淵環之，其外有炎火之山，投物輒然⓶。
有人戴勝⓷，虎齒，有豹尾，穴處，名曰西王母。此山萬
物盡有。

名詞注釋

❶ 大鵹（ㄌㄧˊ）：鳥名。傳說中為西王母取食的三青鳥之一。

❷ 軒轅之臺：即軒轅之丘，傳說中黃帝居住的地方。

❸ 澤：水聚集而成的窪地。這裡作動詞用，彙聚的意思。

❹ 昆吾：神話傳說中上古時的一個部落。食：食邑，帝王封給某人供應其食祿的地方。

❺ 袂（ㄇㄟˋ）：衣袖。

❻ 女丑之尸：上文說女丑尸是用右手遮臉，這裡說是用衣袖遮臉，兩處稍有分歧。

❼ 虻（ㄇㄤˊ）山：即前文所說的芒山。

❽ 夆（ㄧㄢˇ）州之山：傳說中的山名。

❾ 鳴鳥：鳳凰之類的鳥。

❿ 江山：這裡指江水和高山。

⓫ 陼：同「渚」。水中的小塊陸地。

⓬ 天樞（ㄕㄨ）：天的樞紐。

⓭ 吳姖（ㄐㄩˋ）天門：天門的名稱。

⓮ 屬：接連。

⓯ 重：神話傳說中掌管天上事物的官員南正。黎：神話傳說中管理地下人類的官員火正。

⓰ 獻：用手捧著東西給人。這裡是舉起的意思。

⓱ 卬：通「抑」，抑壓，向下按的意思。

⓲ 鏖鏊鉅（ㄠˊㄠˋㄐㄩˋ）：流水名。

⓳ 白：尾巴上點綴著白色斑點。

⓴ 弱水：傳說中羽毛都浮不起的水。

㉑ 爇（ㄓㄜˋ）：就。然，同「燃」，燃燒的意思。

㉒ 勝：古時婦女的首飾。

有三隻青色鳥，有紅色的腦袋和黑色的眼睛，一隻叫做大鵹，一隻叫做少鵹，一隻叫做青鳥。

有座軒轅臺，射箭的人都不敢向西射，因為敬畏軒轅臺上黃帝的威靈。

大荒當中，有一座龍山，是太陽和月亮降落的地方。

有三個彙聚在一起的大水地，名叫三淖，是昆吾族人覓食的地方。

有個人穿著青色衣服，用袖子遮住臉面，名叫女丑尸。

有個女子國。

有座桃山。有座虻山。有座桂山。還有座於土山。

有個丈夫國。

有座弇州山，山上有一種五彩羽毛的鳥，仰頭向天，名為鳴鳥。因而這裡有各種各樣樂曲和歌舞風行。

有個軒轅國。國民以居住在江河山嶺的南邊為吉利，壽命不長的人也可以活到八百歲。

在西海島嶼上，有一個神人，人面鳥身，耳朵上掛著兩條青蛇，腳下踏著兩條紅蛇，名為弇茲。

大荒當中，有一座日月山，這裡是天的樞紐。這座山的主峰叫吳姖天門山，這裡是太陽和月亮降落的地方。有一個神人，似人但沒有臂膀，兩隻腳反著連在頭上，名為噓。帝顓頊的後代是老童，老童的後代是重和黎，帝顓頊命令重托著天用力往上舉，又命令黎撐著地用力往下壓。於是黎來到

地下，有了後代嘍，他就位於大地的最西端，掌管著太陽、月亮和星辰運行的先後次序。

有個神人的臂膀反著生長，名叫天虞。

有個女子正在替月亮洗澡。帝俊有一位妻子名字叫常羲，生下十二個月亮後，從此開始替月亮洗澡。

有座玄丹山。山上有一種五彩羽毛的鳥，有人的面孔及頭髮。這裡還有青鴍、黃鰲，這種青鳥、黃鳥，牠們只要在哪個國家聚集棲息，那個國家就會滅亡。

有個水池，名叫孟翼攻顓頊池。

大荒當中，有一座鏖鏊鉅山，這裡是太陽和月亮降落的地方。

有一種野獸，左邊和右邊各有一個頭，名叫屏蓬。

有一座巫山。有一墾山。還有座金門山，山上有個人，名叫黃姖尸。有比翼鳥。有一種白鳥，長著青色的翅膀，黃色的尾巴，黑色的鳥喙。有一種紅色的狗，名叫天犬，牠出現的地方都會發生戰爭。

在西海的南面，流沙的邊緣，赤水的後面，黑水的前面，屹立著一座大山，那就是昆侖山。有一個神人，人面虎身，尾巴上有花紋和白色斑點，住在這座昆侖山上。昆侖山下有弱水彙聚而成的深淵環繞著牠，深淵外有座炎火山，投進的東西都會燃燒起來。有一個人頭戴玉製首飾，滿口虎牙，有條豹尾，居住在洞穴中，名叫西王母。這座山擁有世上的所有東西。

大荒之中，有山名曰常陽之山，日月所入。

有寒荒之國。有二人女祭、女薎。

有壽麻之國。南岳娶州山女，名曰女虔。女虔生季格，季格生壽麻。壽麻正立無景❶，疾呼無響。爰有大暑，不可以往。

有人無首，操戈盾立，名曰夏耕之尸。故成湯伐夏桀❷於章山，克之，斬耕厥❸前。耕既立，無首，走厥咎❹，乃降於巫山。

有人名曰吳回❺，奇❻左，是無右臂。

有蓋山之國。有樹，赤皮支❼幹，青葉，名曰朱木。

有一臂民。

大荒之中，有山，名曰大荒之山，日月所入。有人焉三面，是顓頊之子，三面一臂，三面之人不死。是謂大荒之野。

西南海之外，赤水之南，流沙之西，有人珥兩青蛇，乘兩龍，名曰夏后開❽。開上三嬪於天❾，得《九辯》與《九歌》以下❿。此天穆之野，高二千仞，開焉得始歌《九招》。

有氏人之國。炎帝⓫之孫名曰靈恝，靈恝生氏人，是能上下於天。

有魚偏枯，名曰魚婦，顓頊死即復蘇。風道 ⓬ 北來，天乃大水泉，蛇乃化為魚，是為 ⓭ 魚婦。顓頊死即復蘇。

有青鳥，身黃，赤足，六首，名曰鸀鳥 ⓮。

有大巫山。有金之山。西南，大荒之隅，有偏句、常羊之山。

❶ 景（一ㄥˇ）：同「影」。

❷ 成湯：商湯王，商朝的開國君主。夏桀：夏桀王，夏朝的最後一位君主。

❸ 厥（ㄐㄩㄝˊ）：這裡代指成湯。

❹ 走厥咎：走，這裡是逃避的意思。厥：這裡代指夏耕尸。咎：罪責。

❺ 吳回：即火神祝融。

❻ 奇：單數。

❼ 支：通「枝」。

❽ 夏后開：即夏后啟。漢朝人為避漢景帝劉啟的名諱，把「啟」改為「開」。

❾ 嬪（ㄅㄧㄣ）：嬪、賓在古文中通用。這裡意為做客。

❿ 《九辯》、《九歌》：樂曲名。

⓫ 炎帝：傳說中的神農氏，因為以火德為王，所以號稱炎帝。

⓬ 道：從，由。

⓭ 為：謂，以為。

⓮ 鸀（ㄓㄨˊ）鳥：鳥名。

大荒中有座常陽山，這裡是太陽和月亮降落的地方。

有個寒荒國。這裡有兩位神人，分別叫女祭、女薎。

有個國家叫壽麻國。南岳娶了州山的女子為妻，她的名字叫女虔。女虔的後代是季格，季格的後代是壽麻。壽麻站在太陽下卻不見任何影子，高聲疾呼但四面八方沒有任何迴響。這裡非常的炎熱，人不適合前往。

有個人沒有腦袋，手拿一把戈和一面盾牌站立著，名為夏耕尸。從前在章山，成湯討伐夏桀，把夏桀打敗了，在他的面前斬殺夏耕尸。夏耕尸站立起來後，發覺沒了腦袋，為逃避他的罪咎，於是逃竄到巫山去了。

有個人名叫吳回，他只剩下左臂，而沒有了右臂。

有個蓋山國。這裡有一種樹木，樹皮、樹枝、樹幹都是紅色的，葉子是青色的，名為朱木。

有一種只長一條臂膀的一臂民。

大荒當中，有一座大荒山，是太陽和月亮降落的地方。這裡有一種人的頭的前面、左邊和右邊各長著一張面孔，他們是顓頊的子孫後代，有三張面孔但只有一隻胳膊，這種三張面孔的人永遠不會死。這裡就是所謂的大荒野。

在西南海以外，赤水的南岸，流沙的西面，有個人耳朵上掛著兩條青蛇，駕著兩條龍，名為夏后啟。夏后啟曾三次到天帝那裡去做客，得到了天帝的樂曲《九辯》和《九歌》而下到人間。這裡就是所謂的天穆野，高達二千仞，夏后啟

在此開始演奏《九招》樂曲。

有個氐人國。炎帝的孫子名叫靈恝，靈恝的後代是氐人，國民能乘雲駕霧上天下地。

有一種魚，牠的身體半邊是乾枯的，名為魚婦，是帝顓頊死而復甦變化而成的。風從北方吹過來，大水如泉源源湧出，蛇於是就變化為魚，這便是所謂的魚婦。顓頊就是這樣死而復生的。

有一種青鳥，有著黃色的身體，紅色的爪子，有六個頭，名叫鸀鳥。

有座大巫山。又有一座金山。在西南方，大荒的一個角落，有偏句山、常羊山。

第十七章

大荒北經

　　《大荒北經》的內容主要為神話傳說，其中比較多
的內容在之前的篇章中已經出現過。本經的主要內容
是黃帝和蚩尤的涿鹿之戰，這場戰爭在中華民族的傳
說中有很重要的地位。另外，這裡還有一些與古代氏
族血統相關的內容。

東北海之外，大荒之中，河水之間，附禺之山 ❶，帝顓頊與九嬪葬焉。爰有鴟久、文貝、離俞 ❷、鸞鳥、皇鳥、大物、小物 ❸。有青鳥、琅鳥、玄鳥、黃鳥、虎、豹、熊、羆、黃蛇、視肉、璿瑰 ❹、瑤碧，皆出於山。衛丘方員三百里，丘南帝俊竹林在焉，大可為舟。竹南有赤澤水，名曰封 ❺ 淵。有三桑無枝，皆高百仞。丘西有沈淵，顓頊所浴。

有胡不與之國，烈姓，黍食。

大荒之中，有山名曰不咸。有肅慎氏之國。有蜚蛭 ❻，四翼。有蟲 ❼，獸首蛇身，名曰琴蟲。

有人名曰大人。有大人之國，釐 ❽ 姓，黍食。有大青蛇，黃頭，食麈。有榆山。有鯀攻程州之山。

大荒之中，有山名曰衡天。有先民之山。有槃 ❾ 木千里。

有叔歜國 ❿，顓頊之子，黍食，使四鳥：虎、豹、熊、羆。

有黑蟲如熊狀，名曰猎猎 ⓫。

有北齊之國，姜姓，使虎、豹、熊、羆。

大荒之中，有山名曰先檻大逢之山，河濟所入，海北注焉。

其西有山，名曰禹所積石。

有陽山者。有順山者，順水出焉。有始州之國，有丹山。

有大澤方千里，群鳥所解。

有毛民之國，依姓，食黍，使四鳥。禹生均國，均國生役采，役采生修鞈，修鞈殺綽人。帝念之，潛為之國，是此毛民。

有儋耳之國 ⑫，任姓，禺號子，食穀。北海之渚中，有神，人面鳥身，珥兩青蛇，踐兩赤蛇，名曰禺強。

大荒之中，有山名曰北極天柜，海水北注焉。有神，九首人面鳥身，名曰九鳳。又有神，銜蛇操蛇，其狀虎首人身，四蹄長肘，名曰強良。

強良

大荒之中，有山名曰成都載天。有人珥兩黃蛇，把兩黃蛇，名曰夸父。后土生信 ⑬，信生夸父。夸父不量力，欲追日景 ⑭，逮 ⑮ 之於禺谷。將飲河而不足也，將走大澤，未至，死於此。應龍已殺蚩尤，又殺夸父 ⑯，乃去南方處之，故南方多雨。又有無腸國，是任姓，無繼子 ⑰，食魚。

共工臣名曰相繇 ⑱，九首蛇身，自環，食於九山。其所歍所尼，即為源澤，不辛乃苦，百獸莫能處。禹湮 ⑲ 洪水，殺相繇，其血腥臭，不可生穀；其地多水，不可居也。禹

湮之，三仞三沮 ⓩ，乃以為池，群帝因是以為臺。在昆侖
之北。

名詞注釋

❶ 附禺之山：即務禺山、鮒魚山。附、務、鮒三個字在古代
　是通用的。
❷ 離俞：離朱。
❸ 大物、小物：殉葬的大小用具物品。
❹ 琅鳥：白鳥。琅：潔白。玄鳥：燕子的別稱。璿：美玉。
❺ 封：大。
❻ 蜚（ㄈㄟˇ）：通「飛」。蛭（ㄓˋ）：環節動物，有很多種，
　如水蛭、魚蛭等。
❼ 蟲：這裡指蛇。
❽ 鼇（ㄒㄧ）：同「傄」。
❾ 槃（ㄆㄢˊ）：通「盤」，彎曲盤旋的意思。
❿ 叔歜（ㄔㄨˋ）：國名。
⓫ 猎猎（ㄒㄧˋ）：古代傳說中的獸名。
⓬ 儋（ㄉㄢ）耳之國：國名。儋耳：意為耳朵下垂。
⓭ 後土：傳說是共工的兒子句龍。
⓮ 日景（ㄧㄥˇ）：太陽。景，通「影」。
⓯ 逮：到，及。
⓰ 又殺夸父：先說夸父因追太陽而死，後又說夸父被應龍殺
　死，兩處說法有矛盾。
⓱ 無繼子：即無啟國。
⓲ 相繇（ㄧㄠˊ）：即相柳。
⓳ 湮：阻塞。
⓴ 三：表示多數。仞：充滿。沮：敗壞，這裡指陷落。

在東北海以外，大荒之中，黃河水經過的地方，有一座山叫附禺山，帝顓頊與他的九個妃嬪都葬在這座山。這裡有鷁鷹、花斑貝、離朱鳥、鸞鳥、鳳鳥、大物、小物。還有青鳥、琅鳥、燕子、黃鳥、老虎、豹、熊、羆、黃蛇、視肉、璇玉、瑰石、瑤玉、碧玉，都出產於這座山。衛丘方圓三百里，衛丘的南面有帝俊的竹林，竹子大得可以做成船。竹林的南面有紅色的湖水，名叫封淵。這裡有三棵不生長枝條的桑樹，都高達百仞。衛丘的西面有個沈淵，是帝顓頊洗澡的地方。

有個胡不與國，國民姓烈，以黃米為主食。

大荒當中，有座不咸山。有個肅慎氏國。有一種會飛的蛭，長著四隻翅膀。有一種蛇，長著野獸的腦袋和蛇的身體，名叫琴蟲。

有一種人，名叫大人。有個大人國，國民姓釐，以黃米為主食。有一種大青蛇，牠有黃色的腦袋，能吞食大鹿。

有座榆山。有座鯀攻程州山。

大荒當中，有座衡天山。有座先民山。有棵盤旋彎曲一千里的大樹。

有個叔歜國，國民都是顓頊的子孫後代，以黃米為主食，能馴化四種野獸：老虎、豹、熊和羆。有一種相貌似熊的黑獸，名叫猎猎。

有個北齊國，國民都姓姜，能馴化驅使老虎、豹、熊和羆。

大荒當中，有座先檻大逢山，是黃河水和濟水流入的地方，海水從北面灌注到這裡。它的西邊也有座山，名叫禹所積石山。

有座陽山。有座順山，為順水的發源地。有個始州國，國中有座丹山。

有一大澤方圓千里，是各種禽鳥脫去舊羽毛再生新羽毛的地方。

有個毛民國，國民姓依，以黃米為主食，能馴化驅使四種野獸。大禹的後代是均國，均國的後代是役采，役采的後代是修鞈，修鞈殺了綽人。大禹哀念綽人被殺，暗地裡幫綽人的子孫後代建立了國家，便是毛民國。

有個儋耳國，國民姓任，是神人禺號的子孫後代，以穀米為主食。在北海的島嶼上，有一個神人，人面鳥身，耳朵上穿掛著兩條青蛇，腳底下踩著兩條紅蛇，名叫禺強。

大荒當中，有座北極天柜山，海水從北面灌注到這裡。有一個神人，長著九個腦袋、人的面孔和鳥的身體，名叫九鳳。又有一個神人，嘴裡銜著蛇，手中握著蛇，牠的形貌是老虎的腦袋和人的身體，有四隻蹄子和長長的臂肘，名叫強良。

大荒當中，有一座成都載天山。有一個人的耳上穿掛著兩條黃蛇，手上握著兩條黃蛇，名叫夸父。后土的後代是信，信的後代是夸父。而夸父不自量力，想追上太陽的光影，就一直追到禹谷。夸父喝了黃河水還不能解渴，就想跑到北方

去喝大澤的水，還未到達大澤，便渴死在這裡了。應龍在殺了蚩尤之後，又殺了夸父，就去南方居住，所以南方雨水豐沛。

有個無腸國，國民姓任。他們是無繼國人的子孫後代，以魚為主食。

共工有一位臣子，名叫相繇，有九個頭和蛇的身體，盤繞成一團，貪婪地霸佔九座神山索取食物。他所噴吐停留過的地方都變成大沼澤，充斥辛辣或苦味，百獸無法居住。大禹堵塞了洪水，殺死了相繇，而相繇的血又腥又臭，使穀物無法生長；此處又水澇成災，無法居住。大禹屢次填塞屢次塌陷，於是把它挖成大池子，諸帝就利用挖出的泥土建造了高臺。高臺位於昆侖山的北面。

有岳之山，尋竹生焉。

大荒之中，有山名不句，海水北入焉。

有系昆之山者，有共工之台，射者不敢北鄉❶。有人衣青衣❷，名曰黃帝女魃❸。蚩尤作兵❹伐黃帝，黃帝乃令應龍攻之冀州之野。應龍畜水，蚩尤請風伯雨師❺，縱大風雨。黃帝乃下天女曰魃，雨止，遂殺蚩尤。魃不得復上，所居不雨。叔均言之帝，後置之赤水之北。叔均乃為田祖❻。魃時亡之，所欲逐之者，令曰：「神北行❼！」先除水道，決通溝瀆❽。

有人方食魚，名曰深目民之國，昐姓，食魚。

有鐘山者。有女子衣青衣，名曰赤水女子魃❾。

大荒之中，有山名曰融父山，順水入焉。有人名曰犬戎。黃帝生苗龍，苗龍生融吾，融吾生弄明，弄明生白犬，白犬有牝牡，是為犬戎，肉食。有赤獸，馬狀無首，名曰戎宣王尸❿。

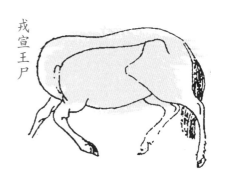

戎宣王尸

有山名曰齊州之山、君山、鵹山⓫、鮮野山、魚山。

有人一目 ⑫，當面中生。一曰是威姓，少昊之子，食黍。

有無繼民，無繼民任姓，無骨 ⑬ 子，食氣 ⑭、魚。

西北海外，流沙之東，有國曰中輶 ⑮，顓頊之子，食黍。

有國名曰賴丘。有犬戎國。有人，人面獸身，名曰犬戎。

西北海外，黑水之北，有人有翼，名
曰苗民。顓頊生驩頭，驩頭生苗民，
苗民釐姓，食肉。有山名曰章山。

大荒之中，有衡石山、九陰山、灰野
之山，上有赤樹，青葉赤華，名曰若
木。

苗民

有牛黎之國。有人無骨，儋耳之子。

西北海之外，赤水之北，有章尾山。有神，人面蛇身而赤，
直目正乘 ⑯，其瞑乃晦，其視乃明，不食不寢不息，風雨
是謁 ⑰。是燭九陰 ⑱，是謂燭龍。

❶ 鄉（ㄒㄧㄤˋ）：通「向」。方向。

❷ 衣：穿。這裡是動詞。

❸ 女魃（ㄅㄚˊ）：相傳是禿頭的女神，她居住的地方從不下雨。

❹ 兵：這裡指兵器、武器。

❺ 風伯：神話傳說中的風神。雨師：神話傳說中的雨神。

❻ 田祖：主管田地之神。

❼ 北行：回到赤水之北。

❽ 瀆（ㄉㄨˊ）：小溝渠。

❾ 赤水女子魃：被黃帝安置在赤水之北的女魃。

❿ 戎宣王尸：傳說是犬戎族人奉祀的神。

⓫ 鬵（ㄒㄧㄣˊ）山：山名。

⓬ 有人一目：這裡指一目國的國民。

⓭ 無骨：部落的名稱。

⓮ 食氣：中國古代的一種養生術。

⓯ 中輻（ㄅㄧㄢˇ）：國名。

⓰ 乘：據學者研究，「乘」可能是「朕」字的假借。朕：縫隙的意思。

⓱ 謁：據學者研究，「謁」是「噎」的假借。噎：吞食、吞咽。

⓲ 九陰：陰暗之地。

有座岳山，一種高大的竹子生長在這座山上。

大荒當中，有座山不句山，海水從北面灌注到這裡。

有一座山名叫系昆山，上面有共工臺，射箭的人因敬畏共工的威靈而不敢朝北方拉弓射箭。有一個人穿著青色的衣服，名叫黃帝女魃。蚩尤製造了多種兵器攻擊黃帝，黃帝便讓應龍到冀州的原野攻打蚩尤。應龍積存了許多的水，而蚩尤請來風伯和雨師，刮起一場大風雨。黃帝就派名叫魃的天女助戰，雨被止住，蚩尤被殺死。女魃因神力耗盡了而無法回到天上，她居住的地方沒有一點雨水。叔均將此事稟報給黃帝，後來黃帝就把女魃安置在赤水的北面。叔均便做了田神。女魃經常逃亡，人們想驅逐她，便禱告說：「神啊，請往北去吧！」並且事先清除水道，疏通大小溝渠。

有一群人正在吃魚，名叫深目民國，國民姓盼，以魚類為主食。

有一座山名叫鐘山。有個穿青色衣服的女子，名叫赤水女子魃。

大荒當中，有座融父山，順水流入這座山。有一個人，名叫犬戎。黃帝的後代是苗龍，苗龍的後代是融吾，融吾的後代是弄明，弄明的後代是白犬，這白犬有雌雄之別而自相配偶，便生成犬戎族人，以肉類為主食。有一種紅色的野獸，形似馬，沒有腦袋，名叫戎宣王尸。

有幾座山分別叫做齊州山、君山、鸞山、鮮野山、魚山。

有一種人只有一隻眼睛，這隻眼睛正長在臉的中間。有一種說法認為他們姓威，是少昊的子孫後代，以黃米為主食。

有一種人叫做無繼民，國民姓任，是無骨民的子孫後代，以空氣和魚類為食。

在西北方的海外，流沙的東面，有個國家叫中輻國，國民是顓頊的子孫後代，以黃米為主食。

有個賴丘國。還有個犬戎國。有一種人，人面獸身，名叫犬戎。

在西北方的海外，黑水的北岸，有一種人長著翅膀，名叫苗民。顓頊的後代是驩頭，驩頭的後代是苗民，苗民人姓釐，以肉類為主食。還有一座章山。

大荒當中，有衡石山，九陰山、灰野山，山上有一種紅色的樹木，長著青色的葉子和紅色的花朵，名叫若木。

有個牛黎國。國民身上沒有骨頭，是僬耳國人的子孫後代。

在西北方的海外，赤水的北岸，有一座山名叫章尾山。山裡有一個神人，人面蛇身，渾身通紅，身體長達一千里，豎立的眼睛在臉的正中合成一條縫，閉上眼的時候就是黑夜、睜開眼的時候就是白晝，不吃飯、不睡覺、不呼吸，以風雨為食。可以照耀陰暗的地方，所以被稱作燭龍。

第十八章

海內經

　　《海內經》在這十八章中最為雜亂。地域也最廣泛，剛開始就記述了朝鮮，又介紹了天毒，天毒據史書記載就是印度，這兩個地方是比較遠的，這說明記述的位置比較隨便。還介紹了海內其他地方的地理、物產和部落。《海內經》中也出現了一些關於中華文明起源的神話，比如說帝俊有八子，創造了歌舞；帝俊生晏龍，晏龍發明了琴瑟等。

東海之內，北海之隅，有國名曰朝鮮
❶。天毒❷，其人水居，偎❸人愛之。

西海之內，流沙之中，有國名曰壑市。

西海之內，流沙之西，有國名曰氾葉。

流沙之西，有鳥山者，三水出焉。爰
有黃金、璿瑰、丹貨❹、銀鐵，皆流❺
於此中。又有淮山，好水出焉。

流沙之東，黑水之西，有朝雲之國、司
彘之國。黃帝妻雷祖❻，生昌意。昌意
降處若水，生韓流❼。韓流擢❽首、謹耳❾、人面、豕喙、
麟身、渠股❿、豚止⓫，取⓬淖子曰阿女，生帝顓頊。

流沙之東，黑水之間，有山名不死之山。

華山青水之東，有山名曰肇山。有人名曰柏高⓭，柏子高
上下於此，至於天。

西南黑水之間，有都廣之野，后稷葬焉。爰有膏菽、膏稻、
膏黍、膏稷⓮，百穀自生，冬夏播琴⓯。鸞鳥自歌，鳳鳥
自儛，靈壽⓰實華，草木所聚。爰有百獸，相群爰處。此
草也，冬夏不死。

南海之內，黑水青水之間，有木名曰若木，若水出焉。

有禺中之國。有列襄之國。有靈山，有赤蛇在木上，名曰
蠕蛇 ❶，木食。

有鹽長之國。有人焉鳥首，名曰鳥氏。

有九丘，以水絡之，名曰陶唐之丘、叔得之丘、孟盈之丘、
昆吾之丘、黑白之丘、赤望之丘、參衛之丘、武夫之丘、
神民之丘。有木，青葉紫莖，玄華黃實，名曰建木，百仞
無枝，上有九欘 ❶，下有九枸 ❶，其實如麻，其葉如芒。
大皞 ❷ 之爰過，黃帝所為。

名詞注釋

❶ 朝鮮：為現今的朝鮮半島上的朝鮮和韓國。

❷ 天毒：按古人說法，天毒就是天竺國，即現在的印度，但
　　方位與此所述不符。

❸ 偎：憐憫。

❹ 丹貨：丹砂之屬。

❺ 流：淌出。這裡是出產、產生的意思。

❻ 雷祖：就是嫘祖，相傳是教人們養蠶的始祖。

❼ 韓流：傳說中的人名，長相奇特。

❽ 擢（ㄓㄨㄛˊ）：引拔的意思。這裡指物體因吊拉變成長條形。

❾ 謹耳：小耳。謹：細小。

❿ 渠股：為現今所說的○型腿。

第十八章｜海內經　　387

⑪ 止：通「趾」，這裡指豬蹄。

⑫ 取：通「娶」。

⑬ 柏高：柏子高，這裡指傳說中的仙人。

⑭ 膏：這裡是味道美好而光滑如膏的意思。菽：豆類植物的總稱。稷：穀子。

⑮ 播琴：即播種。這是古時楚地人的方言。

⑯ 靈壽：即椐樹。

⑰ 蠕（ㄖㄨˊ）蛇：蛇的名稱。

⑱ 橚（ㄓㄨˋ）：樹枝彎曲的意思。

⑲ 枸（ㄍㄡ）：樹根盤錯。

⑳ 大皞（ㄊㄞˋ ㄏㄠˋ）：又叫太昊、太皓，即伏羲氏，傳說中的上古帝王。

古文今解

　　在東海之內，北海的一個角落，有個國家名叫朝鮮。還有一個國家名叫天毒，天毒國的國民傍水而居，對人滿是憐憫和慈愛。

　　在西海以內，流沙的中央，有個國家名叫壑市國。

　　在西海以內，流沙的西邊，有個國家名叫氾葉國。

　　流沙西面，有一座山名叫鳥山，是三條河流的共同發源地。這裡所有的黃金、璿玉、瑰石、丹貨、銀、鐵，全都產於這三條水中。又有一座山名叫淮山，是好水的發源地。

　　在流沙的東面，黑水的西岸，有朝雲國、司彘國。黃帝的妻子雷祖，生下了昌意。昌意從天上降到若水居住，生下韓流。韓流長著長長的腦袋、小小的耳朵、人臉、豬嘴、麒

麟的身體、O型腿、豬蹄，娶淖子族人中一個叫阿女的為妻，生下了帝顓頊。

在流沙的東面，黑水流經的地方，有座不死山。

在華山、青水的東面，有座肇山。山上有個仙人，名叫柏子高，柏子高從這裡上天下地，到達天界。

在西南方黑水經過的地方，有一個地方叫都廣野，后稷就埋葬在這裡。這裡生長著膏菽、膏稻、膏黍、膏稷，各種穀物自然成長，不管是冬天還是夏天都能播種。鸞鳥自由自在地歌唱，鳳鳥自由自在地舞蹈，靈壽樹開花結果，叢草樹林茂盛。這裡還有各種各樣的禽鳥野獸群居相處。這個地方生長的草，不管寒冬還是炎夏都不會枯死。

在南海以內，黑水、青水流過的地方，有一種樹木，名叫若木，而若水就發源於若木生長的地底下。

有個禺中國。又有個列襄國。有座山名叫靈山，山中的樹上有一種紅色的蛇，叫做蠕蛇，以樹木為食。

有個鹽長國。國民長著鳥一樣的腦袋，被稱作鳥民。

有九座山丘都被水環繞著，分別是陶唐丘、叔得丘、孟盈丘、昆吾丘、黑白丘、赤望丘、參衛丘、武夫丘、神民丘。有一種樹木，有青色的葉子，紫色的莖幹，黑色的花朵，黃色的果實，名為建木，高達一百仞的樹幹上沒有枝條，樹頂上有九根彎蜒曲折的椏枝，樹底下有九條盤旋交錯的根節，它的果實像麻子，葉子像芒樹葉。大皞憑藉建木登天，建木是黃帝所栽培的。

有窫窳，龍首，是食人。有青獸，人面，名曰猩猩。

西南有巴國。大皞生咸鳥，咸鳥生乘釐，乘釐生後照，後照是始為巴人。

有國名曰流黃辛氏，其域中方三百里，其出是塵。有巴遂山，澠水出焉。

又有朱卷之國。有黑蛇，青首，食象。

南方有贛巨人❶，人面長唇，黑身有毛，反踵，見人則笑，唇蔽其面，因即逃也。

又有黑人，虎首鳥足，兩手持蛇，方啖之❷。

有嬴民❸，鳥足。有封豕。

有人曰苗民。有神焉，人首蛇身，長如轅❹，左右有首，衣紫衣❺，冠旃❻冠，名曰延維❼，人主得而饗食之❽，伯❾天下。

延維

有鸞鳥自歌，鳳鳥自舞。鳳鳥首文曰德，翼文曰順，膺文曰仁，背文曰義，見則天下和。

又有青獸如菟❿，名曰菌狗。有

翠鳥❶。有孔鳥❷。

南海之內，有衡山，有菌山，有桂山。有山名三天子之都。

南方蒼梧之丘，蒼梧之淵，其中有九嶷山❸，舜之所葬。
在長沙零陵界中。

北海之內，有蛇山者，蛇水出焉，東入於海。有五采之鳥，
飛蔽一鄉，名曰翳鳥❹。又有不距之山，巧倕❺葬其西。

北海之內，有反縛盜械、帶戈❻常倍之佐，名曰相顧之
尸❼。

伯夷父❽生西岳，西岳生先龍，先龍是始生氐羌，氐羌乞
姓。

北海之內，有山，名曰幽都之山，黑水出焉。其上有玄鳥、
玄蛇、玄豹、玄虎、玄狐蓬❾尾。有大玄之山。有玄丘之
民❿。有大幽之國。有赤脛之民❶。

有釘靈之國，其民從䣛❷以下有毛，馬蹄善走❸。

1. 贛（《ㄢˋ）巨人：傳說中的一種怪人。

2. 啖（ㄉㄢˋ）：吃，嚼的意思。

3. 嬴（一ㄥˊ）：古代的姓氏。

4. 輈：車前用來套駕牲畜的兩根直木，左右各一。

5. 衣紫衣：前一個「衣」是動詞，穿的意思。後一個「衣」是名詞，指衣服。

6. 旃（ㄓㄢ）：純紅色的旗子。這裡只表示紅色。

7. 延維：即委蛇，也指雙頭蛇。

8. 主：君主，一國之主。饗（ㄒㄧㄤˇ）：祭獻。

9. 伯（ㄅㄚˋ）：通「霸」。

10. 菟：通「兔」。

11. 翠鳥：翡翠鳥，樣子像燕子。

12. 孔鳥：即孔雀鳥。

13. 九嶷（一ˊ）山：山名。

14. 翳（一ˋ）鳥：傳說是鳳凰之類的鳥。

15. 巧倕（ㄔㄨㄟˊ）：相傳是堯帝時期一位靈巧的工匠。

16. 戈：古代的一種兵器。

17. 相顧之尸：即貳負之臣一類的人。

18. 伯夷父：相傳是帝顓頊的師傅。

19. 蓬：散亂。

20. 玄丘之民：傳說中生活在丘上的人皮膚都是黑的。

21. 赤脛之民：傳說中膝蓋以下的腿部全為紅色的一種人。

22. 卻：同「膝」。

23. 走：跑的意思。

有一種叫窫窳的野獸，長著龍的腦袋，會吃人。還有一種青色的野獸，有人的臉，名叫猩猩。

西南方有個巴國。太皞的後代是咸鳥，咸鳥的後代是乘釐，乘釐的後代是後照，而後照就是巴國人的始祖。

有個國家名叫流黃辛氏國，疆域有方圓三百里，只生長著一種大鹿。還有一座巴遂山，是澠水的發源地。

又有個朱卷國。這裡有一種黑色的大蛇，長著青色腦袋，能吞食大象。

南方有一種贛巨人，有人臉和長長的嘴唇，黝黑的皮膚上長滿了毛，腳尖朝後、腳跟朝前反著長，一見人就笑，只要一笑嘴唇便會遮住他的臉，人就可趁機逃走。

還有一種黑人，有老虎的腦袋和禽鳥的爪子，兩隻手握著蛇，正在吞食牠。

有一種人稱作嬴民，有禽鳥的爪子。還有大野豬。

有一種人稱作苗民。這地方有一位神，有人的腦袋和蛇的身體，身軀像長長的車轅，左邊右邊各長著一個腦袋，穿紫色衣服，戴紅色帽子，名叫延維，君主得到牠後，對牠奉饗祭祀，便可稱霸天下。

有鸞鳥自由自在地歌唱，有鳳鳥自由自在地舞蹈。鳳鳥頭上的花紋是德字，翅膀上的花紋是順字，胸脯上的花紋是仁字，脊背上的花紋是義字，牠一出現就代表天下和平。

有一種像兔子的青色野獸，名叫崑狗。又有翡翠鳥。還

有孔雀鳥。

在南海以內，有座衡山，又有座菌山，還有座桂山。還有座三天子都山。

南方有一片山丘叫蒼梧丘，還有一個深淵叫蒼梧淵，在蒼梧丘和蒼梧淵的中間有一座山名叫九嶷山，帝舜就葬埋在這裡。九嶷山位於長沙零陵境內。

在北海之內，有一座山名叫蛇山，是蛇水的發源地，向東流入大海。有一種長著五彩羽毛的鳥，成群飛起的時候遮蔽了一鄉的上空，名叫翳鳥。還有座不距山，巧倕便葬在不距山的西面。

在北海以內，有一個被戴著刑具反綁的臣子，帶著戈而圖謀叛逆，名叫相顧尸。

伯夷父的後代是西岳，西岳的後代是先龍，先龍的後代子孫就是氐羌，氐羌人姓乞。

北海以內，有一座幽都山，是黑水的發源地。山上有黑鳥、黑蛇、黑豹、黑老虎，還有尾巴蓬鬆的黑色狐狸。有座大玄山。有一種玄丘民。還有個大幽國。有一種赤脛民。

有個釘靈國，國民從膝蓋以下的腿部都有毛，長著馬蹄而善於快跑。

炎帝之孫伯陵❶，伯陵同吳權之妻阿女緣婦❷，緣婦孕三年，是生鼓、延、殳❸。殳始為侯❹，鼓、延是始為鐘❺，為樂風。黃帝生駱明，駱明生白馬，白馬是為鯀❻。

帝俊❼生禺號，禺號生淫梁❽，淫梁生番禺，是始為舟。番禺生奚仲，奚仲生吉光，吉光是始以木為車。

少暐生般❾，般是始為弓矢。

帝俊賜羿彤弓素矰❿，以扶下國，羿是始去恤下地之百艱。

帝俊⓫生晏龍，晏龍是始為琴瑟。

帝俊有子八人，是始為歌舞。帝俊⓬生三身，三身生義均⓭，義均是始為巧倕，是始作下民百巧。後稷是播百穀。稷之孫曰叔均⓮，始作牛耕。大比赤陰⓯，是始為國。禹、鯀是始布土⓰，均定九州⓱。

炎帝之妻，赤水之子聽訞⓲生炎居，炎居生節並，節並生戲器，戲器生祝融。祝融降處於江水，生共工。共工生術器，術器首方顛⓳，是復土壤，以處江水。共工生后土，后土生噎鳴，噎鳴生歲十有二⓴。

洪水滔㉑天。鯀竊帝之息壤㉒以堙洪水，不待帝命。帝令祝融殺鯀於羽郊。鯀複生㉓禹。帝乃命禹卒布土，以定九州。

❶ 伯陵：人名。

❷ 同：通「通」。通姦。吳權：傳說中的人物。

❸ 殳（ㄕㄨ）：人名。

❹ 侯：箭靶。

❺ 鐘：古代一種打擊樂器。

❻ 鯀：相傳是大禹的父親。

❼ 帝俊：這裡指黃帝。

❽ 淫梁：即禺京。

❾ 少皞：即少昊，號稱金天氏，傳說中的上古帝王。

❿ 彤：朱紅色。矰：一種用白色羽毛裝飾並繫著絲繩的箭。

⓫ 帝俊：這裡指帝舜。

⓬ 帝俊：這裡亦指帝舜。

⓭ 義均：即叔均，不過與前文所述有歧義。

⓮ 叔均：此處所述與前文也有歧義。

⓯ 大比赤陰：意義不明。有學者認為可能是后稷的生母姜嫄。

⓰ 布土：布即施行。土即土工，治河時挖土、填土的工程。傳說鯀與大禹父子二人相繼治理洪水，鯀使用堵住水流的方法，大禹使用疏通水道的方法，都需要挖掘泥土。

⓱ 均：平均，均勻。引申為度量、衡量。九州：相傳大禹治理了洪水以後，把中原劃分為九個行政區域，稱為九州。

⓲ 聽訞（一ㄠ）：人名。

⓳ 顛：頭頂。

⓴ 生歲十有二：這裡指把一年劃分為十二個月。

㉑ 滔：漫。

㉒ 息壤：神話中一種可以自生自長、永遠不會有消耗的土壤。

㉓ 復生：相傳鯀死了之後，三年屍身不腐，用刀剖開肚子後，生出禹。復，通「腹」。

炎帝的孫子叫伯陵，伯陵與吳權的妻子阿女緣婦私通，阿女緣婦懷孕了三年，才生下鼓、延、殳三個兒子。殳最初發明了箭靶，鼓、延二人發明了鐘，作了樂曲和音律。

黃帝的後代是駱明，駱明的後代是白馬，白馬就是鯀。

帝俊的後代是禺號，禺號的後代是淫梁，淫梁的後代是番禺，番禺發明了船。番禺的後代是奚仲，奚仲的後代是吉光，吉光用木頭製造出車子。少暤的後代是般，般最早發明了弓和箭。帝俊賞賜給后羿紅色弓和白色矰箭，命他用射箭技藝扶助下界各國，后羿便開始救濟世間人們的各種艱苦。

帝俊的後代是晏龍，晏龍最早發明了琴和瑟兩種樂器。帝俊有八個兒子，他們開始創作出歌曲和舞蹈。帝俊的後代是三身，三身的後代是義均，義均便是巧倕，他發明了世間的各種工藝技巧。后稷開始播種各種農作物。后稷的孫子叫叔均，叔均最早發明了使用牛耕田。大比赤陰，開始受封而建國。大禹和鯀開始挖掘泥土治理洪水，測量劃定九州。

炎帝的妻子，即赤水氏的女兒聽訞生下炎居，炎居的後代是節並，節並的後代是戲器，戲器的後代是祝融。祝融降到江水居住，他的後代是共工。共工的後代是術器。術器的頭頂是方的，他重新翻耕祖父祝融的土地，從而又住在江水。共工的後代是后土，后土的後代是噎鳴，噎鳴有十二個孩子，他們分別是一年中的十二個月。

洪荒時代到處是漫天大水。鯀偷拿天帝的息壤用來堵塞洪水，而沒有得到天帝的同意。天帝便派遣祝融把鯀殺死在羽山的郊野。禹從鯀的遺體肚腹中生出。天帝就命令禹最後再施行土工治住了洪水，從而劃定九州區域。

山海經：看見遠古的神話世界

作　　　者	（東晉）郭璞
譯　　　注	富強
發　行　人	林敬彬
主　　　編	楊安瑜
編　　　輯	鄒宜庭
內 頁 編 排	李偉涵
封 面 設 計	林子揚
編 輯 協 力	陳于雯、高家宏

出　　　版	大旗出版社
發　　　行	大都會文化事業有限公司
	11051臺北市信義區基隆路一段432號4樓之9
	讀者服務專線：(02)27235216
	讀者服務傳真：(02)27235220
	電子郵件信箱：metro@ms21.hinet.net
	網　　　址：www.metrobook.com.tw
郵 政 劃 撥	14050529 大都會文化事業有限公司
出 版 日 期	2020年09月初版一刷．2024年08月二版一刷
定　　　價	400元
I S B N	978-626-7284-65-0
書　　　號	B240803

Metropolitan Culture Enterprise Co., Ltd.
4F-9, Double Hero Bldg., 432, Keelung Rd., Sec. 1,
Taipei 11051, Taiwan
Tel:+886-2-2723-5216　Fax:+886-2-2723-5220
E-mail:metro@ms21.hinet.net
Web-site:www.metrobook.com.tw

國家圖書館出版品預行編目（CIP）資料

山海經：看見遠古的神話世界 /（東晉）郭璞著；
富強譯注 .-- 二版 .-- 臺北市：大旗出版：大都會
文化發行 , 2024.08 , 400 面；14.8×21 公分

ISBN 978-626-7284-65-0（平裝）

1. 山海經 2. 研究考訂

857.21　　　　　　　　　　　　113010285

大都會文化　讀者服務卡

書名：山海經：看見遠古的神話世界

謝謝您選擇了這本書！期待您的支持與建議，讓我們能有更多聯繫與互動的機會。

A. 您在何時購得本書：＿＿＿＿年＿＿＿＿月＿＿＿＿日

B. 您在何處購得本書：＿＿＿＿＿＿＿書店，位於＿＿＿＿＿＿（市、縣）

C. 您從哪裡得知本書的消息：

　　1. □書店　2. □報章雜誌　3. □電臺活動　4. □網路資訊

　　5. □書籤宣傳品等　6. □親友介紹　7. □書評　8. □其他

D. 您購買本書的動機：（可複選）

　　1. □對主題或內容感興趣　2. □工作需要　3. □生活需要

　　4. □自我進修　5. □內容為流行熱門話題　6. □其他

E. 您最喜歡本書的：（可複選）

　　1. □內容題材　2. □字體大小　3. □翻譯文筆　4. □封面　5. □編排方式　6. □其他

F. 您認為本書的封面：1. □非常出色　2. □普通　3. □毫不起眼　4. □其他

G. 您認為本書的編排：1. □非常出色　2. □普通　3. □毫不起眼　4. □其他

H. 您通常以哪些方式購書：（可複選）

　　1. □逛書店　2. □書展　3. □劃撥郵購　4. □團體訂購　5. □網路購書　6. □其他

I. 您希望我們出版哪類書籍：（可複選）

　　1. □旅遊　2. □流行文化　3. □生活休閒　4. □美容保養　5. □散文小品

　　6. □科學新知　7. □藝術音樂　8. □致富理財　9. □工商企管　10. □科幻推理

　　11. □史地類　12. □勵志傳記　13. □電影小說　14. □語言學習（＿＿＿語）

　　15. □幽默諧趣　16. □其他

J. 您對本書 (系) 的建議：

K. 您對本出版社的建議：

讀者小檔案

姓名：＿＿＿＿＿＿＿＿　性別：□男 □女　生日：＿＿＿年＿＿月＿＿日

年齡：□ 20 歲以下 □ 21 ～ 30 歲 □ 31 ～ 40 歲 □ 41 ～ 50 歲 □ 51 歲以上

職業：1. □學生 2. □軍公教 3. □大眾傳播 4. □服務業 5. □金融業 6. □製造業

　　　7. □資訊業 8. □自由業 9. □家管 10. □退休 11. □其他

學歷：□國小或以下 □國中 □高中／高職 □大學／大專 □研究所以上

通訊地址：＿＿＿＿＿＿＿＿＿＿＿＿＿＿＿＿＿＿＿＿＿＿＿＿＿

電話：（ H ）＿＿＿＿＿＿＿（ O ）＿＿＿＿＿＿＿傳真：＿＿＿＿＿＿＿

行動電話：＿＿＿＿＿＿＿＿＿　E-Mail：＿＿＿＿＿＿＿＿＿＿＿＿

◎謝謝您購買本書，也歡迎您加入我們的會員，請上大都會文化網站 www.metrobook.com.tw 登錄您的資料。您將不定期收到最新圖書優惠資訊和電子報。

看見 遠古的神話世界

北 區 郵 政 管 理 局
登記證北臺字第 9125 號
免 貼 郵 票

大都會文化事業有限公司

讀 者 服 務 部 收

11051 臺北市基隆路一段 432 號 4 樓之 9

寄回這張服務卡〔免貼郵票〕

您可以：

◎不定期收到最新出版訊息

◎參加各項回饋優惠活動